本书为2021年度国家社科基金项目"中国现代报纸的儿童新闻报道史料整理、汇编与研究"（21BZW034）阶段性成果

中国儿童文学 发展面面观

申景梅 著

郑州大学出版社

图书在版编目(CIP)数据

中国儿童文学发展面面观 / 申景梅著. — 郑州：郑州大学出版社，
2022.9(2023.7 重印)

ISBN 978-7-5645-8945-5

Ⅰ.①中… Ⅱ.①申… Ⅲ.① 儿童文学－文学研究－中国

Ⅳ.①I207.8

中国版本图书馆 CIP 数据核字(2022)第 137647 号

中国儿童文学发展面面观
ZHONGGUO ERTONG WENXUE FAZHAN MIANMIANGUAN

策划编辑	王卫疆	封面设计	苏永生
责任编辑	吴 静	版式设计	苏永生
责任校对	樊建伟	责任监制	李瑞卿

出版发行	郑州大学出版社	地　址	郑州市大学路 40 号(450052)
出版人	孙保营	网　址	http://www.zzup.cn
经　销	全国新华书店	发行电话	0371-66966070
印　刷	永清县晔盛亚胶印有限公司		
开　本	710 mm×1 010 mm　1 / 16		
印　张	14	字　数	217 千字
版　次	2022 年 9 月第 1 版	印　次	2023 年 7 月第 2 次印刷

书　号	ISBN 978-7-5645-8945-5	定　价	48.00 元

内容提要

　　《中国儿童文学发展面面观》是作者申景梅步入"中国现当代文学""中国现当代文学专题研究""儿童文学"等课程教学与研究领域以来陆续完成的研究成果,撰写时间达十年之久。本书主要突出中国、儿童文学、发展思潮、个案解读等关键词,在内容上分为三个模块:理论观、发展观、个案观。三个模块分别独立又互相联系。第一个模块重点研究中国儿童文学的相关理论,从中国儿童文学的被"发现"到中国儿童文学教育观、儿童观、人性观等不同的角度切入进行论述。第二个模块重点研究中国儿童文学发展思潮,在清晰把握中国儿童文学发展史的基础上,对其进行合理的分期。按照发展分期,从"史"的概念出发,对中国儿童文学各个阶段发展脉络进行描述与探讨。第三个模块重点选取一些具有代表性的儿童文学作家、作品(主要选取的是儿童小说)进行个案研究,对作家及其代表性作品进行细致解读与研究,最后对其进行结论性总结。

目 录

理论篇

个案篇

理论篇

第一章
中国儿童及儿童文学的被"发现"

一般认为儿童文学属于现代文学的范畴,但其实早在 1919 年五四运动之前,儿童文学已经拥有自己相对独立的领域,与儿童文学相关的理论思想也在萌芽发展。儿童文学区别于儿童教育,它不是单纯的政治道德教育,儿童文学主要通过文学艺术的美去激发情感,熏陶心灵,它不仅可以让孩童从理性上获得知识,更可以通过多种艺术形象对孩童进行感性的潜移默化的教育。晚清是儿童文学的萌芽阶段,当时大量出版及刊登在各类报刊杂志上的儿童文学作品,旨在开启儿童智力,唤起儿童的爱国情感,达到很好的启蒙教育效果。随着世界文化思想的进一步传播,儿童文学教育观念也在发展,中国儿童及儿童文学的被"发现",促使儿童文学从启蒙教育向审美教育嬗变,进一步促进了现代儿童教育和儿童文学的发展。

第一节　中国儿童的被"发现"

众所周知,儿童文学是成年人为吸引提升少年儿童接受、鉴赏文学的需要而创作的一种文体,[①]它是一种极为特殊的文体,这种特殊性即在于创作者是成年人,接受者是 3—18 岁的儿童。[②] 这个明显的错位带来了很多问

---

① 王泉根:《现代中国儿童文学主潮》,重庆出版社 2000 年版,第 3 页。
② 本著作研究的儿童,年龄层次指 3—18 岁的儿童,不包含 0—3 岁的婴儿。

题,首先是儿童如何被成人看待,如何被发现的问题。"儿童"是成人社会的普遍假设,①从某种意义上来看,一部儿童文学发展史的开篇应该关注的问题,就是成人发现"儿童",成人对"儿童"独立身份的认同,成人把"儿童"看作独立个人、个性的存在。

晚清时期,随着我国对世界进步儿童文学的积极借鉴和吸收,"儿童"作为一个独立群体的身份逐渐被发现和认同,同时也促进了我国儿童文学儿童观、教育观等理论的转变和发展。在思想内容上,欧洲近代批判现实主义儿童文学和苏联无产阶级革命儿童文学中关于儿童的专门理论启发了当时的教育界,不少学者也根据自身的经验和观察,撰写文章探讨了儿童独特的个性、心理与儿童教育等问题。因此可以说世界进步儿童文学对我国现代儿童文学的影响是巨大而深远的,同时也影响了我们对"中国儿童的被发现"这一理论的认识。

竞华在《儿童教育话》一文中指出,当时"十人有八九的讲到自然教育的原理,却以顺着儿童的天性为本旨"②,指出了儿童的独立性,儿童应该被当成独立个体对待。这种思想观念较之封建社会已经发生了巨大变化。当时除了各类刊物杂志的宣传,不少有留学经历的先进知识分子批判性接受世界先进的儿童教育思想,发现儿童,把儿童看作是独立的个体,这些先进知识分子皆成为我国儿童观念转变的积极推动者。

随着中国儿童的被"发现",把对儿童进行人格培养作为教育之宗旨成为这一时期的共识,许多知名学者就此进行了充分的讨论。王国维在《论教育之宗旨》一文中,认为"教育之宗旨何在?在使人为完全之人物而已"③。在民国初期,周作人作了《遗传与教育》一文,论述遗传与教育之间的关系,并强调"其为教贵于顺性而施","教育之事,在应顺时势养成完人,以为社会与其分子谋幸福"④,他进一步完善地提出了中国教育"应顺时势养成完人"。蔡元培紧接着也提出教育的宗旨在于"养成完全之人格"⑤。在五四运动中,

---

① 朱自强:《儿童文学概论》,高等教育出版社2012年版,第5页。
② 竞华:《儿童教育话》,《女子世界》1905年第2期,第1—10页。
③ 王国维:《王国维文选》,四川文艺出版社2009年版,第162页。
④ 周作人:《遗传与教育》,《绍兴县教育会月刊》1913年第1期,第5—7页。
⑤ 蔡元培:《蔡元培选集》(上),浙江教育出版社1993年版,第493页。

周作人在回顾了中国封建社会历史后,感叹道:"中国还未曾发见了儿童,——其实连个人与女子也还未发见,所以真的为儿童的文学也自然没有。"①他第一次提出"人的文学",并且指出,儿童的被忽视在于还没有发现人,没有发现真正的儿童。因此,一部儿童文学的全部历史就是从"人的发现"到"儿童的发现"这一理论开始的。

第二节　中国儿童文学②的被"发现"

研究和学习中国儿童文学,我们首先要了解的一个问题是:中国儿童文学如何被"发现"? 什么是中国儿童文学? 之所以强调其是被"发现",主要目的意在强调中国儿童文学不是自觉地浮出历史地表的,我们应该从中国儿童文学研究历史的角度出发,来观照这一命题。

中国的神话传说保存在《山海经》《楚辞》《穆天子传》等古典文献中。除却神话传说,历代典籍中还记载了很多经过加工改写的民间故事和童话,例如干宝《搜神记》中的《干将莫邪》《蚕娘》,以及陶渊明的《桃花源记》等;明代吕坤编著的《演小儿语》是目前发现的我国最早的儿童专集;《镜花缘》《西游记》《聊斋志异》等古典小说中也蕴藏着一定的儿童文学因素。毋庸置疑,这些具有民间深刻印记的作品,对中国儿童文学的萌发起着较为直接的作用。虽然我国古代文学与古代启蒙读物等有关章节、篇什并不是专门为儿童所创作,被学界称为史前儿童文学,但是它们在漫长的岁月中,不仅成为儿童的精神食粮,而且作为中国儿童文学的种种初级形态,与口头传承的儿童文学一起,为以后儿童文学的发展提供了很多宝贵的经验。

"'儿童文学'这名称,始于'五四'时代。"③1919 年的五四运动,不仅激发了全民族追求真理、追求进步的伟大觉醒,而且改变了中国儿童文学几千

①　周作人:《儿童的书》,《晨报》副刊《文学旬刊》3 号,1923 年 6 月 21 日。

②　本著作中"中国儿童文学"专指中国大陆(内地)的儿童文学。

③　茅盾:《关于"儿童文学"》,《文学》第 4 卷第 2 号,1935 年 2 月。

年以来的落后局面,开创了中国儿童文学的新纪元。"五四时代"是一个思想解放的时代。陈独秀、李大钊、鲁迅、周作人、胡适等一批新文化运动的先驱者不但高擎着"人的解放"的大旗,而且肩负起了"儿童解放"的使命。周作人第一次提出"儿童文学"这一命题,提出"儿童本位"意识和主张。他强调儿童文学是儿童的文学,是以儿童为主要服务对象的文学,当然应以儿童为本位,以儿童为中心,这也是不辨自明的。"儿童本位"论正是五四时期进步儿童观的一个标志,促使中国儿童文学走向自觉。他们身体力行,致力于"发现"儿童和"发现"儿童文学,在理论上探讨儿童与儿童教育的问题,反思中国几千年来传统文化中"儿童观"的误区,在实践中翻译大量的外国儿童文学作品,创作出了反映儿童生活的儿童小说与白话诗。

孙毓修编译的白话体童话《无猫国》,是我国第一本童话书。1922 年 3 月,叶圣陶发表了文学童话《小白船》。随后到 1923 年,叶圣陶以现实主义创作方法为主,将 1921—1923 年创作的 23 篇童话汇编成《稻草人》童话集并出版,中国儿童文学真正找到了属于自己的创作之路。1923 年由此被称为我国儿童文学发展史上具有里程碑意义的一年。1922 年 1 月,郑振铎在上海创办了儿童刊物《儿童世界》(1922)。冰心创作了影响几代小读者的儿童散文《寄小读者》(1922)。近代歌舞之父黎锦晖编导的《麻雀与小孩》《葡萄仙子》《月明之夜》等 12 部儿童剧在当时风行全国(1922),适应了中小学师生的需要。紧接着,魏寿镛等著的中国第一部《儿童文学概论》(1923)、赵景深编著的第一部儿童文学论文集《童话评论》(1924)、赵景深编著的第一部儿童文学童话学专著《童话概要》(1927)在上海陆续出版。到了 20 世纪 20 年代后期,在我国的大学课堂上第一次开设了"儿童文学"课程。与此同时,《安徒生童话》《爱的教育》《木偶奇遇记》《爱丽丝漫游奇境记》等世界儿童文学名著大量被翻译,迅速涌入中国,传遍全国各地。总之,时代的呼唤;儿童的被"发现";"五四运动"的哺育和催化,这些就是现代意义上中国儿童文学被"发现"的主要原因所在。[①]

如前所述,儿童一旦被看作独立的存在,一种适合他们需要的文学便得

---

① 王泉根:《现代中国儿童文学主潮》,重庆出版社 2000 年版,第 13 页。

到了全社会的普遍承认与重视。① 现代意义上的儿童文学是作家在现代自觉的儿童文学观念的指导或影响下创作的儿童文学作品,所以其范围和界域要相对明晰和确定得多。因此,从以上对儿童文学被"发现"的整体过程来考察,对儿童文学的概念我们应该作出这样的认识:儿童文学是"儿童本位"的文学。现代意义上的儿童文学正是现代社会为满足儿童的独特精神需求和成长需要,专门为儿童创作和提供的特殊文体,它是具有独特艺术性和丰富价值的各类文学作品的总称。② 由此看来,儿童文学概念和基本含义应该包括这样几层意思:①儿童文学是为儿童创作的各类文学作品的总称。②儿童文学是具有独特艺术个性和审美价值的语言艺术。③儿童文学是适合于儿童接受并为他们所喜闻乐见的文学作品。④儿童文学对儿童具有审美、认识、娱乐、教育等多种功能和价值。

这里我们讨论的儿童文学主要是以文字阅读为传播渠道的文学作品,一般不含图画书中的图画;是成人作家为儿童创作的已经被广泛接受的文学,不包含儿童自己为儿童创作的文学。③

中国儿童文学概念的提出与中国儿童文学的被"发现"一样,成为中国儿童文学进入现代社会的一个重要标识。综上所述,人类只有"人的发现,人的自我发现",我们才会有中国儿童的被"发现",才会有中国儿童文学的被"发现",才会有真正的中国儿童文学。

---

① 王泉根:《现代中国儿童文学主潮》,重庆出版社2000年版,第13页。
② 朱自强:《儿童文学概论》,高等教育出版社2012年版,第23页。
③ 朱自强:《儿童文学概论》,高等教育出版社2012年版,第19页。

第二章
中国儿童文学教育观的萌芽

　　晚清时期,在民族危亡的背景下,维新思潮兴起。维新派把文学启蒙作为改造国民思想的重要途径。严复的"三民"说,梁启超的"新民"说都意在唤醒沉睡的国民,"唤起国民之议论,振刷国民之精神,使厚蓄其力,以待他日之用"①。梁启超《饮冰室诗话》说:"读泰西文明史,无论何代,无论何国,无不食文学家之赐,其国民于诸文豪亦顶礼而尸祝之。"②维新派在诗歌、小说、戏剧等领域掀起一系列变革,意图借助文学感染宣导国民情感和思想,达到"新民"的目的。在晚清如火如荼的文学启蒙运动背景下,儿童文学启蒙教育观念逐渐形成,儿童文学担起了"思想启蒙"的时代责任,以文学的方式塑造新一代的少年儿童。

第一节　晚清儿童文学教育的相关论述

　　儿童是一个国家未来能"屹然强立"于世界的基础,主张维新的人士一致强调儿童教育的必要性和重要性。与此同时,文学对儿童的启蒙价值也被大力宣扬,儿童文学启蒙教育观念逐渐形成。梁启超《论小说与群治之关

---

①　梁启超:《戊戌政变记·附三篇》,江苏广陵古籍刻印社 1990 年版,第 126 页。
②　梁启超:《饮冰室诗话》,时代文艺出版社 1998 年版,第 63 页。

系》开篇写道："欲新一国之民,不可不先新一国之小说。"①梁启超所说的新
国民包括少年儿童,所提倡的新小说包括儿童小说,他希望借助儿童小说启
蒙和塑造新一代的青少年。他的《饮冰室诗话》当中也提出了"盖欲改造国
民之品质,则诗歌音乐为精神教育之一要件"②的观点,强调诗歌、音乐等各
种文学艺术对儿童思想的教育作用。儿童文学承担着教育"新一代国民"的
重任,其思想启蒙价值成为当时维新派知识分子的共识。清末著名的小说
戏剧理论批评家王钟麒,非常重视文学对儿童爱国思想的熏陶和培养。他
在《剧场之教育》一文中说:"欲无老无幼,无上无下,人人能有国家思想,而
受其感化力者,舍戏剧末由。盖戏剧者,学校之补助品也。"③其《论小说与改
良社会之关系》一文又明确道出:"夫小说者,不特为改良社会,演进群治之
基础,抑亦辅德育之所不逮者也。"④认为小说能使人有爱国心、合群心,且
"能普及而收速效"。王钟麒关于戏剧、小说教育作用的阐述集中在文学对
儿童爱国情感的熏陶培养方面。

纵观晚清儿童文学教育的相关论述,可以发现如下几个特点:第一,这
一时期关于儿童文学教育的观念处在萌芽阶段。儿童文学启蒙教育的观念
是伴随着文学"新民"思潮和文学改良运动而产生的,维新派知识分子在关
注文学对国民教育产生作用的同时,观照到了儿童这一群体,提出了文学对
儿童的教育价值和作用。第二,儿童文学教育观呈现鲜明的启蒙特征。维
新派文学改良的目的是要唤醒国民,开发民智、启蒙民德,因此,儿童文学的
教育也带着鲜明的思想启蒙色彩,旨在塑造新一代的青少年儿童。第三,强
调对儿童爱国思想的培养和新知识学习。这一时期儿童文学教育的相关理
论都强调文学以情感感化人的功能,希望借助文学培养儿童的爱国情感,并
使其获得新知。

---

① 梁启超:《梁启超文集》,线装书局 2009 年版,第 150 页。
② 梁启超:《饮冰室诗话》,时代文艺出版社 1998 年版,第 63 页。
③ 陈多、叶长海:《中国历代剧论选注》,上海古籍出版社 2010 年版,第 541 页。
④ 天僇生:《论小说与改良社会之关系》,《月月小说》1907 年第 9 期,第 1—4 页。

第二节　晚清儿童文学启蒙教育的重要阵地

晚清各类报纸杂志是儿童文学启蒙教育实践的重要阵地。这一时期，各类报纸杂志纷纷设置文学专栏，登载各种开启儿童智识的文学作品，这些刊物主要有《蒙学报》《童子世界》《中国白话报》《杭州白话报》《新小说》《新民丛报》等。另外，许多先进知识分子或翻译欧美的儿童文学作品，或创作各种新式歌谣、小说，这些都令人耳目一新，不仅对孩童富有吸引力，同时达到了很好的启蒙效果。

晚清儿童文学启蒙的目的重在德育和启智，即培养孩童的爱国情感，培育他们的科学精神，因此，这一时期儿童文学作品的主旋律是爱国和科学。为了培养儿童的爱国情感，许多新歌谣极力描写中华民族悠久荣耀的历史，表现出强烈的民族自豪感。梁启超创作有《爱国歌》《黄帝歌》《少年中国说》，杨度创作了《湖南少年歌》，另有《黄河》《扬子江》等儿童文学创作，这些作品追溯中华古文明历史，歌颂祖国山川的雄伟壮丽，读来使人激情澎湃，热血沸腾。有些歌谣则描写了中国遭受侵略的苦难和面临的危亡处境，如夏颂莱的《抵制美约歌》，张敬夫的《警醒歌》等，读之令人义愤填膺，悲痛难忍。有些歌谣在内容上强调激励儿童强健体魄，发愤图强，报效国家，如高旭的《新少年歌》《爱祖国歌》，石更的《中国男儿》等。当时广为流传的学生歌、学堂乐歌，都充满了爱国的高亢热情和自由民主的进步思想，对少年儿童爱国情感的培养起了重要的作用。与爱国情感相连的是进取冒险的精神，这一时期大量的外国冒险小说被翻译刊登，进一步激励孩童的爱国意志和进取精神。此外，为开启儿童的智识，这一时期题材各异的科学故事和科学小说也风靡一时。《新小说》《小说林》开辟了专栏刊登科学小说；《蒙学报》刊登了《剥田鸡悟化电之理》《喻石叶之万物之源》《创无线以通电报》等科学发明的小故事。另外还出现了不少单行本的西方科学小说译本，例如海天独啸子的《空中飞艇》（1903）、天笑的《千年后之世界》（1904）、徐念慈的《黑行星》(1905)、周桂笙的《地心旅行》(1906)、谢炘的《飞行记》(1907)等译本。正如海天独啸子所说,科学小说"几为社会之主动力,虽三尺童子,心目中皆濡染之"①。晚清时期科学故事和科学小说的盛行不仅开启了儿童智识,而且培育了孩子们的科学精神。

第三节　晚清儿童文学教育观的初步形成

晚清以来,随着儿童的"发现",儿童文学与儿童心理之间的关系备受关注,儿童文学教育观也随之发展。早在《教育世界》连载的《萨烈氏之儿童心理学》一文中,就提出了小说可以培养儿童想象力的观点,所谓"更就广阔之范围,察其想象飞跃之状,则亦有不必托其影像与感觉世界者,如小说世界即儿童想象之游行无方之所在"②。想象是一种心理活动的重要形态,想象的过程是对文学美好形象感受和再创造的审美过程。文中对小说与儿童想象力之间的关系进行了比较详细的描述,这样的观点对儿童教育颇有启发意义,许多刊物纷纷加以转载。《北洋学报》认为其"所论切中款要",转载了其中《儿童想像推理论》一章,加以推广,"爰辑其要旨,以示教育之规臬"③。

民国前后,儿童心理与文学的关系引起人们的关注和讨论,张景臣作《儿童心理学序》,回忆自己少年时代愉悦的读书心理历程,赞扬吴家振所编《儿童心理学》对教育者的启迪意义。陆费逵刊登在《教育杂志》的杂纂《儿童读书之心理》一文,较为深入地分析了儿童生长时期对书籍的渴求心理及不同性别读书心理的差异。文章认为动物书籍可以唤起儿童的同情心,神话、叙事诗等作品可以作为精神的滋养物,"不独有道德的感化力,且有智的

---

① 转引自罗文军:《汉译文学序跋集》(第一卷,1894—1910),上海人民出版社 2017年版,第 74 页。

② 萨烈氏:《萨烈氏之儿童心理学》,《教育世界》1905 年第 96 期,第 1—16 页。

③ 萨烈氏:《儿童想像推理论》,《北洋学报》1906 年第 1 期,第 1—26 页。

奖励力及美的感激力"①。这篇杂纂鲜明地表达了儿童文学教育的新观念——文学可以滋养精神、培养人格、激发审美。这一时期，一批富有学识，视野开阔的知识分子如孙毓修、周作人、张士一等受世界先进教育观念的影响，也对儿童文学的教育各自提出了新主张。孙毓修积极提倡童话阅读。在《童话序》一文中强调儿童文学教育需关注儿童的心理特征，他认为，"典与雅非儿童之所喜也"，童话符合"儿童爱听故事的天性""适合其程度，符合其心理"②。张士一在《论童话》中对儿童文学教育发表了精辟的见解。他认为，童话旨在"助表张儿童活泼之精神"，比起动物、植物、地质、理化等科学知识来得重要，"无活泼之精神，则科学不过死，智识复有何用？"③

　　纵观这一时期，儿童文学教育观伴随着儿童心理与文学之间的关系探讨而逐步发展，与晚清时期的启蒙教育相比，发生了很大的变化。它突出表现在德智的培养不再成为唯一目标，儿童文学对人格培养、激发审美意识的价值逐渐为学者所发现并加以阐述，儿童文学教育由启蒙教育转向审美教育。张士一和周作人的观点最富有代表性，他们一致认为童话不仅可以培养审美感受力，还可以培养审美创造力。张士一认为儿童在阅读童话时会产生兴会联想和美感，实际上就是一种阅读审美感受。他在《论童话》一文中指出，童话促使儿童产生兴会，而且"兴会发于真实之感觉，真实之想象"；又说童话之所以引儿童入胜者，"美而已"，"是以童话美术也，美术之教育价值不在乎使人得科学智识，而在使人得活泼之精神"④。周作人在《童话略论》中追溯童话本源，论述了童话对儿童的教育作用。他在文中提出："小儿最富空想，童话内容正与相合，用以长养其想象，使即于繁富，感受之力亦渐敏疾。"⑤他认为童话不仅可以培养审美感受力，还能"长养其想象"，即培养审美创造力。张士一和周作人都比较注重童话文体的审美教育特性与作用，作为民国第一任教育总长的蔡元培则从更高的角度直接提出包括文学

---

① 陆费逵：《儿童读书之心理》，《教育杂志》1909 年第 12 期，第 71—74 页。

② 孙毓修：《童话序》，《教育杂志》1909 年第 2 期，第 9—10 页。

③ 张士一：《论童话》，《妇女时报》1911 年第 1 期，第 41—46 页。

④ 同上。

⑤ 转引自王泉根：《周作人与儿童文学》，浙江少年儿童出版社 1985 年版，第 76 页。

在内的"美育"主张。蔡元培先生对文学的审美教育功能有深刻的认识,早在 1901 年所撰《学堂教科论》一书中论及文学时就说:"文学者,亦谓之美术学,《春秋》所谓文致太平,而《肄业要览》称为玩物适情之学者,以音乐为最显,移风易俗,言者详矣。"又说:"诗歌小说,所以激刺感情,而辅庄语之不足也。"①他举诗画为例子说:"采莲煮豆,饮食之事也,而一入诗歌,则别成兴趣。火山赤舌,大风破舟,可骇可怖之景也,而一入图画,则转堪展玩。是则对于现象世界,无厌弃而亦无执著也。人既脱离一切现象世界相对之感情,而为浑然之美感。"②这段话生动而清晰地描述了文艺包括文学在内的审美价值,也明确表达了文学教育需要重视审美教育的观点。蔡元培提出包括美育在内的"五育并举"的教育方针,标志着晚清儿童文学启蒙教育向审美教育的嬗变。

晚清至民国初期,儿童被"发现",儿童文学教育开始萌芽发展,经历了从启蒙教育到审美教育观念的嬗变,并直接影响着儿童文学作品的译介与创作。五四运动时期美国哲学家杜威的"儿童本位论"在胡适先生的大力推荐下,迅速被我国教育界所接受,儿童文学进入第一个重要的发展阶段。晚清至民国初期儿童文学及儿童教育观念的确立,为中国现代儿童文学的开启直至创作的繁荣奠定了重要的理论基础。

---

① 蔡元培:《蔡元培选集》(上),浙江教育出版社 1993 年版,第 384-391 页。

② 同上,第 399 页。

第三章
中国儿童文学的儿童观

众所周知,此前由于封建礼教对儿童人性的压抑和束缚,儿童并没有作为主体人的独立地位,儿童文学也一直处于蒙昧状态。五四运动时期,一批现代儿童文学理论家提出了崭新的儿童观,并对儿童文学进行了认真的反思,为中国现代儿童文学的发展打下了坚实的理论基础。

第一节 "五四"时期的"儿童本位"理念

在反对旧道德、提倡新道德;反对旧文学、提倡新文学的新文化运动之初,对旧的传统观念的彻底背离与对新文化运动的热情营建,成为一个时代的共同追求,这尤其表现在一批人文主义知识分子身上。作为革新思想观念的先驱者,他们对人性问题的普遍关注与理性思考导致他们对儿童问题的直接介入和对儿童文学创作的热情参与,在突出强调以个体为本位的"五四"文化氛围中,儿童作为生命主体的地位也随之被发现了。[①] 尊重儿童独特的心灵,倾听儿童的精神需求成为新文化运动的先驱者们的一致呼声。由此"五四"时期"儿童本位"的观念便呼之欲出了。在当时,"儿童本位"理论的集中表述者主要以郭沫若、鲁迅、周作人为代表。在对这一理论的具体

---

① 李利芳:《论中国现当代儿童文学中的儿童观》,《兰州大学学报》2000年第1期,第140-144页。

阐述中,三人的理论立足点不尽相同。①

第一,郭沫若的"儿童本位观"。他最早明确提出"儿童本位观",并且运用"儿童本位观"对儿童文学做了本质上的解释。在《儿童文学之管见》一文中,他认为:"儿童文学,无论采用何种形式(童话、童谣、剧曲),是用儿童本位的文字,由儿童的感官以直愬于其精神堂奥,准依儿童心理的创造性的想象与感情之艺术。儿童文学其重感情与想象二者,大抵与诗的性质相同;其所不同者以儿童心理为主体,以儿童智力为标准而已。纯真的儿童文学家必同时是纯真的诗人,而诗人则未必人人能为儿童文学。故就创作方面言,必熟悉儿童心理或赤子之心未失的人,如化身而为婴儿自由地表现其情感与想象;就鉴赏方面而言,必使儿童感识之时,如出自自家心坎,于不识不知之间而与之起浑然化一的作用。能依据儿童心理而不用儿童本位的文字以表现,不能起此浑化作用。仅用儿童本位的文字以表示成人的心理,亦不能起此浑化作用。"②郭沫若在考察儿童文学特殊性的同时,提出了儿童文学艺术构成之关键——儿童本位性。这一观点得到了现代儿童文学理论界的认可,并因此确立了中国现代儿童文学的文学立场和文学出发点,形成了我国较早的"儿童本位"的儿童文学观。

第二,周作人的"儿童本位"论。这是他"自然人性论"的一个发展,主要偏重于从生物进化论的角度来认识儿童。"儿童没有一个不是拜物教的,他相信草木能思想,猫狗能说话正是当然的事"③,"就儿童本身上说,在他们想象力发展的时候,确有这种空想作品的需要,我们大人无论凭了什么神呀皇帝呀国家呀的神圣之名,都没有剥夺他们需要的权利,正如我们没有剥夺他们衣食的权利一样"④。对于儿童自身,周作人认为"玩"是儿童自然本能的创作,是无目的无意识的,"他这样的玩,不但是得到了游戏的三昧,并且也得到了艺术的化境。这种忘我地创作或享受之悦乐几乎具有宗教的高尚的意义……我们走过了童年,赶不着艺术的人,不容易得到这个心境,但是虽

---

① 李利芳:《论中国现当代儿童文学中的儿童观》,《兰州大学学报》2000 年第 1 期,第 140–144 页。

② 转引自张香还:《中国儿童文学史》,浙江少年儿童出版社 1988 年版,第 181 页。

③ 钱理群:《周作人论》,上海人民出版社 1991 年版,第 162 页。

④ 同上。

不能至,心向往之"①。突出儿童的自然天性,主张儿童自然成长便构成了周作人儿童本位观的核心精神。这种对儿童个体的深切关怀,诉诸学理层面,不失为儿童文学研究的一条科学途径。但周作人的"儿童本位"思想,过多地将儿童放置于生物学意义上来理解,忽视现实生活对儿童发展的影响,因此,他的儿童观难免流于片面。

第三,鲁迅的"儿童本位"思想。鲁迅首次将"儿童本位"的思想与中国具体国情联系起来。他提出中国落后的原因之一,就是"本位应在幼者,却反在长者;置重应在将来,却反在过去。前者做了更前者的牺牲,自己无力生存,却苛责后来又来专做他的牺牲,毁灭了一切发展本身的能力"②。后又提出要想振兴民族,就得解放儿童。"全部为他们自己所有,成一个独立的人。"③鲁迅的这种变"长者本位"为"幼者本位"的思想,是"儿童本位"的另一种说法。

总之,自"五四"现代儿童观形成以来,我国现代儿童文学创作开始走向成熟。自20世纪30年代开始,由于特定历史时期的革命斗争形势的需要,以及中国数千年的以群体为本位的传统文化的巨大作用,使得"五四"时期初生的"儿童本位观"被传统的"儿童教育观"所代替。这种儿童观从民族中心观念出发,以"群体"作为对儿童的观照视角,强调儿童作为一个群体的主体精神和参与革命斗争的自觉意识。从某种程度上讲,这种儿童观并没有完全泯灭"五四"时期倡导的那种民主自由的主体精神。它更加重视成人作为已有经验的传导者的主体地位,为了服务于特定战争时期的需要,将儿童置于一种模型化理想人格的塑造之中,这种对群体主体精神的倡导应该说是对儿童本位观的一种深层次延续。在以后的抗日战争、解放战争时期,带有社会化倾向的"儿童教育观"一直作为主流指导着现代儿童文学的发展。④

---

① 周作人:《陀螺·序》,见张菊香、张铁荣编《周作人研究资料》,天津人民出版社1986年版,第306页。

② 鲁迅:《鲁迅全集》(第1卷),人民文学出版社1981年版,第132页。

③ 同上。

④ 李利芳:《论中国现当代儿童文学中的儿童观》,《兰州大学学报》2000年第1期,第140-144页。

第二节　新中国成立以来的"儿童观"

1949 年 10 月 1 日,中华人民共和国成立,现代化国家的建立与发展成为当时新中国面临的艰巨任务。对社会主义的真诚讴歌与对共产主义社会的希冀,成为那个时代人们普遍的追求,热情参与政治也就成为一种必然选择。这一时期,"儿童教育观"具备了新的内涵:儿童是祖国的花朵,是祖国的希望,教育他们"时刻准备着,做共产主义的接班人,为共产主义事业而奋斗"。作为施行教育的主体,成人儿童文学作家义不容辞地接受了这一使命,并且通过儿童文学创作践行他们的教导。于是,这一时期的儿童文学呈现出思想艺术高度集中,高度组织化的创作局面。同一叙事模式下和相同的话语意义制造出一个又一个雷同的儿童形象。这些形象无一例外地丧失了孩子的自然天性与独立人格,而仅仅作为成人主导话语指挥下的一个个"木偶"而存在。正如茅盾在 20 世纪 60 年代初对当时儿童文学创作现状所作的批评:"政治挂了帅,艺术脱了班,故事公式化,人物概念化,语言干巴巴。"[①]一个时期,此种"儿童教育"思想统领着整个儿童文学领域,显示着它浓重的社会化倾向。

1978 年改革开放后,文艺界对人、人性、人道主义进行集体反思,人的主体意识开始觉醒和强化,儿童的主体地位也开始重新确立。在创作领域,传统的听话、顺从、缺乏个性的儿童文学形象已被一批饱含时代特色、敢想敢干、富于挑战、充满阳刚之气的新人格形象所代替。与之呼应的是,在理论界儿童文学理论家全方位、多角度地关注儿童个体人格的成长姿态。

但是这种改革不是一蹴而就的。在一段时间以来,传统的儿童教育观对新时期儿童观发展仍然影响至深。曹文轩当时提出了"儿童文学作家是未来民族性格的塑造者"的重要观点。这种观点表达了对一种朝气蓬勃的、

---

① 茅盾:《六〇年少年儿童文学漫谈》,转引自孔海珠编《矛盾与儿童文学》,少年儿童出版社 1990 年版,第 490 页。

充满社会主义特色的儿童人格的呼唤,也同时要求当代儿童文学作家应以一种高瞻远瞩、运筹帷幄的创作姿态进入儿童文学创作领域。对此,儿童文学理论家汤锐曾有论述:"'塑造未来民族性格',这是一个充满忧患情绪、强调社会责任感、具有功利性质的观念,是传统儿童文学之主旋律'树人'观念的延伸和变奏,具有鲜明的民族文化特征。"[①]

在改革开放的时代背景下,成人用开放的眼光对儿童文学创作进行多元思考,儿童自身对丰富复杂的现实社会不自觉地参与,使得曹文轩的这一儿童观的社会化倾向不仅是一种社会政治的工具,而是儿童不自觉地面向社会,面向未来,成人也将儿童全面置于社会后形成的一种开放的社会化倾向。因此,与20世纪二三十年代的"儿童教育"思想相比,曹文轩的观点进步很明显。毋庸置疑,让儿童脱离社会现实生活,反过来再来全面认识儿童,也是不切实际的。在复杂的客观现实中观照儿童,引领儿童,才是全面认识儿童的合理的途径之一。到20世纪80年代初,儿童文学在突破题材"禁区"、开掘主题深度以及表现人物时代性格等方面获得很大的进步。[②] 随后,儿童文学作品越来越多地关注社会文化背景与内涵,关注反映人生与人性的广度和深度,进而上升到从哲学的层面上来对人、对生命进行的理性思考。

新时期以来,美学批评倾向是儿童观表现的另一大主流。这一理论的代表人物是班马。受"五四"时期"儿童本位"思想以及皮亚杰的儿童心理学和发生认识论的影响,班马基于哲学立场对儿童作为人的一个发生阶段的生命现象进行把握。具体理论探索为:

其一,他突破了传统"童心"观念的理论。他认为将儿童局限在年龄界限之内,带来了一种对"儿童"生命时间的自我封闭状态。"我认为,对儿童的理解,是一个涉及到生命体和社会性的由来、生长的时间概念,对待这一活的生长物,应取一种线性的观点,而不能把少年儿童仅仅当成0—14岁的

---

① 班马:《前艺术思想——中国当代少年文学艺术论》,福建少年儿童出版社1996年版,第299–300页。

② 李利芳:《论中国现当代儿童文学中的儿童观》,《兰州大学学报》2000年第1期,第141–144页。

年限及其表现来对待。可以突破纯粹生理年龄和社会生活圈的界定,而应从局部的现状模拟走向张力的开放参照。"①我们可以延伸出两条线解读。首先,"童年,向长大的一端延伸出一条未来发展线——生命的成长性,寄寓了无限的未来时光"②。此种观照下,"新的儿童观的眼光,是从将来的角度回过头来看待现在状态下的儿童。现在时态的儿童,变成了将来时态的儿童"③。其次,"童年,又向生来的一端延伸出一条原始遗传线——我们习惯于儿童是新生的观念,而还比较陌生于儿童又是最古老的这一认识"④。以此为线索,我们可以寻找出本民族的文化原型,它"启示着我们从中去显示童年期特有的、超乎成人更易流露的个体无意识和集体无意识的遗传信息"⑤。这种开放的"线性"思维意识能够从一种新的观测点,从此正确把握儿童在人生总结构中的位置。

其二,班马的理论突破了闭锁在"学校"空间上的自我封闭的儿童观。在传统意义上,我们主要对儿童个体的学校生活空间进行认识,忽视了儿童精神生活上的"投射"要求,忽视了儿童真正心理空间的需求,不能够正确地把握儿童在社会空间中的位置。这一理论探讨之二是班马著名的"儿童反儿童化"的观点。正如他自己所言,"当我们怀有尊重儿童的愿望竭力'向下'俯就儿童的时候,是否却不知以儿童自己的心理视角恰恰是一种'向上'的倾向? 当我们致力于对儿童状态的欣赏和描摹时,是否竟没有理会到儿童的那种极欲摆脱童年而向往成年的心情? 当成人作者追求着'模仿'儿童之时,真正的儿童本身却正追求'模仿'成人的活动?"⑥班马认为,长期以来将儿童化视为儿童状态的最终追求,视为儿童文学的最高评价标准,这其实存在着极大的倒错。

---

① 班马:《前艺术思想——中国当代少年文学艺术论》,福建少年儿童出版社 1996 年版,第 405 页。

② 同上,第 406 页。

③ 同上,第 406 页。

④ 同上,第 407 页。

⑤ 同上,第 407 页。

⑥ 班马:《中国儿童文学理论批评与构想》,湖北少年儿童出版社 1990 年版,第 33 页。

回顾古今中外的儿童阅读史，班马归纳出了一种"小人读大书"的现象。他认为："从现代的认识水平来探讨，'儿童'已不再仅仅是天真、快乐、无忧无虑的那样一个童心世界。相反，儿童期其实是一个充满压抑感、焦虑感的困惑时期。"①班马的理论探讨范围主要是中高年级儿童。这种焦虑、压抑、困惑是中高年级儿童与环境发生极大冲突的具体表现。其原因是他们处处被大于自己的成人力量约束，处于一种被管制地位。因此，儿童极欲摆脱这种状况，这种"大"成人形象是力量的象征，便成为他们的内心追求，"小人"通过读大书正可满足这一心理的需求。

中高年级的儿童随着身心和认识结构的向前发展以及儿童自我中心意识的褪去，他们真正的自我意识开始成长起来，这种自我意识的心理视角强烈地投向成人世界。在现实生活中，班马认为儿童的这种心理投射是通过一种"游戏精神"来实现的，一方面，游戏是一种原始的本能冲动，另一方面，它是社会性的压抑感下追求的释放。"如果说'儿童反儿童化'的特点在审美意识上还是潜藏在心理之中，那游戏则是可观性的外显形态了。"②通过游戏，儿童们追求想象中的自我实现，追求自己的"成人梦"的实现。班马的儿童观理论以具体深入的分析方法，逐步建立起自己的儿童文学美学理论体系，弥补了长期以来儿童文学界缺失"儿童美学"这一范畴的理论空白。

第三节　中国儿童文学儿童观综述

纵观中国现当代儿童文学的儿童观的发展脉络，我们会发现：儿童观的内核基于两个相对立的研究方向：要么"重群体"重"儿童教育"，要么"重个

---

① 班马：《中国儿童文学理论批评与构想》，湖北少年儿童出版社1990年版，第38页。

② 同上，第47页。

体"重"儿童本位"。① 这看似两个截然对立的领域其实是在互相交错、互为补充而平行发展的。

前者着重从社会学角度,以时代的历史文化背景为理论基点来生发自己的儿童观。这种理论建立在将儿童看成一个处于成人中心话语边缘的特定群体,用成人的价值尺度对儿童进行整齐划一的"教育",从而实现儿童在社会系统中的价值与意义。它更突出成人的主体地位,突出儿童的群体性与社会参与性。

后者主要从美学哲学批评的立场来关注儿童,把儿童作为独立存在的个体的生命存在。这一儿童观的代表人物主要是周作人。他的"儿童本位"论重视儿童作为主体的人的自然属性,尊重儿童的种种行为意识,尊重儿童的自然天性,这些皆是其"儿童本位观"的理论内涵。到了 20 世纪 80 年代,以班马为代表的儿童文学研究者受到周作人"儿童本位"思想的启发和影响,以儿童美学批评的方法构建了更加全面的儿童观。班马更加重视儿童的自然天性。他打破年龄界限的束缚,将儿童置于广阔的生活空间,以多元的拓展性思维方式来认识儿童,更加强调传统文化、现实生活对于儿童的影响。毫无疑问,班马打破时空限制,用文化学、社会学等知识对儿童独特的认知思维进行阐述。因此,他的儿童审美论理论逻辑性很强,内容充实,也极具说服力。

班马的儿童美学理论的构建为我们的研究提供了一个很好的范式。成人会尊重儿童自身的个性特征,发挥他们的主观能动性。同时成人也会作为社会经验的积累者发挥他们自身的主体性作用,去引领、激发、调动儿童潜在主体的发展。由此,在我们的理论视野中,构成儿童观的两方——成人与儿童,他们中的任何一方都不应该过度强调自我话语体系,去否定对方的话语体,他们是互为主体、互相关联而相对独立地并存发展。

到了 20 世纪 90 年代的儿童文学理论界对儿童—成人双向主体性规律理论探讨没有更加深入。可喜的是,有些作家在儿童文学创作领域已敏感地把握到了这一规律并自觉运用于创作实践。例如秦文君在 1994 年出版的

---

① 李利芳:《论中国现当代儿童文学中的儿童观》,《兰州大学学报》2000 年第 1 期,第 140-144 页。

《男生贾里》,成功塑造了贾里、贾梅、鲁智胜等鲜活的校园儿童形象系列,具有鲜明的时代感,被誉为"新时期少年儿童的心灵之作"。文本中作为"父亲形象"的代言人的贾里爸爸与查老师已经深深地懂得:走进儿童心灵,理解与尊重儿童是引领他们健康成长的前提条件;作为父辈,在孩子成长的过程中,同样也需要从孩子那里汲取知识,丰富自身。在这里,传统意义上的全知全能"父亲"和老师已经隐退,新时代的父亲和老师们正伴随着孩子们健康成长起来。

第四章
中国儿童文学的教育性

什么是教育?"教育是一种社会事业,是人类培养新生一代的一种社会实践。在教育过程中,教育者按照一定的目的、计划和措施去影响受教育者;受教育者则通过自己的积极活动接受教育的影响。"①

教育的目的是通过教育,使受教育者形成一定的思想、观点,养成一定的品德和个性品质,获得一定的知识、技能,发展体质和其他方面,成长为特定社会所要求的成员。儿童接受教育的渠道自然不止一种,教育者施教的措施也绝非一种,受教育者形成一定的思想观点,养成一定的品德和个性品质的路子更不止一条。在诸多渠道、措施中,儿童文学是主要的方式,并占有重要的一席。

儿童文学是作家的精神产品,包含着丰富的信息。这些信息中,或者是作家童年生活经历的再现,或者是作家童年情结的物质外化,或者是作家所见所闻所思所感的艺术表现,概言之,这些信息蕴含着作家的人生阅历、生活经验以及他所认知的民族文化、历史传统、社会形态、思想意识、价值取向等。儿童接受这精神产品的同时,也便继承了儿童文学作家通过作品所凝聚、传递的种种信息。儿童接受这些信息的过程,从艺术的角度看,我们可以认为是审美活动;从认知的角度看,我们可以称之为学习活动。用希腊儿童文学作家洛蒂·皮特罗维茨在 1986 年东京 IBBY(国际儿童读物协会)上的发言:儿童文学的功能是"桥梁"的功能,即"沟通"儿童与现实、儿童与历

---

① 潘菽:《教育心理学》,人民教育出版社 1996 年版,第 48 页。

史、儿童与未来、儿童与成年人、儿童与儿童之间的精神桥梁。而在这"桥梁"的诸多功能中,"沟通"儿童与成年人、儿童与历史、儿童与未来之间的联系,这本身就是一种引导和传递。这种代系之间的传递过程在一定程度上就可以被看作为广义的教育过程。①

第一节　教育性是儿童文学的重要属性

儿童文学与教育有着极为密切的关系,儿童文学的四种功能:审美、教育、娱乐、认知,既有各自独立的地位和作用,也有一个共同的功能,即从广义上说,审美、娱乐、认知都是教育,审美使读者感受美的同时,也使读者接受到美的影响和熏陶,这自然也是教育。美的训练,就是接受美的教育,提高审美的能力。儿童文学是快乐的文学,儿童通过"玩",增进智能,感知人生,接触世界,丰富情感,健全人格,充实生命的内容。至于认知功能更是紧密关联着儿童心灵的成长、思维的发展、经验的积累、阅历的丰富、学识的进步、眼界的开阔、素养的提高。所以说,"教育性"是儿童文学的重要属性,我们不应该也不可能无视它的存在。

如果要对儿童文学的教育性进行界定,蒋风的解释是:"儿童文学的教育性,不是说教,也不是图解道德的内涵。它应该是作家在生活中获得有深切感受的人和事物,经过精巧的艺术构思,用生动的语言创造出来的血肉丰满的艺术形象,让小读者从中得到熏陶感染,在潜移默化中受到教育。"

第二节　教育性在我国儿童文学中的特殊地位

教育性在我国儿童文学百年来的历史演进过程中,一直受到特殊关注。

---

①　蒋风:《儿童文学原理》,安徽教育出版社1998年版,第6页。

教育性的特殊地位在我国儿童文学领域是一个无法绕开的存在。首先,教育性之所以重要的原因,在于我国儿童文学界长期以来占据主导地位的"教育主义"。所谓"教育主义"就是利用文学来达到教育儿童的目的和主张。这一主张在我国儿童文学理论发展过程中,其轨迹是清晰可循的。

研究童话,采集儿歌,这是"五四"时期起始的一项很有实绩的工作,由于受到西方民俗学、教育学、儿童学以及文艺理论的影响。"五四"时期的童话研究有三种不同的目的和途径,即童话是"民间的童话""文学的童话"和"教育的童话",其中"教育的童话"的观点为"五四"时期众多的儿童文学工作者所接受。20 世纪 20 年代初,严既澄在《儿童文学在儿童教育上之价值》一文中明确指出:"儿童文学,就是专为儿童用的文学。"儿童文学在儿童教育上的价值在于"能满足"儿童的内部生活、儿童精神生命"发展的要求"和"能唤起儿童兴趣和想象"。因而,"现代的新教育,既然要拿儿童做本位,那么,凡是叫儿童文学的,必得是那些切于儿童的生活,适合儿童的要求,能唤起儿童的兴趣的东西"①。这里显然把儿童文学摆在儿童教育的从属地位,是从儿童教育的角度看待儿童文学的价值,这里所着重考虑的不是儿童文学的本质属性——审美,而在于强调儿童文学的"教育价值"。

20 世纪 30 年代,从特定的背景出发,从阶级解放和民族振兴的角度出发,左翼文学注重突出儿童文学的教育性一面,要求儿童文学应该"给少年们的阶级的认识,并且要鼓励他们,使他们了解,并参加斗争之必要","应该尽可能地利用富于宣传性和鼓励性的文字、插图等样式,来形成他们先入的观念……竭力和一切革命的斗争配合起来"②。儿童文学这种"和一切革命的斗争配合"的价值功能的选择,成为今后很长一段时期儿童文学最为重要的审美价值尺度,鲜明突出的主题,强烈的思想教育是许多儿童文学作家在其作品中着力表现的。

20 世纪 40 年代陈伯吹等提出:"儿童文学创作应当把文学风味和教育

①　严既澄:《儿童文学在儿童教育上之价值》,《中华教育报》第十三卷第十一号,1921 年 11 月 20 日。

②　龚冰庐等:《〈大众文艺〉第二次座谈会记录》,《大众文艺》第二卷第四期,1930年 5 月 1 日。

价值熔为一炉。"这种观点虽然注意到了儿童文学的本质属性,即文学性,但教育性仍然是儿童文学的首位属性,并没有因为倡导了文学风格而削弱教育价值在儿童文学中的地位。

20 世纪 50~60 年代,鲁兵在《教育儿童的文学》一书中提出"儿童文学是教育儿童的文学",这里的"教育"内涵较之以前要丰富得多,注意到了儿童文学教育作用的多元化,即包括思想教育、道德教育、知识教育、语言教育等;并且注意到了儿童文学的趣味性,不过,趣味只是手段,目的是"通过有趣的故事使他们在欢乐中接受教育"。落脚点仍然是儿童文学的教育性。与之相应,贺宜主张"儿童文学担负的任务跟学校教育是完全一致"的,它应当"辅助学校教育,成为对广大少年儿童进行全面教育的完整的系统的教育部署的一个重要环节",他在晚年回顾自己的创作道路和美学追求之后,进一步明确指出:"儿童文学就是要教孩子们懂得他们非懂不可的事,懂得他们能够懂得的事,懂得他们愿意懂得的事,懂得可以让他们懂得的事。"这段话是对十七年文学时期儿童文学教育性选择的一个经典概括。

到了 20 世纪 80~90 年代,新时期以曹文轩为代表的一批中青年儿童文学家,极力倡导儿童文学应该担负起"重塑民族性格"的职责,也即要发挥儿童文学的教育作用,完成"重塑民族性格"的历史使命。

综上所述,具有中国特色的"教育主义"决定了教育性在我国儿童文学中特殊的地位。纵观百年来的儿童文学发展史,教育性在儿童文学中的特殊地位具体表现在以下几个认识阶段:第一,儿童文学的"唯一"内涵就是它的教育价值。剖析"教育主义"关于儿童文学的价值观,其精神实质就是教育儿童的文学。据此,儿童文学与其说是文学的一个特殊分支,不如说是"教育主义"理论的一个分支。第二,教育价值虽然不能取代文学价值而涵盖儿童文学的价值,但教育性仍然是儿童文学中非常重要的属性。第三,承认儿童文学的教育性与趣味性等属性,但是教育性在儿童文学的众多属性中仍占据主导地位。趣味性等其他属性不过是实现儿童文学教育价值的途径、方法和手段,教育儿童才是儿童文学的终极目的、根本宗旨。总之,教育性在中国儿童文学百年来的发展进程中长时间地处于霸主地位甚至唯"教育性"独尊。

第三节　教育性在儿童文学中的作用

　　教育性在儿童文学中的作用是多方面的。教育的作用是帮助儿童提升思想境界,养成良好道德习惯,增长科学文化知识,开阔视野,启迪心智,健全人格,提高观察能力、计算能力、思维能力、语言艺术表达能力、创造能力和机智应变能力等,这许许多多作用都可以通过儿童文学的阅读欣赏而获得。

　　儿歌是最具代表性的儿童文学的基本形式之一。其中数数歌是一种与数学有机结合的儿歌样式。儿童唱着数数歌的同时获得识数字的教育。例如:

> 一二三四五六七,
> 七个孩子答算题。
> 七张白纸桌上摆,
> 七只小手握铅笔。
> 七双眼睛闪闪亮,
> 七颗心儿一样细。
> 七份答卷交老师,
> 七张小脸笑眯眯。
> 几个孩子答对了?
> 一二三四五六七。

　　樊发稼的这首《答算题》儿歌在提高儿童认识数的能力的同时,也对儿童进行了语言训练,让孩子对物量词与相关事物合理搭配的用法有了初步的认识。

　　儿童具有强大的创造力。我们常常会见到这样的情景:一个小女孩拿起一支铅笔给布娃娃打针,一个小男孩拉着一根竹扫把当马骑,这些在成人看来似乎没有太多意义的生活场景,实际上包含了儿童创造的成分。

儿童文学的教育性对于开发儿童的创造潜力,培养儿童拥有更高创造力具有重要作用。创造性思维品质是创造力的显著标志,求异思维、发散性思维是创造性思维最重要的思维形式。

伊索寓言《龟兔赛跑》是各国小朋友耳熟能详的世界名作,因而,提起《龟兔赛跑》,小朋友便会顺着思维定势做出反应:骄傲必定失败,小白兔骄傲,所以小白兔必定失败。湖南作家罗丹的寓言诗《兔子和乌龟的第二次赛跑》却反伊索原本之意而用之,别出心裁:乌龟认为兔子总是会骄傲,所以它按老经验慢慢地爬行,然而兔子已接受了上次失败的教训,做出了改变,一口气跑到了终点,取得了胜利。这首寓言诗的教育意义具有多重性:首先是激发了小朋友们的求异思维,同时告诉小朋友们,人们都会犯错误,犯错误并不可怕,只要能认识到错误,改正错误,就会取得进步,取得胜利。

有一首传统的山东儿歌《洗月亮》,这首儿歌的想象不拘一格。

> 海水清,海水凉,
> 捧起海水洗月亮,
> 月亮不敢脱衣裳,
> 拉块云彩忙遮上。
>
> 羞羞羞,脏脏脏,
> 谁家洗澡穿衣裳?
> 羞得月亮低下头,
> 跳进海里乱晃荡。

诗人想象用海水给月亮洗澡,很奇特,也很大胆,一片云飘过来,遮住了天上的月亮,诗人想象是月亮害羞而不敢脱衣裳,想象风趣幽默,风把云彩带走了,月亮又露出面庞,并且投影在海水里,随着波浪晃荡。诗人想象是因为月亮害羞得无地自容,无法再赖在天上,所以才跳进海里,想把自己羞涩的面容彻底掩藏。想象非常奇妙!以拟人化的手法把月亮姑娘羞涩的神情描摹得惟妙惟肖。这样的儿童文学作品颇能启迪儿童的发散性思维。

培根说过:"读书在于造成良好的人格。"儿童文学以其特有的艺术魅力,对小读者的思想情感和心灵都会产生极大的感染和影响,优秀的儿童文学作品往往比直接的学校思想品德教育更能有效地促使儿童健全人格的形成。

童话故事《九色鹿》用对比的手法,刻画了一正一邪两个形象,九色鹿不仅有急人所难的善行,更有容人所失的大度,相形之下,那个蒙受九色鹿之恩却忘恩负义、恩将仇报的小人自然令小读者唾弃。在这一组鲜明的形象对比中,小朋友得以明辨是非、善恶、真伪、美丑,从而滋生做一个善良的人,做一个正直的人的美好信念。

对于孩子来说,做一个善良正直的人还不够,还要做一个能为社会做贡献、努力进取向上的人。严文井的《小溪流的歌》是一篇文情并茂的短篇童话。小溪流不沉迷于风景秀丽的山谷,它向往着更广阔的天地,因而它唱着"永远不休息"的歌,冲破巨石的阻拦,顶住枯树桩的劝说,不惧乌鸦的威胁,抛下泥沙的怨恨,一往无前,不知疲倦地向前奔流! 于是溪流成了小河,小河汇入长江,长江投向广阔无际的大海,大海唱着小溪流的歌:"永远不休息,永远不休息!"读了这篇童话,小读者不难从中感受到一种永远进取、积极向上的精神力量,也会体悟到只有从小定下人生志向,并且战胜学习道路上的重重困难险阻,奔着目标,一往无前,才能最终实现自己的目标。

人格的力量是无穷的。儿童文学作家是为天真纯洁、可塑性强的儿童创造精神产品的人群,就更应该关注自己的人格、人品。文如其人,格调低下的作家绝不可能写出格调高尚的作品。所以,作家在以自己的作品去影响读者、健全读者人格之时,首先应注意塑造自己的人格。

综上所述,儿童文学的教育作用是多方面的,但最终目的是帮助儿童健康成长,使儿童在接受文学作品过程中,从思想道德、情感精神、心智人格等诸方面,受到感染、影响和启发教育。

第四节　教育性在儿童文学中的局限

诚然,儿童文学的教育作用绝不是孤立的,它必须以认知为基础,以审美为中介,甚至不能完全杜绝娱乐的成分。也就是说,任何一篇作品,都应该具有一定的美感功能、教育功能和认知功能,适合低龄儿童的作品还应该具有一定的娱乐功能。过分强调任何一种功能,忽视其他功能都是错误的。对于儿童文学教育价值的认识自然也不例外。

回顾百年来的中国儿童文学发展史,儿童文学的教育性地位时常被人过分夸大,这是不切合实际的。因为教育功能在儿童文学中也有其限定性,它不可能也无法代替其他功能。事实上,许多优秀的儿童文学作品,若一味地用所谓教育去套,往往是捉襟见肘,牵强附会,时常陷于不能自圆其说、非常尴尬的境地。

儿童好奇心强、喜爱热闹、喜好刺激,在阅读作品时很少对人物或事件进行道德价值评判,生动有趣是他们是否喜欢一个人物或一个故事的重要标准。因此,以任溶溶、郑渊洁为代表的"热闹型"童话,不管其思想价值、教育意义如何,作品生动有趣,深受小读者的喜爱。比如,《皮皮鲁外传》中皮皮鲁是个有缺陷的问题孩子,《舒克和贝塔》中舒克和贝塔在生活里是人类厌恶的小老鼠,但他们备受小读者喜欢。还有《敏豪生奇游记》,几乎每个故事都写得非常荒唐,但小读者认同;明知现实生活里不会有这样的事情发生,但它吸引了读者,对读者有说服力。总之,好的童话大人小孩都喜欢。所谓好的童话,若以《敏豪生奇游记》为蓝本,用教育性作为价值评判标准,那是没有结论的。再如美国动画片《猫和老鼠》,笨猫一次又一次地想捉弄老鼠,却每一次被老鼠捉弄。笨猫的自作聪明,老鼠的聪明机智能否印证所谓的"教育价值"呢? 显然很勉强。至于形式上不厌其烦地重复,内容上的猫捉老鼠游戏,更难用教育这个尺度去衡量。但它却能给儿童以快乐,让儿童开心,让儿童痴迷。这便是成功的好的儿童作品。

由此可见,儿童文学并非只有教育作用。强调儿童文学的教育价值无可厚非,但不能强调到绝对化的程度,更不能以教育的一元性取代审美性、娱乐性和认知性等的地位。教育性是儿童文学的重要属性,但不是儿童文学的唯一属性;注重儿童文学的教育价值理所应当,但不能过分追求道义灌输和宣教功能,否则,儿童文学就有可能迷失文学的本性。客观地说,教育性只是儿童文学创作和阅读机制中客观存在的属性之一,但它不是儿童文学的全部,儿童文学的本质属性说到底仍是文学的审美。

蒋风先生说:"要是过分强调教育性并把它理解得过分狭窄,就会导致作者刻意追求在自己的作品中体现某一教化的目的；这种作品容易流于说教，影响质量。但要是走向另一个极端，认为'教育性'束缚了作家的头脑，必须彻底摒弃'教育性'，又等于抽掉了儿童文学的灵魂。儿童生活阅历浅，知识少，辨别能力弱，作为灵魂工程师的作家，不能不给予必要的引导。因此，任何否定儿童文学教育性的论调都是错误的。"应该说，蒋风先生的论断是比较客观公允的，本书采用蒋风先生的说法。

第五章
中国儿童文学的人性观

人类对自身的认识是一个漫长无尽的过程。从两千多年前哲人苏格拉底"认识你自己"的口号，到莎士比亚借李尔王之口道出自己的疑惑："谁能告诉我：我是谁？"再到法国后印象派画家高更的不朽之作《我们从哪里来？我们是谁？我们到哪里去?》，这些关于人类对自身问题的探讨从未停止过。直到今天，人类对自身认识依然是浮光掠影。

第一节　人性善或人性恶？

对人性采取何种态度，历来是人类构建社会和人生观的根本所在。人类对自身本质的种种认识和思考，最终往往归结于一个古老的哲学命题——人性论。人性的善与恶成为数千年来中外哲学家、伦理学家聚讼争议的一大问题。

就主观而言，若采取性善说，便喜欢自由的社会。因为这样的社会可以直接发现并发展人的善的本性。反之，若采取性恶论，便不免倾向于重视统治，原因在于必须抑制人性的恶，钱钟书认为："言性恶则乞灵于神明，言性善则立于人定。"①欧洲的文艺复兴运动已证实钱钟书的这种说法。至于人

_____

① 钱钟书：《钱钟书论学文选》（第 1 卷），花城出版社 1990 年版，第 56 页。

性善恶各参半的观点,则会促使人们极力构建扬善惩恶的和谐社会。

对于着重表现人的心灵世界的文学家来说,人性问题正是他们必须进行思考和选择的价值领域。意大利作家卡尔维诺的小说《一个分成两半的子爵》书写了这样一个故事:在一次战争中,子爵梅达尔被炮弹击中,将他刚好从额头到脸部、胸部以至整个身躯劈成左右两半。后来这两个半身人先后被医生救活,他们各自回到故乡却成了两个截然不同的人,右半身专门作恶,他因自己只剩了残缺的半身而要把世上的一切劈成两半;左半身则刚好相反,专门为善,他因自己体验到了半身的痛苦,而努力使世上有缺陷的人与事变得完整和美好。后来,这两个人同时爱上了同一个姑娘,并为之发生决斗。决斗中恰好互相把对方的伤口劈开,于是医生又把两个半身人缝合为一体,恢复了子爵原来的面貌。这篇带有寓言性质的小说,历来被视为人性善恶参半观点的一种形象化、哲理化的注释。①

英国作家王尔德根据《圣经·新约全书》中的《马太福音》里记载的故事改编后创作了一部戏剧《莎乐美》。故事的情节是这样的:犹太王希律的女儿莎乐美,从小就仰慕青年人约翰,并数次主动追求,但约翰不为所动。莎乐美发誓此生非要吻到约翰的嘴唇。当她随母亲进入王室,成了犹太公主后,便唆使希律砍下约翰的头,莎乐美终于吻到了她发誓追求的至爱。希律则因此陷于狂躁和抑郁,最后命令卫士杀死了莎乐美。这出悲剧令人惊骇地看到,人性美的渴望却常常又会与人性恶的欲念扭结在一起。

与王尔德的激越相比,中国现代文学家沈从文对人性的描写则显现出外柔内刚的温和。沈从文是典型的宣扬人性善论、人性自然论、温和主义论的作家。他的《边城》《长河》《萧萧》等小说对人的纯美善良品行的表现自然纯粹,颇具有普世价值。由此可知,沈从文对人性的本质怀有莫大的信心。他对于人性善的张扬绝不是幼稚的、脱离现实的一种乌托邦式的空想。事实上,他通过作品深刻地发现,在现实社会中,人善良的本质不仅在逐渐减弱,甚至还可以变得丑恶。在"人性的疗愈者"沈从文看来,濒临残破的人性道德标准,虚伪狡诈的都市文明,不合理的社会制度,都是一种病。它是

———————————

① 朱自强:《儿童文学的人性观》,《东北师范大学学报》1996 年第 1 期,第 60—66 页。

毒害人类善良本性的病灶,对它必须不断地进行揭露和剜治。

第二节　信任儿童的本性

儿童文学也是文学。它与成人文学一样,也有着自己关于人类生存的哲学思考,有着自己在人性论上的独到观点。儿童文学的人性观也同样有着一段发生、发展和变化的历史过程。

英国最早送给儿童的是清教徒们为拯救儿童"罪恶"的灵魂而出版的带有浓厚宗教色彩的教训性书籍。毫无疑问,这种书籍的底层流淌着传统基督教的原罪观的浊流。当启蒙的人文主义者陷入把人性看作"白板"的经验理性陷阱时,法国思想家卢梭拨开历史的迷雾,通过逻辑还原,张扬人类内心的自然状态——天赋良知。同一时期,被称为"儿童是成人之父"的英国浪漫派,提出了儿童的想象力和新鲜的感受性与人类精神的自由解放紧密相连的儿童观,这正是一种性善论的观点。

进入 20 世纪,信任儿童的本性已经成为全世界儿童文学研究的共识。在 20 年代初,儿童文学理论的先驱者周作人在《人的文学》中论道:"我们相信人的一切生活本能,都是美的善的,应得完全满足。凡有违反人性不自然的习惯制度,都应排斥改正。"[1]并且提出了儿童文学应"顺应自然,助长发达,使各期之儿童得保其自然之本相"[2]前瞻性的主张。

儿童文学信任儿童本性,必须直面人性恶论者的诘难。19 世纪的叔本华,在论述人性恶时,认为幼儿心性具有残忍的特质:没有一个动物,只为折磨而折磨另一个动物,但人却如此,正是这种情形,构成人类性格中的残忍特质,这种残忍特质比纯粹兽性更坏。……例如,如果两条小狗一起玩

---

① 周作人:《人的文学》,转引自王泉根编《周作人与儿童文学》,浙江少年儿童出版社 1985 年版,第 22 页。

② 周作人:《童话略论》,转引自王泉根编《周作人与儿童文学》,浙江少年儿童出版社 1985 年版,第 76 页。

耍——看到这种情形是多么令人愉快,多么可爱——如果有个三四岁的小孩加入它们,小孩一定会用鞭子或棍子打它们,因此,即使在那种小小年纪,就表现出自己是制造伤害的卓越动物。①《胡萝卜须》的创作者、法国作家勒纳尔,曾在《日记》中写道:"维克多·雨果和其他许多人把儿童这一存在看作是天使。实际上这些家伙是凶暴而极坏的。首先,有关儿童的文学,只要不站在这一观点上,就决不能进行革新。"②

儿童文学家当然承认,在现实中并非没有幼儿故意"虐待"小猫小狗等动物的现象,但是幼儿在天性上是同情、爱护小动物的。用竹竿捅破蜜蜂的巢穴,掐断蜻蜓的翅膀,这可能是自然中的每个儿童都做过的事情。这种行为完全受儿童强烈的好奇心和旺盛的行动力驱使。日本的童谣诗人北原白秋指出:儿童的这种"残忍",它"不是根本的残忍。它只是成长力的一种变异,是美和诗。将它只看成是恶,这不过是成人那不纯的道德观念"③。

当代小说家余华以其对现实的冷酷描写而引人注目。他的中篇小说《现实一种》写到四岁的皮皮如何因惊喜于襁褓中堂弟的哭声而不断"虐待"(打耳光、卡喉咙)堂弟使其放声大哭的情景,最后,皮皮竟因感到抱着的堂弟太沉重,而将手松开,以致把小堂弟摔死在地。余华深知幼儿的心灵世界与成人不同,在他的笔下,皮皮对自己行为的"残忍"始终是浑然不觉,儿童无心的过错和大人们有心的犯罪完全是两回事。因而,读者也便不应对其行为做伦理道德上的裁决。有位成人文学评论家认为余华这是"描写了儿童与罪恶的关系""提醒成年人在成长过程中不断有意识地戒除那些几乎与生俱来的犯罪冲动"④。这种观点是否也是因"成人那不纯的道德观念"而造成对文本"误读"呢?

① 叔本华:《人生的智慧》,黑龙江人民出版社1987年版,第106页。
② 转引自安藤美纪夫:《儿童与书的世界》(日文版),角川书店1981年版,第61页。
③ 北原白秋:《童谣论》(日文版),日本青少年文化中心1973年版,第53页。
④ 郜元宝:《匮乏时代的精神凭吊者——60年代出生作家群印象》,《文学评论》1995年第3期,第51-58页。

第三节　儿童人性观之比较

1983 年诺贝尔文学奖获得者、英国作家威廉·戈尔丁,常常以一个悲观主义者的态度,描写人类难以应付的种种生存困境,表现人类因文明的束缚、消解而暴露出的人性之恶。戈尔丁著名的小说《蝇王》便是一部描写儿童人性恶的寓言式小说。

故事情节是这样的:一群英国学童在战争期间乘坐的飞机失事,坠落于一座荒岛上。幸免于难的孩子们选出拉尔夫当头头,其中的杰克对自己未被选中而耿耿于怀,在是"按规矩办事"以期得救(文明),还是任性打猎(野性)的选择上,他与拉尔夫发生了根本分歧。拉尔夫、猪仔、西门和一些幼小儿童继续生起求救篝火,杰克则带领另一班孩子深居洞穴,建立了以自己为首领的"野人"部落。西门误入杰克部落,被发狂的孩子们用乱棍"拼命敲打,动嘴啮咬,用手拉扯"而死。猪仔也在商谈篝火的事件时,被杰克部下推落的巨石砸死了。小说最后在拉尔夫被杰克这伙"野人"围捕追杀的危险关头,一艘快艇上的海军军官发现求救篝火,登上荒岛,从而才使拉尔夫等人绝处逢生。

《蝇王》"这部小说现已成为英美大中学校文学课的必读书"①。1983 年10 月,瑞典文学院拉尔斯·吉伦斯顿,在为威廉·戈尔丁颁奖致辞时说:"威廉·戈尔丁因他的第一部长篇小说《蝇王》(1954)而一举成功,其世界性的声誉一直保持至今。到现在这部小说可能已拥有几亿读者。换句话说,这是一本被当作消遣性惊险故事或儿童读物来阅读的畅销书。"②拉尔斯·吉伦斯顿的讲话很清楚地论断,《蝇王》是"被当作消遣性惊险故事或儿童读物来阅读的",这即使不是对儿童阅读事实的描述,至少也是拉尔斯·吉伦斯

---

① 建钢等编译:《诺贝尔文学奖获奖颁奖演说全集》,中国广播电视出版社 1993 年版,第 692 页。

② 同上。

顿对作品人性论的价值判断。

那么,《蝇王》是否可以当作儿童文学作品来讨论?《蝇王》对儿童人性恶的描写是否符合儿童心性的本质?或者是否适合儿童读者阅读?这几个问题一直令人困惑。如果将其与美国作家塞林格的《麦田里的守望者》比较阅读,在人性观点的方面进行对比、分析之后,自然能得出不同的结论。

1951 年《麦田里的守望者》出版后,时至今日社会各界对其的讨论从未停止过。有些评论家严厉批评此书;一些家长要求图书馆和学校把此书列为禁书。少年主人公精神颓废,满嘴脏话,不思读书,几次被学校开除,小小年纪便抽烟酗酒,甚至还叫来妓女。表面看来,《麦田里的守望者》很像一本"坏书",但是读者们很快读出了这部小说的真意,尤其是青少年读者,更是对其赞赏有加,认为它道出了自己的心声。

《麦田里的守望者》以主人公自述的方式,描写了 16 岁的中学生霍尔顿·考尔菲德被学校第四次开除后,为了让母亲有个对坏消息的消化时间而选择暂不回家,去纽约"逍遥"一天两夜的疯狂经历。原本希望通过纽约"逍遥"的经历,能使自己"心情好转"。然而霍尔顿遇到的仍是一连串的失望:昔日女友令他不快;妓女让他损财后又遭毒打;虔诚信教的修女也使他心寒不已;最后当他向敬佩的老师安多里尼寻求庇护时,老师竟是个搞同性恋的"伪君子"。霍尔顿改变了回家的想法,"决计远走高飞""到西部去"。然而,就在他向妹妹菲苾告别时,菲苾以孩子特有的方式感化并拦阻了他。霍尔顿在生了一场病后,重新尝试回归新的生活。

《蝇王》采用的是儿童文学惯用的历险模式(戈尔丁正是从英国作家 R. M. 巴兰坦的荒岛历险小说《珊瑚岛》获得了创作灵感,《蝇王》中的两个重要的主人公的名字拉尔夫和杰克均直接取自《珊瑚岛》)①。它和《麦田里的守望者》关于儿童人性的哲学思考却截然不同。前者故事情节波澜起伏,扣人心弦,矛盾主线突出,进展明显;在语言叙述上,简洁明快,生动且富有感染力。《麦田里的守望者》故事情节平淡无奇,语言叙述多内部心理的挖掘。仅从儿童文学文本分析来看,在外部形式上,显然前者更具儿童文学性,比

---

①　罗伯特·迈克尔·巴兰坦:《珊瑚岛》,沈忆文、沈忆辉译,中国对外翻译出版公司 1997 年版。

后者更胜一筹。但是一部作品的成败外部形式没那么重要,内部思想与外部形式之间自然天成的融合才更为重要。

《麦田里的守望者》本质上并不悲观绝望,而是顽强追求健全人生的蕴含希望的作品。① 虽然塞林格被西方一些评论家称为"遁世"作家,成名不久便隐居乡林。但是,从我个人阅读感受来看,《麦田里的守望者》表层看起来消极遁世,但这部外冷内热的作品,本质上是作者积极入世的表达。霍尔顿始终是一位保持着善良心性的"小小少年"。他认为,学校"要你干的就是读书,求学问,出人头地,以便将来买辆混账的凯迪拉克"②。于是他以学习上的不用功来反抗美国现行教育制度的弊端。但被学校开除后,他依然产生深深的愧对父母之情。当他想做一个"麦田里的守望者"时,出于爱妹妹之心而放弃出走计划,留下来承受原来的生活压力。对这样一位善良的少年,"作家塞林格越是极尽笔力渲染他的冷嘲热讽、玩世不恭,表现他的'颓废'和'垮掉',反而越是能够激起人们对这位少年心灵被扭曲和"异化"的同情、对不合理社会的荒诞的厌恶和反思"③。《麦田里的守望者》本质上并不悲观绝望,而是顽强追求健全人生的蕴含希望的作品。

与《麦田里的守望者》的不够明朗的结局相比,《蝇王》的结尾采用的是具有普遍性的大团圆性结局。但是,"戈尔丁式"的这种大团圆性或光明性结局在生活中具有偶然性。巴尔扎克说:"偶然是世界上最大的小说家。""拉尔夫在生命遭遇危险的时刻,如果没有那位前来营救的海军军官这种偶然性事件发生,他不可能活命。在这里戈尔丁人性恶的儿童哲学与《蝇王》艺术表现之间存在着明显的内在矛盾。"④

《蝇王》把一群孩子从现实社会中剥离出来,投送到了自然之中。将这些十一二岁的儿童置身于与文明社会隔绝的自然之中,流落荒岛,回归自然本性,儿童的天然本性的确少了许多束缚,接近了自然祖露的状态。

———————

① 朱自强:《儿童文学的人性观》,《东北师范大学学报》1996 年第 1 期,第 60-66 页。

② J.D. 塞林格:《麦田里的守望者》,施咸荣译,译林出版社 2010 年版,第 141 页。

③ 朱自强:《儿童文学的人性观》,《东北师范大学学报》1996 年第 1 期,第 60-66 页。

④ 同上。

马克·吐温的儿童小说《哈克贝利·费恩历险记》也告诉我们：近于自然的儿童才是不仅仅持有金钱欲、权势欲、迷信、偏见和兽性的出色的人。在戈尔丁笔下，荒岛上的两组儿童的矛盾冲突实质上是自然、野蛮（以杰克为代表）与社会文明（以拉尔夫、猪仔为代表）之间的矛盾与冲突。前者是恶的代表，后者是善的化身。《蝇王》这个故事表现的主题是：一旦离开文明社会，归于自然之中，孩子也会出现"纯真的泯灭"，走向"人心的邪恶"。一旦文明（以登岛的海军军官为代表）介入自然，孩子间的"暴力"和"谋杀"会即刻停止。

"转过身去，让孩子们有个时间来恢复镇定。他等待着，目光就停留在远处那艘整洁的快艇上。"这是小说结尾的最后一句话，海军军官目光停留在远处那艘整洁的快艇上，他对杰克的用泥彩涂抹花脸式的"肮脏"和拉尔夫尽量想保持的"整洁"，是极为关注的。"肮脏"与"整洁"一对反义词汇意在表达文明与野蛮的冲突这一主题。搭乘整洁的快艇，返回文明社会是戈尔丁为拯救善良、遏制邪恶给出的答案。然而，天真的孩子脑中邪恶的思想是谁灌输的？孩子们心中的邪恶（假如存在的话）就会从此消失殆尽吗？《蝇王》的偶然性大团圆结局在儿童哲学上是矛盾的，它并不能帮助拉尔夫进行拯救人性的哲学思考。既然落荒于自然，儿童的邪恶本性会从"潘多拉的盒子"中释放出来；返回文明社会，会遭受来自成人社会邪恶人性的污染。那么，《蝇王》对戈尔丁以及所有儿童人性恶论者来说，它只能是一部展示悲观和绝望的走投无路的作品。

可以说，在儿童哲学层面上，《蝇王》是大胆越过儿童文学边界的入侵者。戈尔丁的儿童人性恶的哲学思想本身是过于理性的，但《蝇王》在表现这一哲学思想时却不能在情感上给儿童读者以文学的感动。反之，尽管在《麦田里的守望者》的前半部分，霍尔顿身上的少年气息不够明显，在艺术表现上有一些陌生化，但是，它对少年真诚善良心性的肯定以及对人性的信任，这一点与儿童文学的人生哲学思想达到了共识。小说情节越向后发展，霍尔顿身上纯朴、善良的少年气息越来越浓厚，从而成了受到儿童文学读者们欢迎的亲密朋友。

第四节 信任人性：儿童文学的使命

信任人性，寄希望于未来，并非完全主张掩饰生活中不断出现的悲剧，回避社会中的邪恶和丑行。洞悉人生本质却并不因为生活中存在着苦难而丧失生存的勇气。苦难只是生活的一部分，当人们只知道这生活的半个真实时，才会更加痛苦。探究人类本性的丹麦作家安徒生就是如此。他以《丑小鸭》《皇帝的新装》《卖火柴的小女孩》等童话坦率地展示出人性中恶的问题。但了解人性真实的安徒生深信爱是比痛苦、忧伤更强大的力量，它能创造出人间的一切奇迹。安徒生在自己的肖像画上写道："人生是所有故事中最美丽的一个故事。"正是由于他始终对生活心怀炽热的爱，才能够创作出"执着追求爱，又勇敢奉献爱"的《海的女儿》。

儿童纯真的天性具有向善向美的能动性。儿童文学是一种乐观的、具有前瞻性的文学。在儿童文学历史上，没有哪一位作家因在自己的作品中倾注虚无绝望的人生信念而深受孩子们的喜爱，并且获得成功。德国优秀的儿童文学作家凯斯特纳说得好："在我们当前这个世界里，只有对人类持有信心的人才能对少年儿童有所帮助。他们还应当对诸如良知、榜样、家庭、友谊、自由、怀念、想象、幸福与幽默……的价值有所了解。所有这些就像恒星一样在我们上空闪耀，并一直存在于我们当中。谁能把它们展现给儿童并讲给儿童听，谁也就引导儿童从沉寂中走出来，跨入充满友爱的世界。因为天真的儿童身心没有沾染世俗的丑习恶德——他们才是有希望被培养成理想人类的人。"①

法国文学史家波尔·阿扎尔的《书·儿童·成人》被誉为儿童文学研究者必读之书，书中他曾说过一段话：

---

① 转引自韦苇:《外国童话史》,江苏少年儿童出版社 1991 年版,第 412 页。

儿童们阅读安徒生美丽的童话，并不只是度过愉快的时光，他们也从中自觉到做人的准则，作为人必须承担的重大责任。虽说是孩子，但也仍然非体味痛苦的滋味不可。由于玩具娃娃的死他们也会遭受到不可言喻的悲伤的打击。对恶，尽管模糊，他们也会感觉到。恶的东西，既存在于他们的周围，也被感受于他们的内心。但是，这种活生生的苦恼和疑惑都不过是一时的东西。他们无论遇到什么事情都不会失去心中的光明。生存于这个世上的他们的使命就是给这个世界再次带来信仰和希望。如果人类的精神不能经常被这一充满自信的年轻力量而唤醒，这个世界会成为什么样子呢？我们的后继者走过来了。孩子们再次开始美丽地装饰这片土地。一切都重返青春、映照着绿色，人生的价值被重新发现。在安徒生诗情充沛的童话里，浸透着梦想更加美好的未来的坚强信仰。这一信仰使安徒生的灵魂和孩子们的灵魂直接融合在一起。安徒生就是这样倾听着潜藏于儿童们心底的愿望，协助他们去完成使命。安徒生和儿童们一起，并依靠儿童们的力量，防止着人类的灭亡，牢牢地守护着导引人类的那一理想之光①。

由以上论断可知，儿童文学的乐观主义精神正是来自于它对儿童人性的肯定性评价。

---

① 波尔·阿扎尔：《书·儿童·成人》（日文版），纪伊国屋书店 1986 年版，第 154-155 页。

第六章

中国儿童文学的儿童化

20 世纪初,西方儿童文学风起云涌,这种发展态势迅速波及中国。一批革新意识强烈的现代作家,在新文学运动之初便发出了倡导儿童文学的一声声呐喊。儿童化,从来就是儿童文学创作必须遵循的一条原则。①

第一节 "五四"时期的儿童化理论

1920 年 10 月 26 日,周作人在北京孔德学校作了题为《儿童的文学》的讲演。在这场讲演中,他高扬人道主义旗帜,抨击封建社会虐杀儿童的罪恶,提倡尊重儿童的独立人格,倡导对儿童的社会地位应予承认和提高。他还明确指出:被封建主义桎梏的中国,由于"向来对于儿童,没有正当的理解",因而"不是将他当作缩小的成人,拿圣经贤传尽量地灌下去,便将他看作不完全的小人,说:小孩懂得什么,一笔抹杀,不去理他"。② ——总之,"缩小的成人"也罢,"不完全的小人"也罢,这都是对孩子独立人格的一种轻贱与忽视。

之后,郭沫若于 1922 年 1 月发表了《儿童文学之管见》。文章一针见血

---

① 彭斯远:《儿童化与成人化——中国当代儿童文学悖论现象考察》,《昆明师范高等专科学校学报》2002 年第 1 期,第 1-4 页。

② 王泉根:《周作人与儿童文学》,浙江少年儿童出版社 1998 年版,第 10 页。

地指出:儿童文学的实质,应是以儿童为"本位"的文学。所谓"本位",就是根本,核心或出发点的意思。① 也就是说,儿童文学应以儿童为服务对象,以小读者的理解能力为创作的出发点。诚然,孩子的理解能力,最终又是受其年龄和心理特征的制约,以孩子的智力发展水平为先决条件的。所以,"儿童本位"的观点,一方面强调了儿童文学要服务于儿童,另一方面强调了孩子本身对儿童文学的创作所起的制约作用。儿童文学的创作者不仅仅是成年人以少年儿童为书写对象,更为紧要的是要从孩子的眼光出发去表现孩子的世界或成人的世界。后来的儿童文学创作,之所以在题材选择和叙述视角上形成了上述特征,这一切都可以归结到儿童"本位"命题的提出和运用上。

与此同时,鲁迅也提出"本位应在幼者,却反在长者;置重应在将来,却反在过去"的"幼者本位"论。鲁迅提出的"幼者本位"的含义与郭沫若所提倡的"儿童本位"说所强调的儿童心理特殊性是一致的,是互相吻合的。郭沫若、鲁迅倡导"儿童本位"说和"幼者本位"说,最终目的是一致的。他们都是为克服我国传统儿童观的错误,为了提高现代儿童的社会地位,尊重儿童个体的独立人格和精神世界。

第二节　十七年文学时期的儿童化理论

可以肯定的是,1949 年 10 月 1 日,中华人民共和国成立以后,我国儿童文学始终在沿着儿童化的道路前进,但随后的发展呈现出艰难曲折的态势。20 世纪 50 年代末至 60 年代初期,儿童文学因过分强调儿童文学的教育性,弱化了儿童化,出现了不少标语口号化泛滥的作品。这一时期,儿童文学创作几乎背离了儿童化。1959 年,老作家贺宜在山西《火花》杂志 6 月号上,发表了《儿童文学创作的一个关键差别问题——儿童化》的万字长文,确定了

---

① 郭沫若:《郭沫若全集》(第 15 卷),人民文学出版社 1990 年版,第 55 页。

儿童化是此后儿童文学创作必须遵循的原则,具有极为深远的影响。

贺宜提倡创作中要正确实施儿童化。首先,他指出易与儿童化混淆的种种不良倾向的创作。其一,儿童化不等于通俗化。儿童化,固然要求作品写得通俗浅显,但还要求反映儿童的年龄特点。其二,儿童化不等于简单化。儿童化不是"简陋粗糙"的同义语。其三,儿童化不等于"小儿腔"。其四,儿童化不等于只是"写儿童"。① 仅仅停留在题材上写儿童是远远不够的,如果写儿童的目的只是在于教育成人而非儿童,这样写儿童,仍然不是儿童化。总之,儿童化是为了让儿童读者从作家的描写中接受美的熏陶,如果以此为创作的出发点,即使在题材上不写儿童,仍然可以归属于儿童化的创作。

其次,贺宜还在文中进一步指出,"儿童化只是要求作者们能够设身处地,多为孩子们着想,使自己的作品做到:孩子们看得懂,喜欢看,看了确实有好处。这就是'儿童化'的全部。除外没有别的"②。或者可以说,"'儿童化'并不包含着神秘特殊的意思,就只要求每个作者下笔之时,多想到一点孩子们,多照顾一点孩子们"③。其实,这就是对儿童化的实质予以了科学的阐释与说明。

最后,贺宜在论文的结尾还提出了实施儿童化的注意事项,即除了注意小读者的年龄特点以外,创作中还要力求做到:一是形象具体化。二是主题突出,教育目的明确化。三是文字通达流畅,语言简洁精确。四是要有趣生动。

继贺宜之后,茅盾在《六〇年少年儿童文学漫谈》一文中也重申了关于儿童化理论的建设问题。茅盾以严谨的治学态度,在对 1959—1960 年北京和上海两家少年儿童出版社所出的近百种儿童文学作品予以研究分析后,一针见血地指出:"恕我说句大不敬的话:我们的少年儿童文学的内容好像

① 彭斯远:《儿童化与成人化——中国当代儿童文学悖论现象考察》,《昆明师范高等专科学校学报》2002 年第 1 期,第 1-4 页。

② 贺宜:《儿童文学创作的一个关键差别问题——儿童化》,《火花》1959 年 6 月号,后收录作者论文集《散论儿童文学》,百花出版社 1960 年版,第 55-60 页。

③ 同上。

在赛'提高'。学龄前儿童读物和低年级儿童读物一般高,而低年级儿童读物又和少年读物一般高。""这样的'拔苗助长',后果未必良好。"①为了纠正上述严重的创作弊病,茅盾主张,作家应针对少年儿童不同的智力发展水平提供不同的精神食粮,用他的说法就是:"该喂奶的时候就喂奶,该搭点细粮时应搭点细粮,而不能不管三七二十一,一开头就硬塞高粱饼子。"②

茅盾在该文中首先批评了有些儿童文学作家违背儿童年龄特征而将少年视为"缩小了的成年人",将儿童视为"缩小了的少年"来看待的弊病。此种创作实际是一种对"儿童化"的背离。为纠正此种弊病,茅盾还直接提出了他对儿童文学语言表达应该尽力浅显的看法。他说:

> 依我看来,儿童文学的语法造句要单纯而又不呆板,语汇要丰富多彩而又不堆砌,句调要铿锵悦耳而又不故意追求节奏。少年儿童文学作品要求尽可能少用抽象的词句,尽可能多用形象化的词句。③

由此看来,茅盾关于儿童小说创作经验的论述观点,是与贺宜关于儿童文学"儿童化"的理论主张不谋而合的。

20 个世纪 50 年代末期,我国儿童文学创作虽然严重受成人化的影响,但是可喜的是,20 世纪五六十年代,在贺宜和茅盾的儿童化理论倡导和影响下,儿童文学作家遵循儿童化理论观念进行创作而产生的优秀作品却不少。如张天翼的短篇小说《罗文应的故事》④,是以校外辅导员——解放军叔叔给小学生罗文应写信的方法叙述故事。文本不仅对罗文应那好奇爱动的儿童个性予以生动表现,而且对他由小小年纪即知经过锤炼意志而得以成长为合格的社会主义接班人的过程,加以高度的赞扬。小说运用生动有趣的语言,唤醒了儿童内心敢于面对缺点,同自身缺点做斗争的毅力与勇气,充分

---

① 茅盾:《六〇年儿童文学漫谈》,转引自孔海珠编《茅盾与儿童文学》,少年儿童出版社 1990 年版,第 482 页。

② 同上。

③ 同上。

④ 张天翼:《罗文应的故事》,《人民文学》1952 年 2 月号。

体现了儿童化要求的浅而有趣的语言。罗文应也因此成为 20 世纪 50 年代中国儿童文学的一个典型形象。作品在培养"又红又专"的共产主义接班人的坚强意志力方面,具有强烈的教育力量和时代意识。除此之外,张天翼的长篇童话《宝葫芦的秘密》,严文井的中篇童话《"下次开船"港》,陈伯吹的童话《一只想飞的猫》,金近的童话《小鲤鱼跳龙门》,包蕾的童话《小金鱼拔牙齿》,高士其的科学诗《我们的土壤妈妈》等作品,可以说都是儿童文学创作儿童化理论践行的代表性典范作品。

第三节　20 世纪 80 年代以来的儿童化理论

20 世纪 80 年代,儿童文学理论家班马针对中小学生阅读选择上出现的"小人读大书"的倾向,从阅读选择与接受心理上提出:儿童文学创作是必须顾及不断提升的小读者的阅读兴味,并以此为考虑问题的出发点的。班马竭力贯彻儿童本位观念与理论,以及其对新的经济时代发展的敏锐感悟,很快引起了儿童文学界的关注。

1984 年,班马在石家庄召开的全国儿童文学理论座谈会上,发表了题为《视角研究》的长篇论文。论文总体上是针对作家们对儿童化的追求,提出了"儿童反儿童化"的悖论观点。

作者首先指出,过去中国儿童文苑"一味高举文学'浅显易懂'的旗帜""一味提倡写儿童生活本身的小世界,写儿童本身天真稚气的形象",其实只是一种"以'小'为美,以'稚'为美的低幼儿童文学的美学追求"。① 将此低幼文学的美学追求扩大到整个儿童文学特别是少年文学的创作范畴,必然会带来一系列难以克服的弊端。同时,此种"偏向儿童""俯就儿童"的观念,可以说是完全违反"儿童反儿童化"的倾向。接着进一步提出,"当我们竭力'向下'俯就儿童的时候,却不知儿童读者自己的心理视角恰恰是'向上'

---

① 转引自陈子君:《儿童文学探索》,河北少年儿童出版社 1991 年版,第 4 页。

的"。① 因此,过分强调儿童情趣,实际是忽略了儿童"极欲摆脱童年而向往成年的心情",忽略了他们"暗暗准备着走向未来的社会实践,从而渴求认识现实生活的那种强烈愿望"。总之就是一句话:"竭力'向下'俯应儿童"必然会造成对"儿童反儿童化"倾向的忽略和漠视。

既然儿童读者做梦也拼命想"超越自己",理论家又从儿童阅读经验上提出了一个令人无法回避的"小人读大书"的奇特怪相。② 例如:《鲁滨孙漂流记》《格列佛游记》《水浒》《三国演义》等中外经典名著并非专门为孩子们而写,但是无一例外地均受到了中外孩子们热烈欢迎。还有一个事实值得关注:作家刘知侠两次通过敌人的封锁线去鲁南的枣庄和微山湖,到铁道游击队深入生活,收集了丰富的素材,创作了非儿童文学作品范畴的《铁道游击队》(1954),后又改编成电影,搬上银屏,一直以来颇受孩子喜爱,可同一个作家刘知侠专为儿童而写的《铁道游击队的小队员》(1959)却很难为孩子们所接受,这是一个值得关注的事实。中小学生阅读选择上出现的此种"小人读大书"的倾向,有力说明少儿读者"总是把目光投向英雄式的、历险式的、以写人的能力为主的文学作品"上。

另外,班马还借鉴社会学家费孝通关于儿童在 15 岁时必然经历"社会性断乳"的理论观念,来论证少年儿童自身存在从软弱到强大,从幼稚到成熟的生理与心理的变化过程。此论点不仅说明少年儿童自身的确存在"儿童反儿童化"的倾向,而且要求作家"多写不想做小孩的小孩,那样才更具'童心'"。班马以《安徒生童话全集》为例,佐证这一理论观点的正确性。他指出该"全集"虽收童话 158 篇,可其中完全写儿童生活的仅占 28 篇,完全写成人或成人世界的却有 64 篇,另外几十篇选取题材更为复杂。在世界童话大师安徒生笔下,虽更注重表现儿童未知的成人世界,但这并不影响儿童对其作品的阅读与接受。由此拓展开来,班马进一步推论:"儿童文学对于儿童的魅力,……似乎并不在儿童的'已知'范围,而恰恰在于'未知'"。③

---

① 转引自陈子君:《儿童文学探索》,河北少年儿童出版社 1991 年版,第 4 页。

② 彭斯远:《儿童化与成人化——中国当代儿童文学悖论现象考察》,《昆明师范高等专科学校学报》2002 年第 1 期,第 1-4 页。

③ 转引自陈子君:《儿童文学探索》,河北少年儿童出版社 1991 年版,第 10 页。

经过一系列的分析论证,班马在儿童文学的儿童化与成人化的关系问题上得出了自己的结论。他认为:"把眼光投向儿童""竭力追求'儿童化'",固然有其"历史的正确要求的一面,但可惜的是并不全面"。因为固有的"儿童化"的陈旧观念可能会导致作家将儿童文学限制在儿童"永恒的美学小天地"里,从而失去了更为广阔的发展前景,这便会造成创作的"作茧自缚",制约当下儿童文学的发展,使当代的儿童文学逐渐丧失鲜活生动的审美生命力。

第四节　中国儿童文学的儿童化理论综述

整体看来,儿童文学的儿童化理论发展可谓艰难曲折。"十七年"儿童文学时期的儿童文学因过于追求儿童化,强调多给儿童小读者以正面教育,强调作品所表现的主题题材应正面积极,强调多写光明少写或不写黑暗。改革开放后,具有新时代意识的儿童文学成人化悖论观念的提出,给"干巴巴"的如死水一潭的儿童文学带来了无限生机。鉴于此,我们总结如下:

其一,以往几十年的儿童文学作家不敢涉猎的题材禁区终于被突破了。20世纪70年代末期,从"文化大革命"中走出来的人们,心灵的伤痕渐渐得以复苏。1977年刘心武的《班主任》①与大学生卢新华的《伤痕》②,一经发表很快引起了强烈的反响。小说重在揭露"文革"对"相当数量的青少年灵魂的扭曲所造成的精神的内伤",儿童文苑里也开启了伤痕文学。反思学校教育、关注校园问题等不同主题内涵的儿童文学被刻意发掘与表现。作品在内容上有的写动荡的社会造成父母离异家庭解体,从而把孩子从家庭推向社会误入歧途;有的写孩子失去良知,行为变得古怪,性格完全被扭曲。

---

① 刘心武:《班主任》,《人民文学》1977年第11期。
② 卢新华:《伤痕》,《文汇报》第四版,1978年8月11日。

同时,这一时期的校园问题小说也直面社会现实,反映当时的"极左"思潮。① 社会像一口大染缸,不同程度地将校园里少年儿童的心灵、行为加以污染和扭曲。例如:张洁的《从森林里来的孩子》②,从维熙的《大墙下的红玉兰》③等此类作品陆续出现。这些作品从不同层面反映如何挽救走向犯罪边缘的工读生的问题,如何启发调动学生独立思考回归到学习的问题,如何对待为了追求升学率而导致少年儿童身体素质普遍下降的社会问题。此后,这些问题也成为20世纪80年代以来儿童文学一再表现和探讨的主要题材和内容。

女作家铁凝的中篇小说《没有纽扣的红衬衫》,班马的长篇小说《六年级大逃亡》和邱勋的《三色圆珠笔》,梅子涵的《我们没有表》等系列短篇小说,真实生动地表现了对传统父辈训导式教育的重新审视与观照;表现了孩子凄凉的流浪生涯;表现了两代人之间思想观念和行为方式上的激烈冲撞;表现了孩子对听话顺从家庭生活模式的反叛;表现了年少一代儿童心灵的孤独和郁闷。这些作品的集中出现,充分说明新时期儿童文学家们在题材开拓方面,做出了大胆的尝试。上述复杂的儿童文学主题的开掘,充分说明一个事实:改革开放以来的中国儿童文学,从对人性人情的深刻理解和人道主义关怀出发,对于具有独立人格的儿童精神和儿童个体的生命意识,给予了极其强烈、极为深刻的艺术观照,这一点是此前几十年来从未有过的。

其二,儿童文学的成人化追求,在儿童文学语言表达方面带来了"翻天覆地"的变化。它使当今儿童文学语言从昔日单一的浅显易懂、欢乐明快,走向朦胧含混、深刻内敛、忧郁沉重等多种语言风格的追求。例如孙云晓的儿童报告文学《命运在敲门》,描写一个城市初中毕业生报考职业高中后的复杂心态,以及考试落榜后的种种境遇。他显然没有把小主人公写成"完美无缺,通体光明的人物"。作者从身陷逆境的主人公命运遭际描写出发,提出一个怎样正确对待失学少年的社会问题,表现了作家在青少年人生选择

---

① 彭斯远:《儿童化与成人化——中国当代儿童文学悖论现象考察》,《昆明师范高等专科学校学报》2002年第1期,第1-4页。

② 张洁:《从森林里走出的孩子》,《北京文艺》1978年第7期。

③ 从维熙:《大墙下的红玉兰》,《收获》1979年第2期。

上流露出的焦灼与隐忧。这样的文本语言作为作家思想的文学表现载体，也必然表现出沉重的一面，并因无限伤感沉痛的书写给读者带来不同的感受。作家显然还未从 20 世纪 70 年代末的影响中走出来。由于那时的儿童文学中出现了伤痕小说、问题小说，以及描述和反映孩提困惑、苦恼的报告文学与纪实小说，所以作为思想内涵之载体的语言，直面社会现实，缺少了欢乐和明朗，流露和倾吐了青少年"生命不可承受之重"的烦闷忧郁，苦闷彷徨。

其三，也有不少儿童文学作品的语言矫正过偏，失去昔日的明快清晰、易于孩子们理解的语言特色。例如曾被改编为儿童电影的夏有志的小说《普莱维梯彻公司》，在故事叙述时将第一与第三人称频繁交替使用，其中的第一人称"我"，分别代表小说中的劳格达、荞麦皮等五个少男少女。作品因追求频繁的叙事视角转换而让人产生眼花缭乱之感，也因追求哲理意蕴而表现得含混费解。如此这样，作家叙述人称的频繁交替虽意在扩大作品思想容量，增强情节变幻的吸引力，适应了人物事件叙述的时空变化，但另一方面，它由于过于繁多的叙事视角的变化，无疑也增加了读者阅读的难度，对于接受者的吸引力也会大打折扣。

综上所述，"儿童成人化"的悖论观念虽然有明显的不足和缺陷，比如造成少量作品的晦涩难懂、深奥费解，但它着实有力地突破了昔日几十年来我国儿童文学创作在题材范围、主题选择等方面存在的禁区与困境，有力地促进了作家对其创作风格与表现手法的多样化追求。① 此种看似与儿童化互相矛盾与对立的悖论现象极大地推动了我国当代儿童文学创作的进步和繁荣。对此，我们在坚定地践行儿童文学儿童化的同时，也应给予儿童文学成人化充分的肯定。

---

① 彭斯远：《儿童化与成人化——中国当代儿童文学悖论现象考察》，《昆明师范高等专科学校学报》2002 年第 1 期，第 1-4 页。

发展篇

第一章

清末民初时期:中国儿童文学的发生

如前所述,研究者一般认为儿童文学属于现代文学的范畴,但其实早在1919 年五四运动前后,中国儿童文学已经形成自己相对独立的领域。民国初期是儿童文学的发生和萌芽阶段,当时大量的报刊、杂志刊出各种文体形式的儿童文学作品,目的在于启蒙儿童智力,唤起儿童的爱国情感。随着外来先进文化在中国的进一步传播,儿童及儿童文学观念也在发展完善,特别是民国初期儿童文学的初始发展和儿童审美教育观的确立,促使中国儿童文学发生并嬗变,并逐渐促进中国儿童文学的发展。

民国初期在这里指 1912 年民国建立到 1919 年五四运动之前。这一时期儿童文学发生、启蒙并且朝着审美教育转变,突出表现为儿童文学文体的变化和儿童文学作品题材日趋丰富。

第一节　清末民初儿童文学文体的发展

清末民初的儿童文学体裁主要有儿歌、儿童诗、寓言、科学小说等。例如,面向儿童的刊物如《小孩月报》(1874 年创刊,1914 年改名《开风报》,1915 年 2 月停刊),其间刊登了大量的寓言,有《狮熊争食》《鼠蛙相争》《蚕蛾寓言》等,还刊登了一些诗歌;创刊于 1897 年的《蒙学报》其刊文学类的"中文读本书"栏与"中文修身书"栏作品最多的是中外名人传记故事,其次还有儿童故事、诗歌和寓言等。中国最早的儿童报纸《童子世界》1903 年创刊，在 1903 年 6 月，由于发生《苏报》案，《童子世界》被迫停刊，是一份旨在宣传革命的报纸，报纸借助小说、诗词、歌谣等文体宣扬民族民主革命思想，也有不少"笑话"故事，用来针砭时弊。清末民初的儿歌、儿童诗、寓言、科学小说等体裁盛行的原因在于它们或能起到宣传爱国思想、民主思想，开阔眼界，增长见识的作用，或可以使儿童明白事理、辨明是非，这些文体都是"寄予训诫"的"写实"文体。而神怪小说等充满虚幻想象的体裁在这一时期并不流行，其原因是这种文体所写的内容被认为"荒唐无稽"，不能起到训诫作用，诚如《论科学之发达可以辟小说之荒谬思想》一文中所说《十州记》《洞冥记》《神仙传》《搜神记》一类的神话志怪小说"诚不足当格致"[①]，这样的文体观反映了儿童文学教育的局限性。

清末民初儿童文学教育观念的发展鲜明地反映在儿童文学文体的变化上，大量充满想象虚幻的童话作品被译介出版和登载，成为儿童成长重要的精神食粮。孙毓修，号称"中国有童话的开山祖师"，他自 1909 年开始主编《童话》丛书。童话一出，大受欢迎。1909 年《教育杂志》第一卷第一期的"绍介批评"一栏介绍了《童话》第一集出版的情况，称"此书仅出两册，不半日即可读毕，赓续之作迟迟未出。记者拟代我少年同学要求孙氏迅速从事，虽月出三五册，亦不嫌其多也"[②]。可见其受欢迎的程度。此后，童话文体得到了重视，并迅速崛起。孙毓修主编的《童话》丛书约为一百零几册，后更为杂志《少年(上海 1911)》，其《缘起》写道："本馆旧编童话。以稗官之谈。寓牖世之意。颇承阅者许可。风行一时，今本斯旨，更为杂志。"[③]《少年(上海 1911)》虽增加了其他文体和内容，但仍然坚持童话的翻译登载，如 1911 年第一卷第五期到第七期连载了荷兰的民间童话《男爵孟恪生之奇遇》共 15 篇；1916 年第六卷第五期到第九期连载了长篇童话《牧羊童子》等。杂志从 1911 年至 1919 年，共刊登了几十篇童话故事。《中华童子界》是中华书局发

---

①　警僧：《论科学之发达可以辟小说之荒谬思想》，《新世界小说社报》1906 年第 2 期，第 6—13 页。

②　陆费逵：《绍介批评》，《教育杂志》1909 年第 1 期，第 97 页。

③　孙毓修：《少年杂志缘起》，《少年(上海 1911)》1911 年第 1 期，第 8 页。

行的另一种儿童刊物，自 1914 年创刊起几乎每一期都刊登一篇童话，其中还有不少中国作家创作的童话，如《福寿草》《观月草》《幼虎失败》《狡兔》等。《中华童子界》从 1914 年到 1917 年共发行了 36 期以上，童话作品共三十多篇。除此之外，《中华儿童画报》也专设有"童话"一栏，其广告词描述说："本书将各种科学上之智识以及历史、时事、风俗、游戏等分别绘图，以简单之文字说明之，并有童话开发其思想。"①其他刊物如《妇女杂志(上海)》《时报》等也刊登不少童话。儿童文学审美教育观念的发展促使童话文体盛行一时，也促进了儿童文体的研究。此时的儿童文学家都提倡把童话作为儿童教育的材料。

第二节　民国初期儿童文学作品题材渐趋丰富

儿童文学题材逐渐从爱国和科学走向日常生活化，这也是儿童文学教育从思想启蒙走向审美教育的重要表现之一。民国初期许多刊物当中的儿童文学作品，爱国和科学是主旋律。例如当时广为流传的学堂乐歌、学生歌，都充满了爱国的高昂热情和民主进步的思想。科学小说也盛行一时，特别是出现了"凡尔纳"热，开启了儿童探索科学的智慧大门。随着文学教育观念的改变，众多儿童刊物当中刊登的儿童文学作品题材日益丰富，更接近儿童的日常生活领域，更趋生活化。《少年(上海 1911)》刊登了许多民间儿童歌谣，该刊注重儿童歌谣的登载，认为它们是"本乎人情合于风俗""调养儿童之性情"②之作，适合儿童的教育。这样的文学教育观已经突破政治道德教育的局限，着眼于儿童人格培养，是一种审美的文学教育观。《学生》是当时一种以供给中学生课外知识为主的刊物，该刊物登载了许多游记、诗词等作品，其中不少为学生所作。《童子声》是由中国青年会童子部编辑发行的儿童刊物，以倡导儿童精神，培植儿童道德，启迪儿童知识和兴趣为宗旨，

---

① 　陆费逵：《中华儿童画报》，《中华童子界》1914 年第 1 期，第 4 页。
② 　孙毓修：《通俗的古歌序言》，《少年》1911 年第 2 期，第 12—18 页。

所刊登的内容均"有关于童子者",也有不少诗词、游记等作品,特别是其中登载的小说已经不限于英雄少年或冒险一类的题材,还出现了风俗、侦探等题材的小说,小说内容题材得到了拓展。儿童文学题材的日益广泛和丰富反映了儿童文学教育新观念的形成和发展。

　　总之,清末民初,儿童文学及儿童教育开始萌芽、发生并初步发展。紧接着从五四运动开始儿童文学进入现代阶段,美国教育家杜威的"儿童本位论"为教育界所接受,与此同时以儿童为本位创作的文学被大力提倡,形成现代儿童文学发展第一个重要的阶段。"五四"时期儿童文学教育观念的确立和儿童文学创作的繁荣,是清末民初儿童文学教育的进一步发展,从而开启了现代儿童文学发展的历程。

第二章
五四运动时期:中国儿童文学的初步发展

茅盾说过:"儿童文学"这个名称,始于"五四"时代。五四运动时期,中国现代文学以"五四"文学革命为标帜,全面进入文学的现代化历程。其中,真正具有现代意义的儿童文学作为现代文学的一个重要组成部分,也发端于五四运动。李大钊、恽代英等新文化运动中的有识之士,早已关注妇女问题和儿童问题,纷纷发表文章呼吁解放妇女和儿童。《新青年》也曾发布过"妇女问题""儿童问题"专号的征文启事,同时注明包括"儿童文学"①。

这一时期的儿童文学创作虽然稍晚于成人文学创作,但是成绩斐然。②进步知识分子开始了儿童诗歌、散文、戏剧尤其是童话创作,涌现出一批优秀的作家和作品,叶圣陶的《稻草人》等标志着中国现代童话的成熟。同时,还翻译了大批优秀的外国儿童文学作品,也重新改编了传统儿童文学读本、收集民间流传的歌谣和尝试创作儿童文学作品,为后来的儿童文学的蓬勃发展奠定了基础。回顾和反思中国现代儿童文学发生期的文学创作所取得的成就和不足,希图为研究和指导当代儿童文学创作提供历史借鉴。

---

① 蒋风:《儿童文学概论》,湖南少年儿童出版社1982年版,第174页。
② 王泉根:《论五四时期的中国儿童文学》,《西南师范大学学报》1987年第4期,第69—77页。

第一节　取得丰硕的理论成果

　　王泉根指出:"'五四'儿童文学的总特点是以理论发其端,实践继其后的。"①五四运动中,文学革命的倡导者在现代民主思想的观照下,在外来翻译儿童文学的影响下,发现中国传统封建文化对儿童个性发展的压抑,认识到儿童是区别于成人的独立的完全的个体生命。周作人、郑振铎、赵景深、沈雁冰、郭沫若等都从不同的侧重点进行了儿童文学理论的研究工作。1923 年,魏寿镛、周侯予完成了《儿童文学概论》。1924 年,赵景深选编了论文集《童话评论》,收集了从五四运动时期到 1923 年发表于报刊上的 18 位作者的 30 篇儿童文学论文。同年,朱鼎元著《儿童文学概论》。1927 年赵景深主编《童话概要》等,体现了这一时期理论成果的丰厚。

　　在当时众多对儿童文学界定和阐释的理论研究中,已形成一个重要观点:"儿童本位观"。郭沫若在文章中写道:"人类社会根本改造的发源之一,应当是人的改造。人的根本改造应当从儿童的感情教育、美的教育着手。"②在《儿童文学之管见》这篇文章中,郭沫若这样阐释儿童文学:"儿童文学,无论采用何种形式(童话、童谣、剧曲),是用儿童本位的文字,由儿童的感官以直塑其精神堂奥,准依儿童心理的创造性的想象和感情之艺术。"③由此可见,在儿童文学发生期,不少学者已在强调儿童文学创作中的情感抒发和美感教育对儿童发展的影响,同时也呼吁儿童教育者和新文化运动学者们都要重视儿童文学在"社会和国民"改造方面的重要作用,强调这"最是起死回春的特效药",其理论观点蕴含了作家对儿童文学和儿童发展以及改造国民性的深刻思考。④

---

① 王泉根:《"五四"与中国儿童文学的现代转型》,《中国现代文学研究丛刊》1997年第 2 期,第 169–180 页。
② 蒋风:《中国儿童文学大系　理论 1 卷》,希望出版社 2009 年版,第 53 页。
③ 郭沫若:《儿童文学之管观》,《创造周刊》,1922 年 1 月 11 日。
④ 蒋风:《中国儿童文学大系　理论 1 卷》,希望出版社 2009 年版,第 53 页。

周作人作为早期儿童文学理论建设的理论家,在五四运动之前,就写了数篇关于童话和儿歌研究的文章。他在 1920 年做的题为《儿童的文学》演讲中,对"儿童"及"儿童文学"做了明确的阐述。在这篇演讲稿里,周作人率先提出了具有现代意义的儿童观。基于"儿童本位观",周作人针对儿童发展的不同阶段其心理和生理上的特殊性,对诗歌、童话、寓言和故事等文体的接受需求提出了独特的见解。尽管有些论述较粗略,但周作人相对系统的儿童文学理论研究,"不仅在 20、30 年代产生过重要的影响,而且也为当代的儿童文学研究提供了许多可资借鉴的理论和方法"[1]。

1919 年,鲁迅的杂文《我们现在怎样做父亲》,虽然不是儿童文学理论,但他从进化论的角度,重新审视程朱理学对儿童发展的压抑,否定了"父为子纲",呼吁先觉者要认识到"孩子世界与成人截然不同""一切设施,都应该以孩子为本位",解放孩子,教他们"成一个独立的人"。这篇文章对"五四"儿童观以及儿童文学创作都产生了极其深远的影响。

总的来说,"儿童本位观"是这一时期最重要的儿童文学观,也是"贯穿于中国文学百年历史的最重要的儿童文学观"[2],指导和影响着五四运动及其后的儿童文学创作。王泉根指出:"这一时期的儿童文学倡导者们可以说从理论上基本规范了儿童文学的形态。他们站在'儿童本位'的角度,分析和探讨儿童文学的起源及作用,强调儿童文学的审美价值,重视儿童文学的社会功用。"遗憾的是,无论是在当时还是 20 世纪三四十年代,基于"儿童本位"的儿童文学创作不仅没有发展壮大,甚至还不同程度地出现了停滞和倒退,儿童文学创作由"儿童本位"转向"成人本位",发展壮大的创作理论并未真正贯穿指导实际创作,以致出现理论先行、儿童文学创作错位的现象。这既与当时的社会有关,也与不少儿童文学作家受到文学研究会的影响有关,后文将继续探讨这个问题。

---

[1]　张永健:《20 世纪中国儿童文学史》,辽宁少年儿童出版社 2006 年版,第 51 页。
[2]　朱自强:《现代儿童文学文论解说》,海豚出版社 2014 年版,第 86 页。

第二节　注入深刻的启蒙精神

五四运动时期,进步知识分子深受西方新思潮影响,他们在现代民主思想的观照下,深刻抨击封建专制主义、传统伦理道德的同时,不遗余力地向民众宣传自由平等、个性解放、社会进化、独立博爱等启蒙思想,给文学革命注入了启蒙的精神内涵。知识分子在进行儿童文学创作时,无论是在诗歌创作还是散文以及小说中,都自觉肩负起时代的责任,把"重新估定一切价值""人的发现""儿童的发现"等启蒙精神融入到儿童文学作品里。[①]

在儿童诗歌方面,郑振铎的《小猫》《春之歌》等,语言活泼、形式多样,尤其是《春之歌》还向孩子们介绍了科学知识。叶圣陶的《儿和影子》《拜菩萨》《小鱼》《蝴蝶歌》等,既充满童趣童心,也对儿童进行反对宗教迷信、提倡科学的教育。他在《成功的喜悦》里写道:

> 要发展你独创的天才?
>
> 要锻炼你奋发的潜力?
>
> 要祈求你意志的自由?

作者要在诗中急切地表白自己的儿童教育观,虽然语言略显直白,但是这种启发儿童发现自己和塑造独立性格的意图是值得肯定的。

优秀的儿童文学作品,往往是从少年儿童的视角出发,通过儿童的眼光去反映生活,通过儿童的眼光去感受生活,对生活作出符合儿童特点的审美评价。[②]鲁迅虽不是儿童文学家,但他在散文中为我们创造了生动鲜明的儿童形象。他常以饱满热情的笔触,刻画朴实、机敏、能干的润土、阿发、双喜

---

① 王泉根:《论五四时期的中国儿童文学》,《西南师范大学学报》1987 年第 4 期,第 69-77 页。

② 刘绍本:《焕发儿童文学的独特魅力》,《光明日报》1999 年 6 月 3 日第五版。

等少年儿童的形象,极具儿童情趣。在少年闰土、双喜、阿发、迅哥儿等这些形象中,他以自己童年时代富有童趣的生活体验,从少年儿童的视角出发,通过儿童的眼光,描写江南水乡少年朋友纯真的儿童情感。少年闰土的勇敢活泼,阿发、双喜的诚挚善良、机敏能干都打动了几代中国少年读者。

瞿秋白曾指出:"鲁迅背着士大夫阶级和宗法社会的过去……他和农民群众有比较巩固的联系。他的士大夫家庭的败落,使他在儿童时代就混进了野孩子群里,呼吸着小百姓的空气……"①少年迅哥儿形象从"夕拾"的"朝花"里,连缀起童年生活片段展现而出。在这一形象中,鲁迅融进了自己坠入困顿的生命体验,既从童年视角出发,又蕴含着中年人的思考和见识。少年迅哥儿的聪慧、活泼、顽皮,在三味书屋读书却向往那杂草丛生的百草园;童年时期的家庭变故、庸医的欺骗、当铺的轻蔑歧视等对少年鲁迅心理的伤害和打击,都体现在他笔下的"少年闰土"们身上。正是这种从儿童眼光出发,以儿童的心灵去感受生活,表现儿童情感,才是其艺术魅力经久不衰的重要因素之一。

五四运动时期,鲁迅的这种鲜明启蒙精神和儿童视角创作手法,对当代儿童文学创作和理论探索,提供了可贵的经验。他们也立足儿童,从儿童视角出发,来表现儿童生活。如秦文君的《男生贾里》,通过 18 个富有喜剧色彩生动有趣的故事,从不同的侧面展示了一个丰富多彩的男生世界。程玮的《白色的塔》,真实地表现了儿童观察世界的特殊心态。女作家张洁在《挖荠菜》《拣麦穗》《梦》《我不是个好孩子》等散文中,以童年女孩"我"天真单纯的视角,描写了一个充满爱与美的童年世界。

另外,冰心的《寄小读者》也是这一时期影响最大、成就最高的儿童散文之一。文章里洋溢着对母爱的眷念、对美好自然的欣赏、对祖国的思念以及对纯真童心的赞美,娓娓道来,文笔清新。除此之外,冰心的诗集《繁星》《春水》里,也写了不少赞颂儿童和给儿童阅读的诗作。这些饱含对"真善美"歌颂的散文和诗歌,都是迥异于传统儿童读物的,传达着冰心的"爱的哲学",以启发儿童去体会爱和美。黎锦晖在谈到自己的儿童歌舞剧《葡萄仙子》

---

① 瞿秋白:《鲁迅杂感选集序言》,上海文艺出版社 1980 年版,第 5 页。

《月明之夜》的创作目的时说:"我自以为儿童歌舞剧的内容旨趣,以表现好人好事为主,有利于当时的新教育运动。"①这番话表明作者意欲改革音乐教育和推广国语的活动,配合五四运动,宣传人道主义、民主主义精神。

这一时期,成就最大的童话创作被赋予了深刻的启蒙意义。叶圣陶的童话创作最令人瞩目,作品里的启蒙精神的宣扬也更具有代表性。如《小白船》《傻子》《一粒种子》《芳儿的梦》等几十篇童话。

有学者说,它们(指叶圣陶童话)"从启蒙主义的立场出发,启发儿童正确地认识自己、认识人生、认识社会、认识世界"②。例如用"爱和美"温情叙述的《小白船》,从一条小溪的美丽风景开始讲起,作家传达了"爱""纯洁""善良"等人性中最美好的特质给小读者们,描述了一个充满温暖爱意的故事。《一粒种子》是通过一粒漂亮的种子的经历,启发孩子们去思考:为什么种子不愿意给国王、富翁、商人、士兵发芽,而愿意在勤劳农民的田地里成长为一株稀奇的花,散发出新奇浓郁的香气?以此种问题来启发儿童认识个体价值,带领孩子们认识自然,领略生命的意义。叶圣陶最有代表性的童话《稻草人》,以田间稻草人的目光与心灵,启发儿童去感受底层劳动人民的苦难。《稻草人》显示了中国儿童文学初创时期的巨大魅力,正如鲁迅先生高度评价它说:叶圣陶的"《稻草人》是给中国的童话开了一条自己创作的路的"。

纵观五四运动时期的儿童文学创作,虽然它仍旧处于起步阶段,很多作品读起来显得幼稚,有时又加入了作者的评议和观点,在一定程度上冲淡了童话的可读性和艺术效果。但是,他们在创作中都自觉或不自觉地把"五四"精神注入作品中,使得这一时期的儿童文学呈现出鲜明的时代特色。

---

① 黎锦晖:《我和明月社》(上),转引自《文化史料丛刊第3辑》,文史资料出版社1982年版,第105页。

② 姜建:《叶圣陶的儿童文学创作与"五四"启蒙精神:以〈稻草人〉等童话为视域》,《浙江学刊》2017年第3期,第145–151页。

第三节 现实主义儿童文学创作的开创

20世纪30年代的儿童文学创作，虽然对儿童戏剧、翻译文学、诗歌也都有涉及，但是整体看来，小说、童话和散文成就更为突出一些。

叶圣陶的童话《小白船》，许地山的散文《空山灵雨》，凌淑华的儿童小说《小哥儿俩》，冰心的《寄小读者》，丰子恺的散文《华瞻的日记》等，语言优美、意境空灵，抒写纯洁美好的童心童趣，作品里洋溢着"爱"和"美"的情感。

除此之外，还涌现出一批与上述书写童心童真、轻快自然的文风截然不同的童话和儿童小说。这些作家在描写美丽童话人生的同时，都不由自主地逐渐把目光转向现实的人生和社会。从叶圣陶的《稻草人》开始，那个一言不发的稻草人，拥有一双看得见痛苦的眼睛。它看到失去丈夫和儿子的可怜老太太；看到可恶的飞蛾在蚕食庄稼；看到生病的孩子无药救治，口渴了只能喝河水。最后，稻草人在看到走投无路的妇人毅然投河，自己却无能为力时，最终痛苦地倒在田地里。叶圣陶的《稻草人》因此呈现出了与其《小白船》《芳儿的梦》等截然不同的现实风格。这一点正如郑振铎在《稻草人》的序言里说的那样，"美丽的人生即使在童话里也不容易找到"。

冰心早期的儿童小说《分》，从一个刚出生的小婴儿的视角，讲述了出生在教授家里和出生在屠户家里的孩子所受的截然不同待遇。小说里的"我"从衣着到吃喝，都受到父母的百般关爱与呵护，而那个屠户家里的孩子，"外面穿着大厚蓝布棉袄，袖子很大很长，上面还有拆改补缀的线迹，底下也是洗得褪色的蓝布的围裙"。作者结尾写道："我忽然打了一个寒噤，我们从此分开了，在精神上和物质上都永远分开了。"现在读来这些过于概念化和直白的表述，恰恰也寄托了作者对社会等级分化的深刻思考。

除此之外，在王统照的《湖畔儿语》《雪后》，徐玉诺的《在摇篮里》《到何处去》等作品里，都描写了儿童遭受的各种苦难。当然，作家们通过对痛苦的人生和灰暗的社会反映，在一定程度上，也诉说着"成人的悲哀"。这类

"让儿童直面现实,让儿童接受真实的人生"的现实主义儿童小说,开创了"五四"时期现实主义儿童文学创作的先河,并在其后很长一段时间,对儿童文学创作和审美追求带来很大的影响。

现实主义儿童文学的出现,是那个时代召唤下的产物。王国维说"一时代有一时代的文学",五四运动时期,进步知识分子思想上狂飙突进,个性解放,而百姓生活依然处于水深火热、颠沛流离之中。思想进步的知识分子在创作中,自觉不自觉会把眼光投向现实生活。他们认为,成人在儿童文学创作中有责任把成人社会的黑暗和人生的苦难揭示给儿童看。五四运动时期开启了现实主义儿童文学创作的先河以后,这种创作理论一直影响着此后儿童文学的发展。它不仅在 20 世纪二三十年代发扬光大,更被后来的儿童文学作家所接受,在整个中国儿童文学史上得到了长足发展。

第四节 儿童文学发生期存在问题的反思

反思这一时期的儿童文学,虽然开启了现代儿童文学创作的先河,打上了鲜明的时代烙印,取得了丰硕的成果,但也存在一些明显的问题。

一、理论未能真正指导创作

前文提到,儿童文学初创期,儿童文学理论比文学创作要完善和丰富。以周作人、郭沫若、赵景深、郑振铎等为代表,在吸收西方、日本等先进的儿童文学理论的基础上,打破传统旧有的儿童观,以"儿童本位"的儿童观,比较系统地对儿童文学理论做了论述,也对儿童文学创作提出了许多掷地有声的见解。儿童视角应尊重儿童纯真的情感,表现幼小的心灵在生活中的际遇,以儿童的心灵去感受欢乐和痛苦、希望和追求。但是,一些作家的作品并未遵循"为儿童所创作"的宗旨,背离了儿童视角,将成人的意识和审美理念塞进儿童形象中去,出现儿童文学成人化倾向。在这样的作品中出现的儿童只能是"缩小的成人"。①

这种现象，在五四运动时期一直被儿童文学家所批评。这种丰厚的理论并未能真正指导儿童文学创作。② 这一时期的儿童文学创作，虽在诗歌等各个体裁上多有涉及，而以童话成就最高，戏剧、散文、儿童小说、寓言等优秀作品不多。茅盾编译的《大槐国》等 28 篇童话，只有《书呆子》《一段麻》《风雪云》等 5 篇是独立创作的，其余均取材于格林、安徒生、希腊神话以及唐人传奇、宋元话本、明清小说等。以成就最高的童话来说，也只有叶圣陶著作颇丰。

但是，一些作家的作品并未遵循"为儿童所创作"的宗旨，背离了儿童视角，将成人的意识和审美理念塞进儿童形象中去，出现儿童文学成人化倾向。在这样的作品中出现的儿童只能是"缩小的成人"。③ 这种现象，早在五四运动时期就被儿童文学的倡导者所批评过：儿童视角不是装扮出来的，即高个子的成人故意蹲下来，伸长了舌头尖声奶气地扯着"娃娃腔"，让稚气的孩子传递成人的意识和情感，这是不对的，儿童文学应尊重儿童纯真的情感，表现幼小的心灵在生活中的际遇，以儿童的心灵去感受欢乐和痛苦、希望和追求。因此，儿童视角反映了"儿童本位"的儿童文学观念，写给孩子们的作品，不管是以少年儿童为主人公或不以孩子为主人公，都应从鲁迅作品中和一些优秀的儿童文学作品中得到启迪，真正地以"童眼看世界"。

二、"成人本位"取代"儿童本位"

从创作上来说，"成人本位"取代"儿童本位"，带来儿童文学作品文学性的缺失，也是这一时期存在的主要问题。面对这一问题，要从两方面来看：

一方面，郭沫若、叶圣陶等纷纷提倡要发现儿童、尊重儿童，从儿童的角度出发开展文学创作，重视作品的文学性。周作人在《儿童的文学》一文中强调了儿童文学创作不是功利性的文章，要站在"儿童本位"的角度，重视儿

---

① 周作人：《儿童的文学》，《新青年》1920 年 12 月版，第 8 卷第 4 号。

② 王泉根：《论五四时期的中国儿童文学》，《西南师范大学学报》1987 年第 4 期，第 69−77 页。

③ 周作人：《儿童的文学》，《新青年》1920 年 12 月版，第 8 卷第 4 号。

童作品的文学性。赵景深也指出儿童文学创作如果太重思想，太重教育，就很难顾及艺术，即"文学的童话"。尽管如此，仍然难以避免"成人本位"对"儿童本位"的取代。

从叙事学角度说，"成人本位"对"儿童本位"的取代，本质上是叙述视角的转变。无论哪种叙述视角，均能合理表现写作意图，为文本服务，本身并无优劣区分。如前所述，成立于20世纪20年代的文学研究会，在特定时代社会背景下打着"为人生"的旗帜开展文学创作。当时活跃在儿童文学领域的叶圣陶、冰心、王统照等都是文学研究会成员。这批有共同文学理想的作家在儿童文学创作上，急切地希望能够带领儿童看清当时中国社会的灰暗颓败、人生的苦痛无奈，他们以成人叙述视角为儿童灌输人生经验和生命感悟，希望起到引导、规范的作用。叶圣陶在谈论《稻草人》时说："《稻草人》这本集子中的二十三篇童话，前后不大一致……越来越不像童话了，那么凄凄惨惨的，离开美丽的童话境界太远了……生活在那个时代，我感受到的就是这些嘛。"①

包括叶圣陶本人在内，还有王统照、徐玉诺、冰心、茅盾等作家，都自觉或不自觉地在作品中暗含教化或是描写"成人的悲哀"，这在一定程度上损害了儿童文学作品的审美性和真实性。这一点可以借用郑振铎对《稻草人》的评价来总结："在成人的灰色云雾里，想重现儿童的天真，写儿童的超越一切的心理，几乎是个不可能的企图。"②

三、对底层现实的书写过于残酷

在上述这些审美性略显缺失的儿童文学作品里，我们同时也看到了一群"旧中国有良心的知识分子典型"，他们都有强烈的社会责任感和过于深沉的忧患意识。并且把这种过于深刻、残酷的情绪带进了儿童文学创作之中。他们偏颇地认为"在文字方面，儿童是不会看不懂的，而那透过纸背的深情，儿童未必便能体会"。③ 这些有饱含忧患意识的作家，试图"透过纸背

---

① 叶圣陶：《我和儿童文学》，少年儿童出版社1990年版，第11页。
② 郑振铎：《郑振铎全集》，花山文艺出版社1998年版，第11页。
③ 王泉根：《中国儿童文学现象研究》，湖南少年儿童出版社1992年版，第94页。

的深情","肩住黑暗的闸门,放孩子们到光明的地方去"。① 但结果并非如此。他们一方面去描写童话中"真善美"的世界,描写童心的纯真和自然的优美,像叶圣陶的《小白船》《燕子》《芳儿的梦》《梧桐子》,冰心的《寄小读者》,另一方面又真切感到"那种美丽的幸福的生活只在最少数的童话里才能有吧……至于一切童话里所表现的'人'的生活,仍多冷酷而悲惨的"。②

毋庸置疑,早期的儿童文学家不约而同地把目光转向现实的人生,描写中国底层百姓、底层儿童的生活现状,写出了《稻草人》《分》《湖畔儿语》《在摇篮里》等优秀作品。五四运动时期的知识分子也认为自己有责任把那些带着成人的悲哀与惨切的失望的呼声展现给儿童看,在当时的社会环境下,"儿童需要知道人间社会的现状"。比如叶圣陶笔下的"稻草人",富有同情心,却又没有更多的力量、没有办法去彻底改变环境。作家也意识到这个问题,他试图在作品结尾用"童心"去"完成不能完成的美满的结局",但最终还是把最残酷的现实、过于沉重的苦难和痛苦传递给孩子们了。这即是所谓"稻草人主义"的精神特质。当然,从另一个层面来看即是"五四"时期知识分子"以国家民族为重,以民生民瘼为怀的抱负,以及面对现实、面向人生的入世态度"③。这样的精神特质和态度,也深刻影响了其后的儿童文学创作。王泉根认为:百年儿童文学走进21世纪,我们仍能在曹文轩等儿童文学作家笔下,看到知识分子对苦难和美好的描述,看到那透过纸背的深情,以及他们对真善美的文学理想的坚守。

综上所述,"五四"时期的儿童文学创作尚处于初步发展时期。一批觉醒、进步的知识分子以强烈的社会责任感关注儿童,让儿童文学成为一个独立的文学门类。总的看来,初创时期的儿童文学以启蒙精神的注入、丰厚的理论成果以及现实主义创作为特征,为20世纪中国儿童文学的发展和繁荣奠定了基础,成为中国现代文学不可或缺的重要一部分。回顾和总结儿童文学初创时期的得与失,可以为儿童文学发展史的整理和研究提供有益的历史借鉴。

---

① 王泉根:《中国儿童文学现象研究》,湖南少年儿童出版社1992年版,第94页。
② 叶圣陶:《我和儿童文学》,少年儿童出版社1990年版,第12页。
③ 王泉根:《中国儿童文学现象研究》,湖南少年儿童出版社1992年版,第95页。

第三章
抗战时期：战争中儿童文学的另类书写

　　20 世纪三四十年代，战争强化了儿童身上的"社会性""现实性"及"民族性"，抗日战争时期作家们一直以"儿童"为中心，将儿童纳入国家宏大叙述的现代性想象之中，来讨论儿童的位置、儿童与战争的关系、儿童与中国的未来走向等问题，儿童形象也被提高到与"国家""民族"并立的形象高度之上，成为作家用笔来参与战争的重要形象载体。这里讨论的"抗战时期"指目前文学研究领域广为采用的"十四年抗战"。即 1931 年 9 月 18 日至 1945 年 8 月 15 日。

　　悲惨沉痛与苦难深重的抗日战争时期，抗日救亡成为抗战文学的表达核心，儿童文学也自觉加入了国家宏大叙事的话语实践中。研究者一致认为：民族危机不仅改变了人们的儿童观，也改变了儿童文学以往想象中国的方法，重新发现了儿童的身份和地位，儿童和国家的关系以全新的面貌呈现出来，并取得了紧密的联系。抗战时期建构了新的儿童主体，给儿童文学带来了新的特质，体现在儿童文学创作的题材、主题、内容之上。① 评论家戈茅则明确提出，此时创作儿童文学作品时应从现实生活中汲取题材，他明确了题材的现实性、教育性。

　　至于现实生活的题材也应分两方面来看：一是描写大后方儿童生活与活动的题材，如儿童献金、宣传兵役、街头募捐、化装演讲等，都可以构成生动有趣的故事；二是描写敌后儿童活动的题材，如查路条，做小侦探，打游

---

① 昌艺佳：《抗战时期儿童文学的中国想象》，中央民族大学硕士论文，2020 年。

击,娃娃兵,儿童团,流动学校,儿童参加生产运动,在敌后坚持抗日斗争的千千万万的小英雄,在沦陷区也有他们的苦难和不幸,他们如何遭受敌人的屠杀,麻醉,流离失所,无父无母,千千万万的民族小生灵死亡了,活着的又如何起来坚决地斗争,这些乃是活的史诗啊,把来写出童话,对于儿童的教育意当更为深刻。①

　　这时的儿童不再仅仅被放在家庭环境中和启蒙视角下讨论,而是被放置在社会、战争、国家的大背景下,成为"国家的孩子",催生了"抗日小英雄""无产阶级小战士"等儿童形象,儿童在参与革命救亡过程中的成长也成为了新的文学主题。② 与此同时,儿童文学在书写的过程中,在主流宏大叙事之外,儿童这一群体的特殊性反过来也丰富了抗战文学的内涵与想象,如私人化的战争表达、儿童区别于成人的独特情感体验等,为抗战文学提供了新的书写视角。

第一节　抗战时期儿童身份的重新书写

　　艾里克·A.基梅尔曾说:"一个社会、一个时代为它的儿童所产生的那种类型的文学,最好地标示出那个社会所理解的儿童究竟是什么样子。"③换言之,透过儿童文学,可以看出一个社会最真实的儿童假设。当战争使国土沦陷,打破了社会原有结构之后,成人如何看待儿童,儿童文学如何表达儿童与战争的关系,如何通过儿童抗战去塑造一个国家后备力量的新人形象,是儿童文学参与国家实践想象的重要方面。

　　儿童身份的新定位对于儿童文学参与国家想象这一实践进程至关重

---

① 戈茅:《关于童话写作及题材》,《战时教育》1943 年第 11-12 期,第 8 页。
② 昌艺佳:《抗战时期儿童文学的中国想象》,中央民族大学硕士论文,2020 年。
③ 艾里克·A.基梅尔:《儿童文学理论初探》,转引自蒋风、韩进《中国儿童文学史》,安徽教育出版社 1998 年版,第 62 页。

要。① 这些态度的变化可从当时的报刊、杂志的论述中寻找踪迹。其一,抗战开始后创办的儿童刊物,大多与战争有关,如《小战士》《抗战儿童》等直接把儿童命名为"小战士"。其二,1938 年 6 月,延安创办儿童杂志《边区儿童》,题词中毛泽东对儿童明确了定位:"儿童们起来,学习做一个自由解放的中国国民,学习从日本帝国主义压迫下争取自由的方法,把自己变成新时代的主人翁。"②其三,1945 年《儿童世界(发刊词)》"给小朋友们":"我们希望能够联合全国的小朋友,振奋起过去英勇抗战的精神,迅速普遍的动员起来,担负起小朋友们所能担负的抗战建国工作。"③新中国、新时代、新儿童、新主人等相关论述屡见不鲜。

由此可以窥视,儿童作为国家的主人,已经越来越得到重视,儿童获得了全新的身份认同。同时,这些战时创办的刊物的宗旨也不同于"五四"时期指向儿童旨趣、修养、天性、个性等,它们更强调儿童身上的精神、身体与信仰。1938 年 2 月 9 日,周恩来在八路军驻武汉办事处孩子剧团欢迎会上,强调儿童应拥有"救国、革命、创造"④三种精神;巴金在陆蠡主编的《少年读物》创刊号上发表了《做一个战士》的文章,他要求青年做一个战士,"战士最需要的不是枪弹,却是智识,信仰和意志";⑤埃德加·斯诺则称赞革命的孩子们身上高尚的精神:"他们永远是愉快的,乐观的,他们有坚忍、苦干、活泼的精神,有热烈的求知欲。"⑥1941 年创办的《新儿童》刊物,对"新儿童理念"做如下阐述:"新儿童,要有健全的体魄,磊落的心胸,还要有饱满的精神,和蔼的仪容。……救国家,要忠勇!"⑦人们已经意识到,在战争环境下,儿童可以获得新的身份,且儿童身上蕴含的美好品质能够使知识分子的现代国家理想变成现实。因此,儿童文学作家们自觉地在儿童身上寻找可以与社会现实、战争危机相适应,并能与国家相融合的精神特质,并且加以形象化的书写。

---

① 昌艺佳:《抗战时期儿童文学的中国想象》,中央民族大学硕士论文,2020 年。
② 王泉根:《现代中国儿童文学主潮》,重庆出版社 2000 年版,第 87 页。
③ 倪斐君:《给小朋友们(发刊词)》,《儿童世界》1945 年第 1 卷第 1 期,第 1 页。
④ 儿童艺术剧院:《中国儿童戏剧史》,中国戏剧出版社 2003 年版,第 46 页。
⑤ 巴金:《做一个战士》,《少年读物》1938 年第 4 卷第 1 期,第 2 页。
⑥ 埃德加·斯诺:《西行漫记》,复社印行 1938 年版,第 413 页。
⑦ 梁家卓:《新儿童》,《新儿童》1941 年第 2 期,第 13 页。

此时，"作家们笔下新中国中的新儿童形象是战时知识分子在特殊时代救亡面前的心境产物，成为了一种集体的想象物，承载着民族救亡的意义。"①新中国、新儿童之"新"暗含了对过去旧中国、旧儿童之"旧"的质的认知变化，同时也暗含着知识分子将构建民族国家、挽救社会危机的希望投射在儿童身上而强化的儿童之于革命、抗战的社会价值，在书写中注重儿童新身份的建构。

苏苏的小说《小痾痾》中，十五岁的李国华是一个上海逃难的孩子，在一群孩子中起到领袖作用。他总是教育小朋友说："小朋友们，做亡国奴是很苦的！"其他孩子会跟着他附和："我们不愿意做亡国奴！"当战火真正来临时，面对其他孩子的退缩与胆怯，他会鼓励地说道："小朋友们！我们不要看轻我们自己，我们是中国的小主人呀！"李国华的家和学校在炮火中被炸毁，和父母流亡，便自觉在同龄或更小的群体中承担了启蒙的作用，文本中并没有成人宏大的言语教育，而是凭借一个孩子的力量指引着更多儿童认清自己，带领他们一同为抗战努力。

另外，秦兆阳的《小英雄黑旦子》中则塑造了一个小英雄形象。鬼子侵入村庄抓到小孩儿黑旦子，让他交代游击队的行踪，这个孩子没有哭哭啼啼，没有投降叛变，而是"把牙一咬，气呼呼地望着翻译官"。当被惹怒的鬼子拿刺刀逼近黑旦子胸前，恐吓他们眼中不过是孩子的黑旦子时，黑旦子反而把胸脯对着鬼子的刺刀一挺，叫道："狗强盗们，杀吧！中国孩子决不投降，八路军万岁！共产党万岁！"孩子显然已经把对入侵者的仇恨化在骨子里，对国家有了坚定的信仰，完全不会动摇，"倒弄得鬼子和伪军都愣住了。有两个伪军受了感动，竟背过身去擦起泪来"②。

林钰的《不屈服的孩子》里则书写了一个小学里的孩子们的反抗。五年级最守规矩的高陵有时会问作为老师的"我"："先生，我们就甘心地做亡国奴吗？"在孩子们的心中，"如果我们不愿意长久做亡国奴，那我们就不能马马虎虎一天一天的鬼混，念书，念屁书！到现在还没有课本，整天叫背'皇帝

---

① 昌艺佳：《抗战时期儿童文学的中国想象》，中央民族大学硕士论文，2020 年。

② 王扶、黄伊编：《中国儿童短篇小说选》（第 1 卷），四川少年儿童出版社 1987 年版，第 176—177 页。

诏书',又'王道真谛'……这些玩意儿,简直是毒杀我们的毒药"。这体现了年轻一代对奴化教育的鄙视和质疑,以及对民族侵略的敏感与反抗。当日本人樱井先生做副校长接管学校后,高陵做了反抗,他在学校的砖墙、栏杆、厕所上涂满了"打倒副校长"的标语,这不仅使他被迫退学,高陵的父亲也受到牵连被抓进宪兵队而死。这个曾只想着刺杀樱井为父报仇的孩子,在人民革命军当了兵后,懂得了"勇气应当放到大众的队伍里边……你看,我受过三次伤,这算不了一回事!××兵让我杀死十个也不止,樱井这个狗种——慢慢我的伤好起来,把他们都收拾了!"①

总之,在这些文本表述中,儿童对于自己的身份、对于自己之于国家的角色定位有着较为清晰的认知,儿童形象也被想象、建构出符合抗战的品质。"作家们在想象与建构儿童形象之际,把那些高尚坚忍的精神品格一一附在孩子身上,认为只有这样的孩子能够承担起民族危机的救亡,能够匹配上中国的复兴与未来。"②

作家们显然已经认识到,一方面要从儿童身上找到精神力量,强调民族儿童应该具有什么样的品性;另一方面在文本中要注重审视孩子身上的不足和劣根性,以此达到对儿童的教育目的。

何公超的童话作品《快乐鸟》,以流浪报童的视角来反映战争社会中某种意义上的儿童心态:他们企图逃脱现实的悲惨境遇而寻求自己的快乐,孩子们希望得到安逸,能够读书,却对能够实现和平美好生活的大环境不愿尽一份力。文本之中,在对流浪报童的遭遇寄予关切的同时,批判了儿童的私欲与无作为。年轻的汉子穷快乐化身快乐鸟,要找四个人给予他们永恒的快乐,当它遇到一个流浪的报童时,报童提出了他的愿望:"我要你给我许多钱,逃到后方,吃喝玩耍,做个马浪荡。"快乐鸟建议年轻力壮的孩子加入东山的游击队,小报童回答:"我不去,我年纪还小呢,我没有力量,我一心想躲在后方,安安逸逸过时光。我一定要在后方,安安逸逸吃喝玩耍上学堂。""小报童"身上体现了作家的民族救亡意识与儿童启蒙问题的结合,以及要把儿童与社会现实紧密结合的迫切性。于是作者借快乐鸟的怒吼来传递出

---

①　林钰:《不屈服的孩子》,《中流》1937 年第 2 卷第 4 期,1937 年 5 月 5 日。

②　昌艺佳:《抗战时期儿童文学的中国想象》,中央民族大学硕士论文,2020 年。

儿童之于社会的警醒与呼吁:"目前的世界是个苦海,苦海里捞不出一粒甜盐巴,目前的世界是一个地狱,地狱里不能划出一角,给几个人造成小天堂。……打倒了敌人,才能创造永久和平,人人快乐的世界,那时候,你自有免费的学堂,用不着东奔西荡。"①"小报童"作为被审视、被批判对象的同时,还是被寄予了深厚的期待,在童话寓言中,最终达到动员社会、教育儿童的社会功效。

在安娥的儿童小说《盛四儿》中,则对两类不同儿童形象所对应的民族性格进行了对比和反思。盛四儿是游击队司令部的一个小勤务兵,在他的爹娘被日本人杀死后,孩子加入了游击队。作者反复强调男孩"过去生活的艰苦",因为不认识橘子而将别人丢在地上的橘子皮当作宝贝,"虽然他说着,也觉得是好玩的事情,却引起了我的难过!"进而引起了"我"的控诉:

一样是民族的幼年主人,有人捧着橘子讨厌吃,有的把橘子皮当宝贝,就像我眼前看着长大的一些孩子们吧,吃了那么多的橘子,又有个屁出息!撒娇、骄傲、出风头、摆势力、眼泪生在颊上,脾气长在嘴旁,跺着脚骂人是天经地义,小的时候是小姐,少爷,大了是老爷,太太,一辈子是令人讨厌的废物点心! 一想到那些可厌的废物们,便更同情这个孩子。②

与那些不经苦痛的孩子相比,盛四儿则是"环境锻炼出来的地之子",他给财主家当过牛童、挨过打,后来当了勤务员,为战士带路,跟部队行军打鬼子,坚信"一定要打到胜利那天"。在"我"的眼中,盛四儿身上具有惊人的耐力,在行军中从不跌倒,也从来不见疲倦,他身上有着民族未来赋予他的品性。相比之下,那些小姐、少爷,由于身上所显示的顽劣与娇嗔,即使长大成人,也不过是民族的废物,担不起救亡与新生的责任。因此,儿童固然对国家的未来有着重要的作用,但并不是所有的儿童身上都具有值得颂扬的民族性格,也不是所有儿童身上都具备了理想的儿童身份,作者在两种儿童无

---

① 何公超:《快乐鸟》,载《何公超童话寓言选》,少年儿童出版社1986年版,第49页。

② 安娥:《盛四儿》,《文艺生活》1943年第3卷第5期,第13页。

论是成长环境还是品性行为的对比中,批判与推崇并举,以达到对新生力量的想象和筛选。

实际上,在新中国建设的时间阶段里,民族仇恨与国家危机结束后,孩子们关注的"中国究竟去向何处,是否能够走向作家们所描述的光明未来,是个未知数"①。1944 年,《中华少年》创刊,创刊词中理性地提出了新的思考:

随着最后胜利的到来,我们都感到生活逐渐向着光明变化了。但是,前途的光明,究竟是些什么,我们是否确切地把握住? 做一个伟大国家的国民,要怎样才能尽职,我们是否已充分地在准备着呢? 这个问题,我们觉得现在是值得反省一下,尤其是对于作为未来中国主人的少年诸君,更是意义重大的一件事。②

对儿童来说,结束了抗战建国的使命,结束了奋勇杀敌的责任后,国家对新生力量的要求随即发生转变。在战争频繁的年代里,各种战乱所带来的激情,无力思考的种种问题,冷静下来,都要与现实发生碰撞,面临新的走向,也要面对未知的新的困境。

总的来说,战争语境对儿童文学的生产形成了强大的规训力,抗战时期儿童文学突破了五四运动时期追求儿童本位的层面,突出了文学的现实参与性和教育性,建构了新的儿童身份,儿童在参与民族救亡、国家建构、想象未来的过程中,丰富了儿童文学的表达形式,成为隐喻中国的重要形象载体。

---

① 徐兰君:《儿童与战争——国族、教育及大众文化》,北京大学出版社 2015 年版,第 84 页。
② 编者《告中华少年——代创刊词》,《中华少年》1944 年第 1 卷第 1 期,1944 年 1 月。

第二节　儿童文学抗战记忆的另类书写

抗战时期,在一片救亡、歌颂战斗的主流文学之中,儿童群体的特殊性使其创作不同于一般的抗战文学。"这一时期的儿童文学包含着对战争的反思、对儿童的关怀、对儿童个体感受的表达,甚至对民族国家意识的解构。抗战主流国家宏大叙事视角,为我们认识儿童,理解战争,解读儿童文学文本提供了其他可能的路径。"①

一、充满童心的战争体验

抗战时期的儿童文学因与社会、民族国家建立起的联系,而使得儿童"社会化""群体化",成为一种"集体想象物",隐喻为民族救亡、新生力量的符号象征。儿童被赋予了很多不同于其他时期的精神内涵,比如爱国、坚韧、高大、勇敢、不畏强险、不怕流血牺牲等精神内涵。然而,战争背景下成人作家们在想象儿童的同时,不能忽视的问题是,儿童终究是被成人建构起来的形象,儿童在战争中真的能够达到理想中呈现出的样貌吗? 他们在战争中的心态、视角、感受,真的能完全不具有"个体感受"吗? 一些作家在进行儿童文学创作时显示出了这样的疑惑,他们从儿童的视角、心态、感受去反观社会、反观战争;他们对于儿童主体身份间接的认同,甚至带着疑问去审视,恰恰为我们分析解读抗战儿童文学,寻求和理解儿童与战争现实之间的关联,找到了突破与反思。这样一来,儿童究竟如何看待战争,如何面对流亡、流血与战乱,实际上具有多种的可能性。与此相对应的是,成人儿童文学家笔下的儿童及儿童个体对于战争的体验也具有多种的可能性。

早在 20 世纪 20 年代丰子恺就曾记录过在动荡不安的生活里和儿子的一段对话:

---

① 　昌艺佳:《抗战时期儿童文学的中国想象》,中央民族大学硕士论文,2020 年。

"你最喜欢什么事？"

他仰起头一想，率然地回答：

"逃难。"

我倒有点奇怪："逃难"两字的意义，在他不会懂得，为什么偏偏选择它？倘若懂得，更不应该喜欢了。我就设法探问他：

"你晓得逃难就是什么？"

"就是爸爸、妈妈、宝姐姐、软软……娘姨，大家坐汽车，去看大轮船。"①

儿童由于充满童心的态度与想象，他对于动乱、流亡、逃难，有时会呈现出与成人相反的想法。在四岁孩子的眼中，"逃难"失去了应有的恐怖、慌乱、灰暗的遭遇，而成为孩子心中可以和家人增进感情，出行玩耍的一种乐趣。"逃难"对于儿童来说并没有丧失对"日常"生活的纯真想象，作家丰子恺很敏锐地捕捉和记录了儿童的这种心理。

与之相似的是，抗战时期小牯所写的日记《小难民自述》也呈现了儿童融入战争中的另类情绪，《小难民自述》在抗战时期得以发表，受到了一定程度的重视。这个孩子在抗战爆发南京沦陷后，与家人一同游历九省，最终于昆明安居。据小牯自述，其写作目的是"使后方的小朋友们知道战区中同胞的痛苦，同时也更为了纪念我自己，由于大战的促使，使我走遍了半个中国，遍览各地风俗"②。该论述明显包含两个方面，既将这种记录与战争相勾连，又使其在羁旅过程中获得了欣赏自然之美的独特机会。因此，在小牯笔下，我们看到了儿童一方面仇恨敌人的侵略，一方面又在流亡过程中记载自然风光，渐渐将这种逃难当成习惯，甚至感到乐趣：

从此过着安宁的生活，虽然时时有着敌机相扰，然而谁都不怕，我觉得它在每天平凡的生活上，似乎点缀了不少的乐趣。③

一座大的山，横在眼前，我们必须翻过这山，才能走到。母亲们拄着拐

---

① 丰子恺：《忆儿时》，海豚出版社 2013 年版，第 25 页。

② 小牯：《小难民自述·后记》，商务印书馆 1940 年版，第 118 页。

③ 小牯：《小难民自述》，商务印书馆 1940 年版，第 45 页。

杖,穿着草鞋,一步一步的爬着。我们也是这样。上山多松,青翠满枝,一阵和风吹过,互相摩擦,松声悦耳,朝阳夺目,山景非常可爱。山坡,弯着腰,慢慢的移动脚步:下山时,两只脚不自主地跑动着,真有趣呢!①

二、仇恨战争的记忆书写

与上述这些在战乱中发掘乐趣的童真之语相比,一些作品展示着儿童对战争的厌烦与仇恨,他们既没有切身地参与到抗战的阵营之中,也没有发现战争乐趣的能力,只是真实地表现出儿童在宏大战争背景下的迷失与怨恨。徐学文在《可怜的小菊子》中,以十四岁女孩小菊子的心理活动展开全文,国家的兴亡与儿童生活的动乱在多大程度上能够在儿童内心层面建立起关联,充分地体现在作品中。作者以儿童视角出发,建立了一个特定的观察战争动乱的角度,对常见的救亡认同进行了解构。这个辍学在工厂做工的孩子,回家路上总会被人群挡路,听着他们的呼喊:

挥舞我们胜利的旗帜呀!
我们的抗战,得到了最后的胜利。
发扬民族的光荣呀!②

"国家与民族的归属感很大程度上属于成人,成人也因此热衷于用着极高的热情向他人宣传。"③对此,小菊子只觉得他们"不要命似的叫着",这使她"头疼的要命",好不容易捡着空隙跑回家去,发现妈妈烧的山芋已经冷了。于是"她怨恨,怨恨那些发疯的人"。抗战将要胜利,街上的车上、学生、绅士、警察,所有人都在拼命地欢呼,而这一切敌不过孩子心中因饿肚子而想念的山芋,他们的欢呼在她眼里如发疯一般令人厌恶。显然,儿童的生活

---

① 小牯:《小难民自述》,商务印书馆1940年版,第70页。
② 王扶、黄伊编:《中国儿童短篇小说选1(1919—1949)》,四川少年儿童出版社1987年版,第232页。
③ 昌艺佳:《抗战时期儿童文学的中国想象》,中央民族大学硕士论文,2020年。

环境是被纳入战争之中的,但战争胜利的即将到来,对于孩子来说,并不值得喜悦,也并不认为会有何改变,作者写到小菊子去年的回忆:

去年的春天,她跑在街上,总是被一群人拉住,那些人好象是官员模样的,要拦住了她说:啊,我们同胞都是爱国的,请你破钞几个钱,兵士在辛苦作战,我们要开个慰劳会,请你破钞几个钱![①]

时间继续沿线性展开,后来,小菊子又听说,东北、河北、山东、山西都又打起来了,小菊子依旧不懂那些人说了些什么话,她只是想着:

到什么时候工作会减少一些? 到什么时候肚子会吃饱一些? 到什么时候身体会好一些?[②]

研究者认为:抗战时期儿童文学更多的是以成人的眼光关注于阐释儿童对于战争经验的理解与融入、适应与成长,实际上,儿童与战争的关系,无法在教育宣传领域完全落实到个人情感上,对于一些没有在大后方或根据地得到有力保护而成长起来的孩子来说,他们无法分享胜利的喜悦,也没有支援抗战的念头,在需要建设国家认同之际显示出沉默。或许是因为其与主流的宏大叙事的不相融合,或许是因为其自身偏离了借文学宣传抗战的价值取向。[③]

上述这种以儿童视角对民族战争提出质疑,甚至写出厌恶的作品并不多。但是,此种以儿童视角出发的特殊战争情感体验,既远离主流,又潜在地反映了儿童与战争的复杂关系,在抗战边缘之中记录与表达着个人情绪,为主流之外的儿童文学领域贡献着想象可能。

---

① 王扶、黄伊编:《中国儿童短篇小说选 1(1919—1949)》,四川少年儿童出版社1987 年版,第 232 页。
② 同上,第 250 页。
③ 昌艺佳:《抗战时期儿童文学的中国想象》,中央民族大学硕士论文,2020 年。

三、爱国与斗争精神的集中传递

在战争、民族与国家的大背景下,民族性的群体爱国精神与斗争意识是抗日斗争中最鲜明的指向。在儿童文学创作过程中,知识分子、抗战者兼作家的特殊身份倾向于集中地向儿童传递爱国精神,抗战斗争、救亡图存的理念,人们希望孩子们快快长大,可以站在统一战线中共同打击侵略者。其实,在历史上多次捍卫民族独立的战争中,孩子们常常实际上起到淡化仇恨的突破点。这一点很少被研究者注意到。在仇重的《加藤的女儿》中,作品讲述了中国军官送还一个被炸死的日本军官两个女儿的故事,文本中消弭了仇恨和报复,对待孩子的目光温柔但充满遗憾。作者用成人的眼光来关照儿童,反思了战争对两个国家造成的同等创伤。在小说的结尾,军官写了封信送给敌军:

我们很抱歉,没来得及救活她们的双亲,她们成为世界上最可怜的两个孤儿。看神明的份上,请把她们转送给她们的亲属,好好抚爱她们吧。对孩子,谁有权利能对她们生一点仇恨之心呢? 孩子,他们要创造人类新的历史,在新历史中,全人类是成一家的……①

儿童是战争中最能共通的情感联结。在战争之中,民族仇恨很大程度上会使抗战文坛呈现出单一、激情、雷同的文学创作倾向。"成人作家对战场上保家卫国、奋勇杀敌英雄的期待,常常会不自觉地转化到儿童文学的创作中来。"②同时,儿童这一特殊的社会群体,最能够使作家关联到对战争的反思之中。因此,抗战时期的儿童文学更多地赋予了爱国主义、人道主义情怀和立场,这一点非常值得我们深思。

---

① 仇重:《加藤的女儿》,载《春风这样说》,华华书店1947年版,第70页。
② 昌艺佳:《抗战时期儿童文学的中国想象》,中央民族大学硕士论文,2020年。

第三节　对抗战时期儿童文学的一点反思

五四运动时期,成人作家在书写儿童文学作品时便不可避免地加入诸多成人的价值诉求。五四运动时期儿童文学的"儿童本位论",既强调儿童区别于成人的"个体价值",发掘儿童独立的物质需求与精神世界,又肯定与发现儿童之于未来社会的独特品格,成年作家们倾向于关注儿童作为社会弱者存在着的被压抑被束缚的文化现象,通过儿童揭示和讨论社会问题。

抗战时期,战争使国家这一主体得到彰显,国家意识民族意识空前强化,儿童文学被纳入民族国家的话语体系之中,与社会现实产生了更为紧密的关联。民族危机使儿童从家庭的孩子转为民族的生力军,在这一时期,主流意识形态、教育理念、儿童文学理论探讨、儿童刊物的办刊理念等多方面达到了较为一致的特点,落实和传递着对战争的宣传、对儿童的教育、对社会的记录、对民族未来继承人的培养,呈现出强烈的爱国意识。作家们也紧跟时代,迫切地借儿童讨论战争、讨论中国未来走向问题,引发出一系列对于国家未来、民族新生、儿童身份的全新建构。

"抗战时期儿童文学显示出不同于五四儿童文学的品质与特点,我们无意去比较哪种特点更接近儿童文学的本质,而是力图提供一种新的思考方向。"[1]一方面,儿童文学在不同历史阶段建构出了不同的儿童形象,有着不同的思想主题与创作原则,折射出儿童文学在文化语境变迁之中蕴含着时代社会、成人对儿童不同的理解,反映着成人作家借助儿童这一主体完成想象中国的实践努力。一个时代有一个时代之文学,儿童也因此可以作为反观中国形象变迁的考察对象,当我们把儿童文学放置在大的国家语境下加以分析解读后,才能更准确地理解抗战时期儿童文学思想价值,才能窥视出儿童文学所负载着的民族精神与社会担当。另一方面,一直以来,抗战儿童

---

① 昌艺佳:《抗战时期儿童文学的中国想象》,中央民族大学硕士论文,2020 年。

文学因为文学性的缺乏而受到争议。其实,正如"五四"时期儿童文学在"儿童本位论"之下兼顾社会现实性一样,抗战固然强化了儿童文学的政治内涵与现实品格,但儿童文学在想象、建构中国形象之时,由于儿童文学所服务对象的特殊性,作品中实际上存在着符合儿童天性、心理、言语的艺术特点,作家们也较为关注不用生硬的说教代替文本的魅力,强调教育本身应来自作品,而非刻意的强调,因此,抗战儿童文学的文本内部实际上存在很多可解读和发掘的地方,抗战儿童文学除了广为人知的经典作品外,还有很多其他作品未被关注到。

在抗战的特殊语境下,我们看到了不同于其他时期的儿童文学。在对于建构儿童形象、描写战争、想象中国的不同理解方式等方面,儿童文学侧重于描写战争中儿童的生存处境,着力在困境中塑造新生的意志精神,这一切都为抗战儿童文学提供了可供选择的素材。"国家的孩子""集体的英雄""成长的儿童"是抗战时期儿童文学留下的创作典型,在国家主流叙事话语之下,儿童如何融入战争? 儿童对战争有什么不同理解? 儿童个人情感领域如何在战争中来展现? 这些问题都被纳入作家的写作视野和反思之中,在抗战文学的规范之下,儿童文学有效地塑造战争主流中的儿童形象,对于我们重新审视儿童与战争的关系提供思路,丰富了儿童启蒙和中国想象的多种可能。

总之,抗战时期儿童文学在想象中国的话语实践之中,凸显了文学的时代品格和现实关怀,这些积极意义值得我们肯定。而想象中国实践下文本内部分裂出的对儿童的个体情感的表达、对战争的反思等现象,同样为我们理解战争、理解儿童提供了新的思路,值得在今后进一步深化研究。

第四章
十七年文学时期（1949—1966 年）：中国儿童文学发展的第一个黄金时代

在中国文学的发展史上，1949—1966 年的十七年文学早已成为一个不容史家回避的历史性存在，它同那个时代的人们一样，饱尝了辉煌与曲折。烽火连天的战争结束，和平的社会主义国家建立。这一时期的每一个重要文学现象都有其深广的历史前提。新的社会主义国家建立，政府把培养教育下一代作为社会主义事业的重要组成部分，我国儿童文学发展史上第一个黄金时代的序幕拉开了。上海、北京少儿出版社相继成立，儿童文学作品创作数量繁丰，小说、童话、散文、儿童剧等各种形式文体都得以发展，其中尤以小说为盛。这一时期儿童小说的发展虽然曲折，但仍取得一定的成绩，这一结果除了儿童文学工作者自身的努力外，首先在于党的重视和引导，政府的关心和支持。

第一节　政府对儿童文学的高度重视

1949 年 10 月 1 日，中华人民共和国成立，政府高度重视少年儿童身心的健康成长，采取一系列切实可行的措施，促进新中国儿童文学的发展。1953 年 9 月，中国文学艺术工作者第二次代表大会在北京召开，会上重点分析了文学创作上的公式化、概念化倾向，旨在使儿童文学创作活跃起来。

1954 年主办的第一届中国少年儿童文艺创作评奖活动(1949 年 10 月—1953 年 12 月)，更激发了广大儿童文学工作者的创作热情。为儿童写作的人越来越多，也出现了很多优秀的作品。如《越早越好》(魏金枝：《新少年报》1953 年 6 月 11 日)、《勇敢的人》(施雁冰：《少年文艺》1953 年第 8 期)、《蟋蟀》(任大霖：《人民文学》1955 年第 7 期)、《韩梅梅》(《韩梅梅》，少年儿童出版社，1954 年)等。这些题材各异的儿童小说曾在当时的青少年读者中引起很大的反响。

　　新中国成立初期，整个社会对儿童文学的重视常常与一定的社会运动、一定的思想倾向关联着。1955 年 9 月 16 日，《人民日报》发表社论，针对新中国成立后儿童读物奇缺的现状提出要"大量创作、出版、发行少年儿童读物"，并提出"要求作家们在一定时间之内为少年儿童写一定数量的东西"。[1]而后，在 1955 年 11 月 18 日，中国作家协会发出了《关于发展少年儿童文学的指示》，提出："为了使少年儿童文学真正担负起对年轻一代进行共产主义教育的庄严任务，必须坚决地有计划地改变目前少年儿童文学读物十分缺乏的令人不满的状况，各地分会应该把发展少年儿童文学的问题列入自己经常的工作日程，积极组织少年儿童文学创作，纠正许多作家轻视少年儿童文学的错误思想，组织并扩大少年儿童文学队伍，培养少年儿童文学的新生力量，并加强对少年儿童文学创作的思想指导。"[2]《文艺报》1955 年发表了《多多为少年儿童们写作》的专论；中国作家协会也发出了专门的指示。与此同时，叶圣陶、冰心、张天翼等著名作家倡议每个作家每年至少要为孩子写一篇作品，全国各地、各民族作家都纷纷响应。蒙古族老作家熬德斯尔的儿童小说《小钢苏和》、布依族作家王廷珍的《山谷月明夜》等，都是这一时期写出的。更可喜的是，政府也积极为儿童文学创作提供出版和发表阵地。1952 年，中国第一个专门的儿童读物出版社——少年儿童出版社在上海成立；1956 年，共青团中央在北京创建了中国少年儿童出版社；这一时期，全国

---

　　① 《大量创作、出版、发行少年儿童读物》(《人民日报》社论)，载《文艺报》1955 年第 18 号，第 13 页。

　　② 锡金、郭大森、崔乙：《儿童文学论文选》(1949—1979)，载《中国作家协会关于发展少年儿童文学的指示》，中国少年儿童出版社 1981 年版，第 5 页。

各地还恢复和创办了许多儿童文学刊物和报纸。1950 年 4 月 1 日《儿童时代》创刊,1953 年 7 月《少年文艺》创刊,《人民文学》《人民日报》副刊页陆续开辟专栏刊登儿童文学作品。政策的支持和政府的关怀,引起了全社会对儿童文学事业的关心和重视,新中国成立后 17 年的儿童文学从创作到出版、发行,逐渐形成一个独立的系统。再加上儿童文学作家队伍不断壮大,新中国儿童文学史上第一个黄金时代的序幕由此拉开,当代儿童文学在 20 世纪50 年代中期迎来了创作上的空前繁荣。

第二节　儿童文学创作队伍基本形成

　　1955 年 9 月 16 日,《人民日报》发表《大量创作、出版、发行少年儿童读物》的社论中,特别指出:"目前在青年团干部、教师、辅导员、国家工作人员当中,有不少喜爱写作少年儿童读物并有发展前途的初学写作者。中国作家协会和各地文联应当给他们以热情的关怀和指导,帮助他们成长起来,而不应该任其自生自灭。"①到 20 世纪 50 年代中期,一支老作家和新生力量相结合、专业作家和业余创作者相结合的儿童文学创作队伍已经基本形成。张天翼、严文井、贺宜、冰心、陈伯吹等被誉为"儿童文学创作队伍的生力军"。《中国青年报》1955 年 9 月 13 日,也在社论《让孩子们有更加丰富多彩的读物》中指出:"为了满足孩子们需要读物的要求,必须扩大现有的专门儿童读物作家队伍……,必须大力地来充实这支队伍的力量。"新中国成立前为孩子们写作的一些作家,新中国成立后创作热情更为高涨。张天翼的儿童小说、冰心的儿童诗创作丰富且成就较大;严文井的童话博得了广大小读者的喜爱;叶君健和任溶溶翻译了很多优秀的外国儿童小说作品。在党的重视和社会的支持下,这时期儿童文学创作队伍已经稳定,后来又不断有所壮大。许多知名的作家,如巴金、魏金枝、马烽等,也都把创作儿童文学作品

---

　　① 《大量创作、出版、发行少年儿童读物》(《人民日报》社论),载《文艺报》1955 年第 18 号,第 14 页。

看成自己义不容辞的责任。除此之外,在老一辈儿童文学作家的关怀下,涌现一大批儿童文学新作者,如胡奇、刘真、萧平等。他们积极响应党的号召,热情地为孩子们贡献着自己的智慧和力量,创作了不少好的儿童小说作品。他们的作品从不同的角度,反映了时代的面貌,刻画出许多栩栩如生的儿童形象。另外,还有各条战线上的许多同志,包括教师、工人、老红军战士等,也加入了儿童读物的写作队伍。事实证明,这时期一支稳定的儿童文学创作队伍已经形成。

第三节 各种儿童文学文体蓬勃发展

一、儿童诗歌

在儿童诗歌创作方面,儿童文学家以充满感激、崇拜、青春的激情,歌颂中国共产党,歌颂新中国,歌颂新人新事新社会,立志做共产主义事业接班人,这是少先队活动的主要内容之一,同时这也是十七年儿童诗歌尤其是20世纪50年代儿童诗歌创作的突出特点。阳光、春天、鲜花、海浪、骏马、燕子、和平鸽、小树苗、向日葵……这些洋溢着蓬勃生命意蕴与朝气的词汇,是20世纪50年代儿童文学最常见的诗歌意象。诗人们一往情深地歌颂祖国的春天与青春的祖国:

春天,
她像一个美丽、幸福小姑娘,
快乐地走遍了,
祖国的每一个地方。
——田地《祖国的春天》(1954年)

诗人们怀着诚挚、朴素的感情:

吹出了对故土的深沉眷恋，

吹出了对故乡景色的激越赞美，

吹出了对于生活的爱，

吹出了自由的歌、劳动的歌、火焰似的燃烧着青春的歌。

——郭风《叶笛》(1955 年)

儿童诗人袁鹰的《在陶然亭，有一棵小松树》，是 20 世纪 50 年代儿童文学突出主旋律，体现当代中国社会对未来一代进行文化设计与文化规范的典型之作：

在陶然亭，有一棵小树苗。

这棵小树苗是我亲手栽下。

我把它插在小坡上，

用清清的湖水灌溉它。

在陶然亭，有一棵小树苗。

太阳呀。你要多多照着它，

今天它是一棵幼苗，

明天就会开一树鲜花。

我时时刻刻想念它，

昨夜里有一场秋雨，

你又该长高了些吧！

陶然亭的小树苗，

快快跟我一同长大，

绿化首都，建设首都，

每天都在催着咱们哪！

"小树苗"在党和人民的悉心照料之下，迅速成长，成为建设首都、建设新中国的栋梁。"小树苗"是一种意象,一种期待,一种喻体,同时也是20世纪50年代儿童文学写作姿态与美学风格的缩影。

袁鹰是一位热情讴歌少年先锋队生活的诗人,他说:"人民群众的生活和斗争,少年儿童、少先队的多彩多姿的生活,以及表现在生活中的思想和情感,永远是一切儿童文学、包括儿童诗在内取之不尽、用之不竭的创作源泉。"[①]少先队员的生活和成长,是袁鹰儿童诗创作的重要题材,他发表的一大批叙事诗、抒情诗、朗诵诗,多角度地抒写了少先队员的学习、生活,成为十七年儿童诗的一种精神标本。其一是"写少先队员们参加社会主义建设和社会生活的诗"[②],如《彩色的幻想》《在陶然亭,有一棵小松树》《什么花红红开满山》《夜晚,在丝瓜棚下》《少年队员游鞍山》《点起豆油灯》《说不清的志愿》《小姑娘养猪》。其二是写少先队员缅怀革命先烈、继承革命传统的炽热情怀的诗,如《烈士墓前》《篝火燃烧的时候》《井冈山上小红军》《忠魂曲》《在毛主席身边长大》等。其三是写少先队员们渴望着走向未来、成长为共产主义接班人的诗,例如《献给英雄的长辈》《红领巾十年》《时刻准备着》《沿着雷锋叔叔成长的道路》等。

关于少年英雄形象的塑造,强调要让正面典型报道发挥正功能,盲目英雄主义不可取。

新中国成立之初的第一个十年,一大批有影响力的儿童文学作品,尤其是诗与童话,以颂歌般的满腔激情,昂奋乐观的格调,清新嘹亮的风格,营造了当代中国儿童文学创作的基本旋律与审美意象。这些作品有郭沫若的《中国少年先锋队队歌》,袁鹰的《篝火燃烧的时候》《我也要红领巾》,郭风的《火柴盒的火车》《木偶戏》,贺宜的《四季儿歌》《仙乐》,等等。儿童诗人柯岩的成就最值得关注,在1958—1963年,她为孩子们创作了大量的儿童诗歌,例如《"小兵"的故事》《大红花》《最美的画册》《"小迷糊"阿姨》《帽子的秘密》《我对雷锋叔叔说》《打电话》等一系列的儿童诗或儿童诗集,成为当代儿童诗重要的代表诗人。如《大红花》:

---

① 袁鹰:《为祖国的未来歌唱》,载叶圣陶等著《我和儿童文学》,少年儿童出版社1980年版,第254页。

② 同上,第256页。

我家有两朵大红花，

挂在毛主席像底下的这一朵，

妈当模范得的它。

那一朵，

爸当英雄得的它。

我天天抬头看红花，

夜夜做梦梦见它。

快长大吧快长大，

长大也戴大红花。

柯岩的儿童诗充满诗意，善于从平凡、琐碎的小事中发掘出富有情趣的东西。"她饱含着对新时代的生活激情，揭示出孩子们的童心童趣与生活理想，有着自己的诗歌美学。"①

二、童话

20世纪50年代童话创作的显著特色是从传统民间故事、神话、传说中汲取丰富的营养，强调童话的民族特色，注意拓宽幻想空间、张扬游戏精神以及营造作品整体的审美效果。20世纪50年代是童话创作的丰收时期。张天翼的《宝葫芦的秘密》，严文井的《小溪流的歌》《"下次开船"港》，陈伯吹的《一只想飞的猫》等都是这一时期可圈可点的童话佳作。

张天翼的中篇童话《宝葫芦的秘密》是十七年儿童文学幻想艺术的高峰之作。它也成为张天翼在十七年童话创作方面最大的收获。《宝葫芦的秘密》将幻想的"宝物"与校园生活自然地融合起来，展现了主人公王葆性格的双重性（追求进步而又想不劳而获）与最后的转变"狠狠地丢弃了宝葫芦"。也正体现了张天翼的儿童文学观："对孩子'有益'并且看了'有味'"。整部

---

① 柯岩：《答问》，载叶圣陶等著《我和儿童文学》，少年儿童出版社1980年版，第417页。

作品构思奇巧,以虚写实,幻极而真,既很好地呈现了童话的艺术想象力,同时又有很强的现实批判性,与十七年儿童文学倡导的劳动光荣、助人为乐、反对不劳而获、反对损人利己等社会精神一脉相承,在今天依然有深刻的社会现实意义。1963年上海天马电影制片厂将《宝葫芦的秘密》摄制成同名故事影片,2007年版的同名电影《宝葫芦的秘密》获得孩子们的一致好评。此外,还有同名电影版图书与同名歌曲,可以说《宝葫芦的秘密》影响了中国几代少年儿童。

老作家严文井的童话趣味十足,最善于在运动中创造美。《小溪流的歌》《"下次开船"港》《蚯蚓和蜜蜂的故事》等,都是通过"在运动变化中进行对比"来完成童话中的人物性格发展的。通过动与静、美与丑的形象对比,让小读者感受到童话的幻想魅力与艺术形象的亲切感、真实性。

从总体上看,十七年儿童文学创作中的童话基本精神是健康的、向上的,充满青春、乐观、清新的基调;儿童文学的写作姿态是认真的、严肃的。张天翼提出儿童文学的两个标准:一要"孩子们看了能够得到一些益处";二要"让孩子们爱看,看得进"[①]。陈伯吹提出的儿童文学作家要用儿童的眼睛看、耳朵听、心灵体会的著名的"童心说"[②],充分代表了这一时期儿童文学的主体观念与审美走向。

三、儿童小说

这时期儿童小说创作获得了很大的丰收。它以广阔的题材、丰富的内容反映了社会生活的各个侧面,塑造了许多生动可爱的儿童形象,把儿童引向广阔的生活领域,在培养社会主义儿童成为"共产主义接班人"的事业中,显示了不可替代的重要作用。作品题材极为广阔:有反映我国社会主义建设的;有揭露黑暗的资本主义社会的;有写历史上不同时期的革命斗争的;

---

① 张天翼:《〈给孩子们〉序》,转引自沈承宽、黄侯兴、吴福辉编《张天翼研究资料》,中国社会科学出版社1982年版,第208—209页。

② 陈伯吹:《谈儿童文学创作上的几个问题》,转引自锡金、郭大森、崔乙主编《儿童文学论文选》(1949—1979),《中国作家协会关于发展少年儿童文学的指示》,中国少年儿童出版社1981年版,第57页。

也有写新中国少年儿童的幸福生活的。其中以写革命斗争题材和新中国儿童生活的作品最为突出。

战争生活给人们的印象是极其深刻的。一些作家从残酷的战争中走过来,革命斗争中儿童的命运自然是他们最关注的。因而就出现了像刘真的《我和小荣》《长长的流水》,杨朔的《雪花飘飘》,杨大群的《小矿工》和《〈小矿工〉续篇》,鲁彦周的《找红军》等革命斗争题材作品,它们以深刻的思想和动人的艺术魅力吸引了一代又一代小读者。这些作品都着重从不同角度,不同程度地反映了各个革命战争时期的斗争面貌。写出了儿童人物的思想感情,揭示他们的精神境界。小荣、小刘、小百岁等许多小英雄的聪明机智、勇敢顽强,具有丰富的内涵和鲜明的个性。它们不但帮助小读者认识了过去,作品中洋溢的革命英雄主义和革命乐观主义精神,也激励着同时代的小读者为建设社会主义而奋斗。

十七年时期,以新中国少年儿童生活为题材的小说数量很多,内容也很丰富。张天翼的《罗文应的故事》,魏金枝的《越早越好》,马烽的《韩梅梅》,萧平的《海滨的孩子》,任大星的《吕小钢和他的妹妹》,任大霖的《蟋蟀》,施雁冰的《勇敢的人》,张有德的《妹妹入学》《五分》,等等,都是很受小读者欢迎的好作品。作品中各式各样活生生的少年儿童形象栩栩如生,如管不住自己的罗文应,知错能改的陈步高,顽强坚毅的韩梅梅,聪明能干的海滨孩子大虎,性急的吕小钢和任性调皮的妹妹吕小朵,等等。这类题材的儿童小说作者多是整天和孩子生活在一起的作家,或是中小学教师,因为熟悉儿童生活,所以在反应儿童的思想、性格形成时客观真实,能够把儿童的活动和广阔的社会生活紧密联系起来,让读者看到他们在不断接触各种社会事物,从比较幼稚到变得比较成熟,不断提升自我,认识世界。正是因为这样,20世纪50年代至60年代初,中国儿童文学迎来了第一个"黄金时期"。但这时的中国儿童文学在题材选择、手法运用等方面都受到束缚。这些是不能漠视和忽略的。

新中国成立之初,儿童文学的发展很快受到了新时代的挑战。首先,新中国成立初期,国家提出"向苏联老大哥学习""一边倒"的口号,20世纪五六十年代的中国少年儿童可以说是在苏联儿童文学的影响下成长起来的。

"其中对中国青少年影响最大的是长篇小说《钢铁是怎样炼成的》。"①同样在20世纪50年代到60年代初期,中国儿童文学像"小弟弟"般地跟着苏联"老大哥"亦步亦趋。冰心、叶圣陶、陈伯吹等资深的儿童文学作家都对苏联儿童文学理论做出了有意识的选择。袁静的中篇儿童小说《小黑马的故事》与苏联作家班台莱耶夫的作品有很多相通之处,吴运铎因为《把一切献给党》的小说创作,被称为"中国的保尔·柯察金"。20世纪60年代中国与苏联的关系逐渐走向破裂,中国的外交战略概括为反对美国帝国主义与反对苏联霸权主义的"两条线"战略,中国儿童文学也因此进入了一个自力更生的时期。

值得单独一提的是"大跃进"时期的儿童文学创作。"1958年儿童文学创作在作品数量上多于往年,而且在主题与题材范围上也比较广泛多样。"②"歌颂总路线、大跃进、人民公社,这是儿童文学创作的急迫任务,又是长期任务。鼓足干劲,努力来进行这一重大主题的创作,是儿童文学创作者拥护和贯彻总路线的最具体的表现。让我们的儿童文学运用各种形式来反映社会主义建设的英雄事业,描写更多的闪烁着共产主义光芒的人。让我们的儿童文学本身闪烁着共产主义的光芒。"③"大跃进"的新形势在儿童文学天地里,得到极其热情、迅速的反映。应该说,1958年农业生产的大跃进面貌,当时在儿童诗歌中得到较为生动较为全面的反映,用小说这种体裁来反映农业生产的大跃进,篇幅不是很多,但都极为精深。"劳动改造人""劳动最光荣"是"大跃进"时期儿童小说创作突出的主题。申均之的中篇小说《成绩》,所描绘的是1958年春节前后大兴水利时期,一个少年儿童水利突击队的故事。作品围绕着两个城市孩子的性格发展而展开:哥哥大梁活泼热情但极爱自我表现,在与农村新伙伴的共同生活中,得到锻炼和提高;弟弟二梁孤独自私,跟农村孩子有距离感,在全村民参与修建水库劳动中,慢慢看

① 王泉根主编:《新时期儿童文学研究》,河北少年儿童出版社2004年版,第93页。

② 贺宜:《〈1958年儿童文学选〉序言》,中国少年儿童出版社1959年版,第3页。

③ 沙采:《共产主义光芒——赞〈闪烁着共产主义光芒的人〉》,载《儿童文学研究》丛刊1959年第二辑,第6页。

到自己的缺点,参加到农村新伙伴的行列中去。它比较全面地反映了农村大跃进面貌,以及少年儿童在生产劳动热潮中思想品质的成长。综合来看,1958年,比之新中国成立后的几年,"儿童文学在创作实践中,为政治服务这一要求体现得较突出了"①。较之前几年,作品具有更强烈的政治倾向性,反映现实社会生活的创作比过去多了。"歌颂党和毛主席,歌颂总路线。歌颂大跃进,歌颂人民公社,歌颂大炼钢铁,歌颂农业纲要四十条,这是新儿歌的主题。"②这同时也是儿童小说创作的主题。儿童文学作家们旗帜鲜明地歌颂时代和人民,歌颂史无前例的"大跃进",热情积极严肃地通过作品,对儿童进行热爱社会主义、热爱集体、热爱劳动的"三热爱"教育。作家们严肃认真地通过文学作品热烈地书写政治,通过作品来吸引广大的少年儿童关心、参与社会主义祖国的伟大建设,对当时的成人以及小读者都起到积极的号召和教育作用。

　　十七年时期,伴随着民族平等政策的深入,具有浓郁地域特色的少数民族儿童小说,也因其呈现独特的山寨风情而独树一帜。首先是一些汉族作家们悉心描写自己熟悉的少数民族儿童生活,着意表现民族团结这一重大主题。季康的《蒙帕在幻想》写出瑶族儿童蒙帕勇敢、聪明、立志要改变家乡落后面貌的理想追求;孟左恭的《草原的儿子》描述蒙古族儿童阿尤勒反抗王爷的事迹等,都凸现了在当时复杂政治态势下少数民族儿童文学向主流意识的靠拢与趋同。其次,一批少数民族作家,在时代的召唤下,创作出表现本民族儿童新思想、反映民族新面貌的作品。回族作家胡奇反映藏族少年儿童生活和西藏地区伟大变革的短篇小说《小扎西》、中篇小说《五彩路》,写藏族儿童寻找神火追求新生活的《神火》,文笔优美,人物塑造丰满,情节引人入胜;昂旺·斯丹玲(藏)和段斌合著的《林中篝火》描写了藏族乡村儿童"小喜鹊"和他的伙伴们学习打猎的生活;蒙古族熬德斯尔的儿童小说《小钢苏和》《草原童话》选取题材极其有吸引力……这些儿童小说作品都有较高的文化品位,无疑是当时儿童文学进程中的一股强大的推动力。

　　总体来看,十七年儿童文学处于一个崭新的社会环境之中。新中国的

①　贺宜:《〈1958年儿童文学选〉序言》,中国少年儿童出版社1959年版,第8页。
②　丁景唐:《太阳底下花儿红》,载《儿童文学研究》丛刊1959年第一辑,第19页。

建立,给儿童文学注入一种新的思想、新的情感。纵观十七年儿童文学的发展,建国之初至五十年代中期,即是被张锦贻老师称为的"初步向荣阶段","以共产主义精神教育新一代"①是这一时期儿童文学的主要精神内核,在这一精神的观照下,以反映祖国社会主义新面貌、新风尚和少年儿童在社会主义社会成长情形为主要内容的儿童小说取得很大成绩。作家们视少年儿童为"国家的小主人",把写作当作"培养社会主义新人"的一种历史使命,通过文学,潜移默化地、形象有力地对少年儿童进行共产主义的道德品质教育。这类儿童小说的创作充分注意到广大小读者的审美心理和精神需求,虽然它在积极向上的主题追求中,在力求儿童文学的多样化的过程中,屡屡被纳入政治的管理之中,但基本形成了"亲切、新鲜、多样、有趣"②的统一风格。1958年以后,儿童文学同样被扣上了"资产阶级、修正主义编辑方针"的帽子,受到大加批判,儿童小说创作也进入一个"艰难发展阶段"(张锦贻)。一个时期内,《少年文艺》《儿童文学》等刊物也失去了儿童特点,儿童小说创作丧失了文学性,作品塑造的儿童形象丢掉了孩子的自然天性,作为政治主导话语下的一个个"木偶"而存在,这一现象正如治学严谨的茅盾先生,在1961年对当时儿童文学创作现状所作的批评概括:"政治挂了帅,艺术脱了班,故事公式化,人物概念化,文字干巴巴。"③总之,1960年前后,文学的政治功用思想统领着整个儿童文学领域,并且因此而显示着浓重的社会化倾向。与前一阶段相比,以学校生活为题材的儿童小说数量减少,创作萎缩,但描写新中国成立前阶级斗争、革命斗争的儿童小说创作获得一定的业绩。除了前面所提及的,还有《草原的儿子》(孟左贡:1959年)、《"强盗"的女儿》(刘坚:1961年)描写阶级斗争笔力鲜明生动;《三号了望哨》(黎如清:1959年)、《找红军》(鲁彦周:1959年)情绪火炽,情节紧张引人;《少年铁血队》(王传盛,徐光:1960年)、《在风雨中长大》(李强,杜印:1960年)情感书写真切动

---

① 张炯、邓绍基、樊骏主编:《中华文学通史(第八卷·当代文学编)》,华艺出版社1997年版,第4页。

② 《少年文艺》编辑部:《给少年们的小说——〈少年文艺〉创刊三十周年小说选(前言)》,少年儿童出版社1983年版,第2页。

③ 茅盾:《六〇年少年儿童文学漫谈》,转引自孔海珠编《茅盾与儿童文学》,少年儿童出版社1990年版,第490页。

人,昂扬着勇敢乐观的战斗精神……这些儿童小说在 20 世纪 60 年代初、中期出现,无疑在一定程度上使儿童文学整体萎缩化倾向略有改观,"但到'文革'前夕,少年儿童已到了几乎无书可读的地步"①。这是一个不可争议的事实。

"文革"十年,儿童文学与整个当代文学一样,陷入凋零期。以阶级斗争观念为主的儿歌,得到推广,在艺术风格上,则是无视儿童特点,尽力将其成人化。整体看来,当时的文坛,实际上已不存在有为儿童服务的儿童文学了。直到 1972 年,李心田的儿童小说《闪闪的红星》被改编成儿童电影,潘冬子的经典儿童形象从此家喻户晓。它让未满十岁的潘冬子说成人话,做成人事,形象固然是高大了,却脱离了孩子的成长需要。1973 年 2 月矫健在《少年文艺》发表短篇小说《铁虎》,1974 年叶永烈在《上海少年》第一期发表科学童话《干嘛要搬家》,还可圈可点。"文革"末期,出现了刘心武的《盖红印章的考卷》、贾平凹的《弹弓和南瓜的故事》和铁凝的《会飞的镰刀》一批儿童小说,值得庆幸的是,它们为这一时期的儿童文学创作或多或少提供了宝贵的经验。

第四节　儿童文学创作的政治流脉

20 世纪初,中国现代儿童文学才开始发展。中国儿童文学在早期明显受到世界先进儿童文学意识形态的影响,十七年的儿童文学亦是如此。新中国成立后的前几年,苏联儿童文学作品大量译介,苏联儿童文学理论几乎成了 20 世纪 50 年代中期我国儿童文学研究外来儿童文学理论的唯一源泉,这固然对新中国成立初期儿童文学繁荣与发展,起到一定积极的作用。但"文以载道"的传统训教深入人心,新中国的文艺工作者对外来的东西本能地排斥着。儿童文学作家们在"路线""运动"中仍沿着塑造新社会的新儿

---

① 王泉根:《现代中国儿童文学主潮》,重庆出版社 2006 年版,第 172 页。

童、培养社会主义接班人的政治轨迹言说，并通过儿童小说创作实践着他们的政治教导。因此说来，十七年儿童小说创作是有深刻的政治流脉可循的。

1949年10月1日，中华人民共和国成立，中国儿童文学翻开崭新的篇章。考察十七年儿童小说发展流变，最能显示其顺逆直曲的，"是这样三种现象：少先队的文学与'共产主义的教育方向性'；教育儿童的文学与配合各项'中心'、'运动'；阶级斗争工具的文学与审美向度的缺席"①。笔者想试着就这三点来简略讨论十七年儿童小说创作政治流脉。

一、少先队的文学与"共产主义的教育方向性"

少年儿童是"祖国的花朵"，是"中华民族未来的希望"。新的社会制度建立，把少年儿童看作"共产主义事业的接班人"，把他们培养成为有社会主义觉悟的有文化的劳动者成为新中国的主流意识形态。1950—1956年，少先队题材的儿童小说创作达到第一个高峰期，它正是与这样的文化语境基本趋同的。1952年，少年儿童出版社在上海成立，1956年中国少年儿童出版社在北京成立，1953年，"中国少年儿童队"改名为"中国少年先锋队"，简称"少先队"。"少先队组织是影响当代中国儿童精神生命成长的最广泛、最深刻的组织。"②毋庸置疑，共青团与少先队组织在十七年文学时期发挥了特殊的作用。十七年时期很多儿童小说创作者集中笔力，生动地展现了孩子们少先队队旗下的生活，作者们满怀激情，歌颂新中国新社会，为"培养共产主义事业接班人"献言献策，这成为十七年儿童文学尤其是20世纪50年代中期儿童小说创作的突出特点。

如前所述的儿童小说创作题材，大致集中在两个方面：一是回忆叙述革命历史，二是描述少先队员校园生活。加强革命传统教育，表现革命斗争中乐观昂扬的英雄主义精神、爱国主义精神，是前一种题材的儿童小说创作的主脉。作者或是参加过革命的革命者，或是与共和国共同成长的年轻一代。作品中亲历的体验与虚构的想象交织，把革命历史传统与现实教育意义融合在一起，将十七年儿童文学演绎成革命的文本，英雄主义的文本。徐光耀

①　王泉根：《现代中国儿童文学主潮》，重庆出版社2006年版，第161页。
②　王泉根：《现代中国儿童文学主潮》，重庆出版社2006年版，第163页。

的《小兵张嘎》、胡奇的《小马枪》、刘真的《我和小荣》、王愿坚的《小游击队员》、杨大群的《小矿工》等，它们都成为那个时期对广大少年儿童进行革命传统教育和政治思想教育生动的教科书。

描写少先队的生活，展示新中国儿童在"队旗下"的精神成长过程，这是20世纪50年代中前期儿童小说创作最主要的景观。这一题材创作者大多是年轻作家，他们有创作热情，又能够深入少先队活动，多角度、多层次地探求新中国儿童的生活世界及精神成长的过程。张天翼的《罗文应的故事》、冰心的《陶奇的暑假日记》、萧平的《海滨的孩子》、任大星的《吕小钢和他的妹妹》、魏金枝的《越早越好》等是这方面的代表，罗文应、陶奇等一批个性鲜明的少先队员形象应运而生。

除此之外，少先队文学的另一个突出而重要的主题是对集体主义的歌颂。由落后到进步，由不爱劳动到热爱劳动，由自私自利到大公无私，少年儿童在少先队集体生活中受到教育和帮助，人格不断完善成熟，是这类儿童小说创作叙事深化的基本内容。例如，自私但有觉悟的陈步高在解放军叔叔的教育下，终于改正缺点（《越早越好》），爱斗蟋蟀的小学生吕力喧，在小伙伴帮助下，终于扔掉心爱的蟋蟀（《蟋蟀》），具有典型意义的"自己管不住自己"的罗文应，得益于集体和少先队的力量而改掉了坏习惯（《罗文的故事》）。类似的作品还有很多，在当时均产生较大影响。孩子们有这样那样的缺点，在少先队、团组织集体的帮助教育下，克服种种"缺点"，最后得到进步，成了这类儿童小说固定的单一的创作模式。无一例外，这些儿童小说的创作都是本着少先队的文学创作方针，诠释着"共产主义教育方向性"原则。

二、教育儿童的文学与配合各项"中心""运动"

"'教育儿童的文学'与配合各项'中心''运动'，这是十七年儿童文学进入20世纪60年代以后的一个不断被强化的基本理论话语。"①儿童文学首先是文学，是整个文学的一个有机组成部分。显然，儿童文学的教育需要、自身特点都寓于文学形象之中。在各项"运动"中儿童文学作品怎样塑

---

① 王泉根：《现代中国儿童文学主潮》，重庆出版社2006年版，第168页。

造儿童形象？如何将教育和童趣有机融合？这些成了理论家探讨的重要问题。

严文井在《〈1954—1955 儿童文学选〉序言》(1956)中指出,"为了教育少年儿童,应该告诉他们多方面的生活,特别是当前的各种重大斗争",但必须克服"由乏味的说教代替生动的形象"的倾向。冰心也一直强调"童心"之于儿童文学的意义,她提倡针对儿童天真活泼、充满好奇心、强烈的可塑性等心理特征,用"他们所熟悉,能接受,能欣赏的语言",来写出小读者喜闻乐见的好作品。陈伯吹 1956 年发表的《谈儿童文学创作上的几个问题》一文中,提出了当代儿童文学史上著名的"童心论":"一个有成就的作家,愿意和儿童站在一起,善于从儿童的角度出发,以儿童的耳朵去听,以儿童的眼睛去看,特别以儿童的心灵去体会,就必然会写出儿童能看得懂、喜欢看的作品来。"由此看来,新中国成立之初至 20 世纪 50 年代中期,严文井、冰心、陈伯吹先后一致提出"童心",并严肃指出其在儿童文学创作中的重要性,在这种"童心论"理论的烛照下,一些作家创作出了很多优秀的儿童文学作品。

遗憾的是好景不长。20 世纪 50 年代后期,一直到"文革"时期,儿童文学批评家习惯于用教育性作标尺,用来衡量作品的题材选择、人物塑造、情节安排和表现手法。这时期政治气氛逐渐紧张起来,教育性成为铁戒。对"童心论""人性论"的激烈批判就是最有力的例证。

1958 年"大跃进",1959 年"反右倾",1959—1961 年"三年困难时期",新中国这段历史曲折发展着。上面三位儿童文学前辈倡导的"童心精神"还未形成气候,以说教代替形象塑造,脱离儿童精神世界的创作潮流愈演愈烈。当时的文化部负责人茅盾,在调查研究的基础上,1961 年 6 月,以极为科学严谨的态度写下了万字之言《六〇年少年儿童文学漫谈》一文,在十七年儿童文学乃至当代儿童文学史上,它具有纠偏矫正的里程碑意义。文中直截了当地指出,"1960 年是少年儿童文学理论斗争最热烈的一年",但也是"创作歉收的一年"。他详尽地指出,1960 年前后,儿童文学创作存在着诸多问题:第一是题材单一化。为了配合各项政治运动,内容"几乎全是描写少年儿童们怎样支援工业,农业,参加各种具有思想教育作用的活动"。第二是形象概念化。政治挂帅,思想性太强,形象扁平简单,说教过多,文采不足。第三是作品缺乏童趣。由于对"童心论"的批判,使儿童文学的特殊性丧失殆尽,无论是人物形象还是语言,写出来都"不免令人啼笑皆非"。造成当时儿童文学这种局面的原因固然是多方面的,茅盾就"童心论""儿童情趣"等问题,按照当时的理解发表了自己的看法:"按照儿童、少年的智力发展的不同阶段该喂奶的时候就喂奶,该搭点细粮时就搭点细粮,而不能不管三七二十一,一开头就硬塞高粱饼子。"①今天看来虽然不免有些偏颇,但是针对当时资产阶级的儿童超阶级论的批评可谓一针见血。

十七年时期,尤其是1958年以后,由于某种形而上学思想的影响,把儿童文学的教育作用局限在狭小的、一成不变的框框里的现象愈演愈烈。儿童小说文本中所谓对儿童进行阶级教育,就是儿童团抓坏蛋;对儿童进行品德教育,就是课堂遵守纪律,拾金不昧,先进帮助落后;对儿童进行爱国主义教育,就是"祖国是座大花园"……除此之外,似乎再也找不到什么新的主题,新的题材。但是20世纪50年代中期,张天翼的《罗文应的故事》《宝葫芦的秘密》,任大星的《刚满十四岁》《吕小钢和他的妹妹》,胡奇的《五彩路》《神火》《绿色的远方》,刘真的《我和小荣》《好大娘》《长长的流水》等优秀作品摆脱了对儿童文学教育意义的狭隘、片面的理解,突破了创作上的戒律,既具有教育意义,又深受小读者欢迎。

"儿童文学是教育儿童的文学"(鲁兵),这一点是毋庸置疑的。但是在极"左"思潮的干扰下,20世纪60年代初期的儿童文学创作,为了配合各项政治运动、教育"路线",内容严重脱离儿童,尤其是低幼儿童的理解和接受能力。儿童文学思潮中,作家对现实生活的叙写,完全被狂热的政治热情叙事所遮蔽。这些因素导致了儿童文学创作日趋浮泛空洞,以至终于走向"假、大、空"的趋势。最终,20世纪60年代的儿童文学并没有按照茅盾希望的那种回归文学正道。理论空泛,作品枯竭,出版物锐减,儿童小说创作也不可避免地走向滑波。

---

① 茅盾:《六〇年少年儿童文学漫谈》,转引自孔海珠编《茅盾与儿童文学》,少年儿童出版社1980年版,第495页。

三、阶级斗争工具的文学与审美向度的缺席

文学本身是一种教化与审美相结合的工具。新中国成立后的十七年时期,文学与政治的关系极为密切又极为偏隘。1957年以前,尽管当时已出现某种为"赶任务"而创作的公式化倾向,但儿童文学作家的写作姿态是认真严肃的,儿童文学创作的生态环境基本良好。从总体上看,它的基本精神是健康的、向上的,充满乐观、清新的基调。老作家张天翼当时对儿童文学提出两个创作标准:一是对孩子们"有益";二是作品要"有味""孩子们爱看"。它代表了这一时期儿童文学的主体观念与审美走向。1958年以后,政治功利化倾向日趋明显,儿童文学屡屡被纳入政治眼光的观瞻之中。"歌唱伟大的总路线",配合各项"中心""路线"与"运动"的儿童文学逐渐迷失方向,主要表现在"阶级斗争"的原则得到空前强化,"阶级斗争"的话语充斥着儿童小说文本。

一是"阶级斗争"的原则得到空前的强化。由于"极左"思潮对儿童文学创作造成的影响,那时动辄就戴帽子,"挖根子",强调写"重大题材",对"温情主义""人类之爱""人性论"的批判声音此起彼伏。比如在对《达吉和她的父亲》的批判中,因为达吉和父亲相会哭出声来了,"父女相会哭出来就是人性论",由此被戴上"温情主义"的帽子。1961年6月19日,周恩来《在文艺工作座谈会和故事片创作会议上的讲话》诚恳地说道:"女儿(指达吉)要离开彝族老汉时,我们激动得要哭,而银幕上的人却别转身子,用手蒙住脸,不让观众看到她在流泪。思想上的束缚到了这种程度,我们要哭了,他却不让我们哭出来,无产阶级感情也不是这样的嘛!……"[1]

二是"阶级斗争"的话语充斥着儿童小说文本。文本中,就人物形象塑造来看,要么是正面形象:解放军、游击队、少先队员,对应反面形象:阶级敌人、叛徒、落后分子;要么是正面活动:自力更生、"三面红旗大放光彩",对应反面活动:自私自利、阴险毒辣等破坏活动。老作家贺宜的长篇纪实小说《刘文学》,就题材本身看来,已具有鲜明的阶级斗争倾向,经作者有意拔高,

---

[1] 周恩来:《在文艺工作座谈会和故事片创作会议上的讲话》(一九六一年六月十九日),载《文艺报》1979年第2期,第3页。

整部小说从小英雄出生的第一声啼哭到最后为保卫生产队的半背包海椒被地主杀害,每一个细节都被纳入阶级斗争的符号,活生生的四川"少年小英雄"的个性形象严重受损。可以说,这种二元对立过度简单化的思维倾向,在20世纪60年代后的儿童小说文本中明显透出浓厚的阶级意识。这一点是不容史家忽视的。

总而言之,20世纪60年代后儿童小说创作公式化、概念化、审美向度的缺席与文学的功利化、作家艺术思维简单化、作家队伍整体萎缩倾向是遥相呼应的。与20世纪50年代相比,儿童小说的阶级观念越来越深刻;题材内容越来越单调,"古人动物满天飞,可怜寂寞工农兵"(茅盾);对童心审度远远不够;人物模式单一雷同;情感表现、审美功能强调不足等方面呈现明显的趋同特征。题材狭隘,人物单一缺乏动感,结构模式化,伦理教育与审美严重失衡,这样的儿童文学,其艺术性和审美趣味更是可想而知了。

综合来看,十七年儿童小说整体上是与各项政治运动、阶级斗争亦步亦趋的。20世纪50年代中期以前,"反映我们祖国新一代的生活和理想、爱和憎"的少先队文学成就相对集中,随后,儿童文学呈现整体萎缩化倾向。因此说来,十七年儿童文学发展前行曲折,步履维艰。鲜明的阶级印记和政治话语使它明显区别于20世纪30年代的左翼儿童文学的创作风范,也不同于新时期和平的文化语境中的校园文学。

第五章

新时期(1978—2000 年):中国儿童文学发展的第二个黄金时代

　　1978 年改革开放后至 20 世纪结束,当代文学发展进入一个新时期,我们经常把这段时期称为新时期文学。改革开放不但给中国社会各方面带来了深刻影响,也促动整个文学思潮和写作方式的变革。就儿童文学发展而言,自 20 世纪 70 年代末到 20 世纪结束,它在不同的时段呈现出自己独有的时代特征和审美追求,展示了其独有的魅力和作家们不同的艺术追求,并且给新时期儿童的成长以不同的文化记忆。在这一时期,儿童文学很大程度上融入了当代文化和文学的进程,同时,也显示出它作为一种以儿童为主要接受者的文体特殊性。

第一节　新时期儿童文学理论的发展

　　20 世纪 80 年代初以来,儿童文学理论在回归和"新潮"的问题上一直争议不断。儿童文学理论在推新发展方面步履维艰,阻力重重。

一、传统抑或是"新潮"

　　中国儿童文学的传统是什么?众所周知,现代意义上的中国儿童文学,是在新文化运动时期发生和发展起来的,至今已走过了一百多年的风风雨雨。"五四"初期,关于什么是儿童文学、儿童文学是什么等问题,有过种种不同的表述。鲁迅说过"一切设施,都应该以孩子为本位",这里的一切"设施"主要指为孩子服务的儿童文学。郑振铎说:"儿童文学是儿童的——是以儿童为本位,儿童所喜看所能看的文学。"老作家张天翼认为儿童文学有两大标准,即是对儿童不但要"有益"而且要"有趣"。著名的"陈氏童心定律"的理论创造者陈伯吹说,儿童文学作家必须"和儿童站在一起,善于从儿童的角度出发,以儿童的耳朵去听,以儿童的眼睛去看,特别以儿童的心灵去体会,就必然会写出儿童能看得懂、喜欢看的作品来",总而言之,传统的儿童文学界理论家一致认为,中国儿童文学的传统精神集中体现在:从孩子们出发,以儿童为本,儿童文学作品要紧紧拥抱时代,以儿童为中心,全心全意为儿童服务。这些观点前文已有相关论述,这里不再赘述。

20世纪80年代儿童文学的"新潮"又是什么?曹文轩在《新潮儿童文学丛书·总序》中说:"所谓'新潮',是指文学要从艺术的歧路回归艺术的正道。"换言之,"新潮"是指变化,指事物发展的新趋势、新潮流。在继承传统中有所创新,是这一时期中国儿童文学发展的总体通则。儿童文学作为一种独立、独特的艺术形式,在其发生与发展中,与成人文学形式一样,一直处于不断变革、探索与进取的发展进程之中。这种新潮之"变"重点体现在作家如何对待儿童的观念,也即"儿童观"的问题上。儿童文学是一种特殊文学,成年作家如何看待和书写儿童仍然是"儿童文学"问题的原点。因此,所谓"儿童文学新潮",实际上就是作家(创作主体)的儿童观,也即是作家儿童文学观的变化和更新。新时期以来我国儿童文学"新潮"理论的主要表述,第一是刘厚明提出儿童文学的"四大功能说"(导思、染情、益智、添趣)。第二是曹文轩提倡"儿童文学作家是未来民族性格的塑造者"的宣言。第三是班马早年提出"儿童反儿童化"理论,以及1996年在《儿童文学研究》引出的关于"儿童性"与"童年性"、回归成人与回归儿童的争鸣等,这些无一不是对成年作家儿童观的演变。显然,这种演变对儿童、儿童文学的认识更加科学合理了。

但是万变不离其宗。这个"宗"始终是以儿童为本的儿童本位、儿童中心和为儿童服务。新时期的儿童文学论无论怎样变化,都始终没有离开这个传统和根本,它一直是围绕着如何更好地为儿童服务,如何更好地创作孩子们爱看的儿童文学这些主题而展开的不同争论,这也是一个不断回归儿童文学传统精神的问题。

二、儿童文学理论著作颇丰

这一时期,相关的儿童文学理论著作颇丰。主要有:王泉根的《周作人与儿童文学》(1985),《现代儿童文学的先驱》(1987)和《中国现代儿童文学文论选》(1989),蒋风的《中国现代儿童文学史》(1987),浦漫汀的《儿童文学教程》(1991),黄云生的《儿童文学》(1996),班马的《前艺术思想——中国当代少年文学艺术论》(1996)等现代儿童文学文献与史著。这些著作的出版,一方面是向学术界展示新时期儿童文学理论的丰富内涵与学术积累,颠覆人们以往对儿童文学是"语言浅显,情节生动""教育儿童的文学"的简单认识。另一方面也诠释了新时期儿童文学理论的新观念、新方法、新话语。例如在班马五十多万字著作《前艺术思想——中国当代少年文学艺术论》中,设有专章:检索周作人"前艺术"的儿童美学观念,在此基础上,他提出儿童文学是"属于第三世界"的观点,这是20世纪90年代儿童文学理论界的新发现,新提法。

到了20世纪末,无论是回归或是新创,儿童文学理论界终于重新确定了中国儿童文学的传统精神,即是以鲁迅、郑振铎等为首的五四运动时期儿童文学先驱者所倡导的"一切设施,都应该以孩子为本位",从而使五四运动时期儿童文学的传统精神在新时期的争论中重新得到了延续。

第二节　新时期儿童文学的创作阶段

如果是从政治意识形态和文化生态的影响、从媒介的发展环境等方面来考察,按照时间顺序,这个20多年的儿童文学发展期大体可以分为两个阶段。

　　第一个发展阶段是 20 世纪七八十年代。理论家蒋风说:"刚刚结束的战争历史与日新月异的新时代,都促使儿童文学充分展示它的风采和魅力,作家用生花的彩笔表现它们,即使时代赋予文学的职责,也是文学本身的要求。"①1978 年 10 月,国家出版局在庐山召开了全国少儿读物出版工作座谈会;同年 12 月,《中国少年报》《儿童文学》杂志社和中国少儿出版社在北京联合举办了儿童文学读书会,会上茅盾、冰心、张天翼等老作家接见了青年作家,并且做了指导报告。这些都给了儿童文学工作者以极大的鼓舞,被禁锢了十年之久的创作力这一时期爆发出来了。

　　在此情形下,1978 年改革开放的号角吹响以后,儿童文学创作队伍也逐渐扩大,作家创作积极性大大提高,各种题材、文体如沐改革之春风,呈现出百花齐放的创作局面。儿童文学作家在这一时期推出了不少创新佳作,一批中青年作家怀着强烈的历史责任感,冲破过去儿童文学在题材、主题等方面的种种禁区,以现实主义的手法和魄力对现实社会生活中不尽如人意的现象进行揭露和剖析。这是新时期儿童文学继十七年儿童文学发展之后的又一个阶段性繁荣时期。正如樊发稼说过的:"儿童文学长足的进步、丰硕的成就,不仅表现在儿童文学创作的新人的不断涌现,创作队伍的明显壮大,而且特别令人欣喜的是,随着儿童文学观念的标新,作家们创作实践和艺术探索的空前活跃,出现了一大批在内容和形式上都令人耳目一新的优秀作品。"②

　　"80 年代的儿童文学作家是充满时代激情和智慧的,也充分地抓住了时代发展的机遇,并极力地发挥自己的艺术个性,在作品中淋漓尽致地展现了作家的价值观和文化观念。"③20 世纪 80 年代中期,整个文学界的艺术探索也大大地激活了儿童文学生动热烈的创作细胞,儿童文学作家们的艺术思维空间进一步开阔。

---

　　①　蒋风:《儿童文学史论》,希望出版社 2002 年版,第 39 页。
　　②　樊发稼:《中国当代儿童文学作品精选(1949—1999)》(儿童文学卷导言),北京十月文艺出版社 1999 年版,第 4 页。
　　③　伍美珍、谭旭东:《改革开放三十年的儿童文学之路》,《江淮论坛》2008 年第 12 期,第 170–173 页。

儿童小说方面,柯岩的《寻找回来的世界》无疑是 20 世纪 80 年代一部出类拔萃的儿童小说作品,它不仅以题材的新颖见长,更主要的是作家以娴熟的艺术技巧,通过对生活中异常驳杂错综的矛盾冲突的生动展现和对特殊环境中种种人际关系的细针密线的揭示,撼人心弦地启动小读者乃至大读者对做人真谛的揣摩和思考,其题旨的宏大、内蕴的深邃、思想的力度,都是儿童文学作品中所罕见的。其他如曹文轩的《弓》,常新港的《独船》,沈石溪的《第七条猎狗》,乌热尔图的《七叉犄角的公鹿》,刘厚明的《阿诚的龟》,蔺瑾的《冰河上的激战》等小说,或传神刻画、细致展示当代少年儿童丰富复杂的内心世界,或表现浓郁的情趣、机智的幽默感、温馨的人情美,或体现深刻的社会内涵和深邃的哲理意蕴,或以高雅流利的语言、奇崛峭拔的想象、幽深翁郁的意境而赢得广大少儿的心,或把曲折惊险的叙述世界伸展到动物世界。

童话、散文、诗歌创作方面,诸志祥的《黑猫警长》,葛翠琳的《翻跟头的小木偶》和郑渊洁的《开直升机的小老鼠》等以幽默的语言塑造了中国式的童话形象,给读者留下了深刻印象。乔传藻的《醉麂》,陈丹燕的《中国少女》,陈益的《十八双鞋》等儿童散文也获得好评。金波的《春的消息》,高洪波的《我想》和田地的《我爱我的祖国》等儿童诗吸取了同时代新诗艺术的精华,呈现儿童诗的缤纷色调。

第二个发展阶段是 20 世纪 90 年代。这一时期儿童文学作品不再像 20 世纪 80 年代那么热闹,反而它更多地显露出平静状态。其一,得益于 20 世纪 80 年代儿童文学作品回归儿童的观念重建。其二,表明国内的儿童文学作家在当时整个文学环境的影响下走向了成熟。20 世纪 90 年代儿童小说也占据"天时、地利、人和",尤其是党和国家关于"三大件"(长篇小说、影视、儿童文学)和"出版更多优秀作品,鼓舞少年儿童奋发向上"的指示,同时,在大陆各级各地作协和少儿出版机构的大力支持和培养下,陆续涌现了一些有才干的青年儿童小说新秀。

这一时期儿童小说仍然独领风骚。曹文轩创作了《古老的围墙》《再见了,我的小星星》《山羊不吃天堂草》等优秀儿童小说,秦文君创作了《男生贾里》《女生贾梅》《小鬼鲁智胜》等广受欢迎的作品。董宏猷、梅子涵、张之路和任哥舒等是一批中青年实力派,章红、殷健灵、曾小春、彭学军等是更为年轻的一代。他们的儿童小说对当代生活和少儿生活的描述和揭示,有着更质朴、更幽默、更洒脱也更耐人寻味的力量。由于海峡两岸儿童文学交流的增加,台湾儿童小说家在大陆的一些报刊杂志上也发表了不少佳作。如木子的《阿黄的尾巴》和李潼的《秋千上的鹦鹉》,在遣词用语、人物塑造和情节构造方面均为创造性的佳作。香港儿童小说也出现了一批优秀的作品。如何紫的《别了,语文课》就是一篇值得一提的佳作,它细腻而朴素地描述了小学生陈小允对语文课的感情转变,小说的字里行间充满了对中国语言文字的热爱,小说对小学生的行动和心理的描写也很真实有趣。

这一时期,童话创作方面也有很多收获。周锐的《哼哈二将》,冰波的《狼蝙蝠》,汤素兰的《笨狼的故事》是一批幽默与幻想交织的童话新作。散文和纪实文学方面涌现了庞敏的《淡淡的白梅》,刘先平的《山野寻趣》,吴然的《天使的花房》等散文作品和李凤杰的《还你一片蓝天》反映失足少年生命状态的警醒纪实之作。邱易东的《到你的远山去》,薛卫民的《为一片绿叶而歌》和王宜振的《笛王的故事》等儿童诗一时脍炙人口。

总之,这一时期的儿童文学作家用不同的文体,以开放的姿态接纳了现实主义、古典主义、浪漫主义和现代主义艺术的有机因子,将自己的创作与全球化的文学话题和焦点结合起来,与儿童的教育本质和儿童文学的本质结合起来,突破了民族性、地域性、私人性的局囿,建立不同国家、不同民族儿童的公共文学审美空间,增加了多元的文化基因。①给儿童文学的审美世界增加了多元的文化基因。

总的看来,新时期儿童文学的发展之路充满张力。时代的变化,经济的高速发展,网络媒体的高度发达等因素,都是新时期儿童文学发展的动力。儿童文学作家们一直朝着塑造民族的未来、建构国家意识、提高一代代人的审美水平方面努力着,并且取得了辉煌的成就。考察和梳理新时期儿童文学发展思潮,能够帮助我们展望其未来发展的道路,以促进其未来积极健康可持续发展。

---

①　谭旭东:《重绘中国儿童文学地图》,西北大学出版社2006年版,第53页。

第六章

21 世纪以来:中国儿童文学的发展和
未来展望

21 世纪以来,儿童文学与其他文学一样,同样面临信息日新月异的更替时代。在此大的背景下,儿童文学发展进入了一个空前繁荣的状态。

第一节　新世纪儿童文学的发展情况

1985 年,在全国儿童文学教学研讨会上提出的关于"少年儿童年龄特征的差异性与多层次儿童文学分类"的观点,一直延伸到 21 世纪。五四运动时期周作人提出的"四个步骤"和"三个层次"①的儿童文学理论,在 21 世纪,理论家根据不同年龄的接受对象将儿童文学区分为幼年文学—童年文学—少年文学三个层次。"三个层次"的理论最终深入人心,并成为新世纪儿童文学理论界普遍达成的共识。同时,在新世纪开启前后,围绕儿童文学的"多层次说"及"本体论"等相关命题,又出现了百家争鸣的现象。

这里首推北京师范大学王泉根老师的《现代中国儿童文学主潮》(2000)。该著作篇幅巨大,近 70 万字,可谓是新世纪儿童文学理论的开山之作。作者另辟蹊径,"力图以'史''论''评'三结合,宏观研究与微观透视

①　周作人:《儿童的文学》,《新青年》第 8 卷第 4 号,1920 年 12 月。

互为补充、多视角多层面的复合研究方法,审视中国儿童文学从传统向现代转换的内在机制、历史轨迹以及整个世纪的儿童文学在现代化进程中的生动气象与美学嬗变"①。2008 年,王泉根又主编出版了《儿童文学教程》,他立足于为在校的汉语言文学专业的本科生——未来的小学语文教师编撰的,把儿童文学的文体分为六大类:韵文体、幻想体、叙事体、散文体、多媒体、科学体。"我们不敢说以上分类是儿童文学文体的最佳分类模式,但这一分类所具有的'文体秩序''文体内涵'的科学性、合理性及其充分呈现新世纪儿童文学文体的丰富性与交叉性,则是显而易见的。"②广州的老一代儿童文学理论家班马立足儿童精神世界,以原生心态为基点寻找儿童文学特殊的生存空间。东北的朱自强在《儿童文学概论》中论及儿童文学本质时提出,"童年是儿童文学的原点",③是一切有关儿童文学的理论确立的出发点。浙江方卫平的《儿童文学教程》(2009)在 2004 年原版基础上,增加了《新媒介与当代儿童文学发展》一节,以便全面概括地反映中国儿童文学发展的历史面貌。④ 北京的汤锐在其专著《现代儿童文学本体论》(2009)中提出"以成人——儿童双逻辑支点"为基础的开放式的儿童文学理论。上海的刘绪源的《儿童文学的三大艺术母题》(2009)字里行间充满了富有洞见的观点,可以说是当代儿童文学的开拓性著作,2015 年已经发行至第四版。他更侧重看待儿童文学与成人文学的相同、相通之处,提出并论证了"母爱""自然""顽童"是儿童文学的三大母题,⑤除此以外,也有理论者承接了"三个层次"的说法,提出儿童文学系统中还应有"婴儿文学"的建议。以上儿童文学著作中各种理论的提出,既相互交错,又各有不同,它们均在不同层面强有力地加深、拓展了人们对儿童和儿童文学本质特征的理解。

　　新世纪以来,这些儿童文学理论的集中呈现,极大地活跃了儿童文学家的思维空间与学术话语,为儿童文学作家的充分创作找到了自己的美学定

---

① 王泉根:《现代中国儿童文学主潮》,重庆出版社 2000 年版,第 1 页。

② 王泉根:《儿童文学教程》,首都师范大学出版社 2008 年版,第 3 页。

③ 朱自强:《儿童文学概论》,高等教育出版社 2009 年版,第 5 页。

④ 方卫平、王昆建:《儿童文学教程》(第二版前言),高等教育出版社 2009 年版,第 31 页。

⑤ 刘绪源:《儿童文学的三大母题》,华东师范大学出版社 2009 年版,第 2 页。

位。无论幼年文学、童年文学、少年文学，都是整个儿童文学不可分割的组成部分，都有其自身独特的创作规律与艺术特色。同时，儿童文学理论的繁荣直接激活了儿童文学作家的写作动力，直接促发了儿童文学创作多元并存的繁荣景观。

今天，"三个层次"的儿童文学创作互相呼应，互相补充。最值得关注的是少年文学异军突起，成就极为突出。少年文学专题研究著作，例如儿童文学研究编辑室编撰的《少年报告文学论文集》（1993），吴继路著的《少年文学论稿》（1994）等 20 世纪 90 年代已经出版。少年文学的作品例如以秦文君的《男生贾里》《女生贾梅》（2003）为代表的少男少女青春小说，以张之路的《第三军团》（2003）为代表的现代少年社会问题小说，以曹文轩的《细米》（2003）和《青铜葵花》（2005）为代表的少年儿童乡土小说，以孙云晓的《16 岁的思索》（2007）为代表的少年报告文学等都获得极大的成功，它们已经构成一道道艳丽夺目的少年文学风景线。在 20 世纪 90 年代末到新世纪之初，作为"三个层次"之一的幼年文学，也在自身的理论建设与艺术追求方面取得突破性的进展。张美妮、巢扬合著《幼儿文学概论》（1996），黄云生新著《人之初文学解析》（1997），代表着当今幼年文学研究的最高水平。[①] "中国出版工作者协会幼儿读物研究会"坚持二十多年的理论研讨年会及编印的《幼儿读物研究》杂志，完整记录了 20 世纪前后幼儿文学的发展历程与丰硕成就。相对而言，"童年文学"处于"三个层次"中间，对于它的研究，似乎稍显薄弱，期待研究者对儿童文学理论者多加关注。

第二节 新世纪儿童文学的创作队伍

儿童文学作家曾经以北京、上海和川渝三分天下，东北、江浙和两湖（湖南，湖北）作家相对比较集中，其他省（自治区）零星地分布着一些儿童文学

---

① 王泉根：《八九十年代中国儿童文学的新潮与传统》，《西南师范大学学报》1999 年第 6 期，第 74-78 页。

作家。新世纪以来,儿童文学作家分布格局发生了重大的变化。除了北京、上海、四川和重庆等省市外,辽宁、湖南、浙江、湖北、江苏、广东和云南等各地涌现出了大批青年作家,社会性影响也变得更加多层面。这一时期,老、中、青三代作家都有相当的创作活力。据统计,在中国作家协会近万名会员中,专门从事儿童文学创作的有五百人之多,再加上省级的儿童文学作家,全国以儿童文学创作为主的作家上千人。

第一,一些儿童文学老作家例如任溶溶、圣野、蒋风、葛翠琳、柯岩、邱勋、金波、孙幼军、樊发稼和张继楼等还活跃在当下儿童文学文坛,不断推出新的创作、翻译和理论评论集。

第二,中年作家曹文轩、秦文君、张之路、刘先平、周锐、白冰、王宜振、葛冰、常新港、吴然、沈石溪、冰波等的作品屡屡获得国内外儿童文学奖和童书奖。

第三,儿童文学女作家也不甘落后,张洁、殷健灵、汤素兰、伍美珍、王一梅等也多有佳作。当然,最引人瞩目的是,杨红樱以其早年的工作经历为素材,书写充满趣味的小学校园生活,成为新世纪最畅销的作家之一。

第四,2006 年以后,曹文轩、沈石溪、伍美珍、郑渊洁、杨鹏和汤素兰等迅速成为畅销书作家,并多次占据作家富豪排行榜,这是儿童文学在市场经济条件下得到的社会回应。

第五,一些"80 后""90 后"作家例如余闲、北猫、墨清清等成为新世纪儿童文学更加年轻的创作力量,在网络和自媒体发达的今天,有的凭借网络和自媒体走进读者,有的依赖系列化作品来赢得市场。

第六,多位中青年作家凭借各项儿童文学评奖作品迅速崛起,例如汤汤、舒辉波、麦子、周静。

以上这些儿童文学作家,紧跟新世纪的时代步伐,立足于当下的儿童时代,在执着追寻儿童"文学理想"的书写中,不断推出佳作,使新世纪儿童文学多维的艺术探索更加繁荣与强大。

第三节 新世纪儿童文学的创作特点

纵观 20 世纪 20 年代以来的儿童文学创作，主要呈现了以下几种特点。

一、作家们直面少年儿童的心灵困境，呈现出更加鲜明的问题意识

李东华的《焰火》解剖般展现少女内心的复杂情感，暂时抽离道德判断与劝诫，坦诚面对人性的弱点，以正面迎视的姿态书写当代少女的成长环境与心灵困境，在直面成长的过程中"悦纳"成长，探索人性。汪玥含的一系列具有心理小说特色的《沉睡的爱》《乍放的玫瑰》《我是一个任性的孩子》等，绕开"常态"的成长，将描摹的重点圈定在遭遇某种家庭变故或是遭受某种情感伤害的少年。作家以细腻的心理描写为少年的心灵赋形，并力求揭示出隐形于这些"另类"少年怪异行为背后的非常态的诱因，揭示精神刺激甚至心灵创伤的源头。张玉清的《画眉》，张国龙的《梧桐街上的梅子》等也均表现了新世纪生存环境下青春期少男少女复杂的成长状态、焦灼的内心世界。简艾的新作《六年级的时间维度》同样直面了校园霸凌、网络暴力、青春期性观念等现实成长问题，表现了精神困境在他们心灵深处的宣泄与化解。"苦难"叙事也在少年小说创作中有了多维度的呈现。高洪波的《北国少年行》，汤素兰的《阿莲》，翌平的《野天鹅》，牧玲的《南方的牧歌》，舒辉波的《天使的国》，韩进的《杜鹃花开》，徐然的《少年瑞》，洪永争的《摇啊摇，疍家船》等作品也都表现了艰难时期或在艰苦境遇中少年的坚韧成长。极致的"苦难"反衬出儿童生命的韧性与坚韧的成长。上述作品突破了儿童文学领域曾经的书写"禁忌"，摒弃了粉饰、虚化，直面了少年人的成长困境与心灵之殇，融入了命运的悲悯与人性的考量，不但对儿童文学的书写边界给予了富有意义的拓展，更以直面真实的严肃姿态表现了对少年读者的尊重。

二、成人文学作家的跨界参与，丰富了儿童文学创作题材

作家们跨界参与儿童文学创作已经构成了当代鲜明的文学创作趋势之一。他们的加入壮大了儿童文学创作队伍，丰富了儿童文学创作样貌，提升了儿童文学的创作格局。① 整体看来，张炜的儿童文学创作紧贴童心童趣的同时，蕴含浓郁的民间文化气息与生命思索。梁晓声的《梁晓声童话》意在以童话为载体引导少年儿童向善向美的精神品质。叶广芩的《耗子大爷起晚了》《花猫三丫上房了》，延续了"丫丫"的童年故事，蕴含浓郁的老北京地域文化韵味。张石山的《无字天书》《方言古语》《一画开天》为孩子们趣味讲述中国传统文化。周晓枫的《小翅膀》《星鱼》用唯美的语言给孩子们传递深刻的思想。肖勤的《外婆的月亮田》传递出了属于独特民族、乡土的文化风味，并且透过儿童的清澈视角展现人间烟火气息般的爱情，非但没有"不宜"之感，反而是一种至善至美的情感熏陶。上述作品以独特而新颖的题材，极大地拓展了儿童读者的阅读边界。

近十年来最值得重点关注的还有：2012 年张炜创作儿童小说系列《半岛哈里哈气》；2013 年赵丽宏创作儿童小说《童年河》；2014 年张炜创作儿童小说《少年与海》引起极大反响，他在 2015 年又创作《寻找鱼王》，该作品先后荣获第十届全国优秀儿童文学奖、山东省第十二届精神文明建设"文艺精品工程"优秀作品奖；2014 年科幻作家王晋康创作儿童幻想小说《古蜀》，获首届"大白鲸"原创幻想儿童文学特等奖，并被评为《中华读书报》2015 年度十佳童书。

综上所述，21 世纪儿童文学也以开放的姿态热切迎接来自各领域的创作资源。儿童文学奖项的格局已经发生改变，张炜、叶广芩、裘山山等作家的跨界创作均赢得了儿童文学界的广泛认可。创作的跨界互动同时促进了评论的跨界互动，基于文学性立场与基于儿童性视野的碰撞驱动新世纪儿

---

① 崔昕平：《中国当下儿童文学创作现象纵谈》，《延河》2020 年第 6 期，第 176-190 页。

童文学理论在文学本质与儿童文学本质的双向思索中不断深入。①

三、一些女性儿童文学家的温情主义表达的集中出现

儿童文学研究者岳雯说："新世纪以来，一批具有诗意气质、追慕美和善的文学作品纷纷问世。它们以关注人性中温暖的那部分为主要特征，以对更美好生活的追求、更完整人性的涵咏为主题，引起了文坛的瞩目与高度评价。这股风潮正逐渐占领新世纪文学的现实。这样一种文学现实姑且可以称之为温情主义。"②追根溯源，中国现代儿童文学从其一开始，就散发出温馨的母爱和对童心的呵护，新文化运动时期冰心的儿童文学写作就是典型的温情主义，她的短诗集《繁星》和《春水》里歌颂母爱与童真，开启了儿童文学纯美温情的创作风格。到了新世纪，这一创作的代表性作家首推伍美珍，她的儿童小说《简单爱你》《没有秘密长不大》《单翼天使不孤单》《生命流泪的样子》和《巧克力味的暑假》等，敢于直面儿童生活，反映成长的复杂心理问题与困难。但所用笔触极尽温和，作者用温和的姿态、柔和的情调来书写现代童年，并显示出成年世界对儿童真诚关爱与呵护。温情主义写作成为"60后"和"70后"女性儿童文学作家里值得关注的一种书写姿态。除了伍美珍以外，其代表性作家还有张洁、殷健灵和李东华。张洁的少年文学（主要是散文）笔法细腻，轻盈柔美，处处显示出作者温和的性格和温暖的女性情怀；殷健灵的儿童小说带领我们重返童年，书写孩子们的温情成长；李东华的儿童小说《薇拉的天空》和《远方的矢车菊》，以女性作家细腻温和的笔触来描画女孩子的心灵世界和成长的秘密。总而言之，女作家温情主义色彩的儿童文学书写仿佛是受一种欧美经典格调的影响，是一种值得肯定的审美追求。

四、出现了"杨红樱现象"的商业化写作潮流

20世纪90年代以后，儿童文学创作受到市场经济的影响，有一部分作

---

① 崔昕平：《中国当下儿童文学创作现象纵谈》，《延河》2020年第6期，第176-190页。

② 岳雯：《温情主义的文学世界》，《文艺争鸣》2011年第2期，第18-22页。

家主动与当代文学中的消费主义思潮和市场化写作合流,形成了一股"商业化写作"的潮流。儿童文学创作直接对准市场,有固定的接受者、消费者,因此,这一创作倾向属于类型化写作。最具代表性的作家是杨红樱,她最初由作家出版社推出的"校园小说"系列,带着一些原生态写作的特点,直接对准小学生的校园生活,以热闹的校园环境、幽默的情节和调侃式的对话,成功开启了其商业化写作。随后,她的"淘气包马小跳"系列和"笑猫日记"系列,更是成熟的商业化写作的运作结果。可以说,商业化写作在新世纪儿童文学的版图里,占据相当大的影响力。关于杨红樱的"校园小说"与媒介结合问题的探究,将在本书的个案篇来讨论,这里暂不论述。

第四节　新世纪儿童文学发展之未来展望

从 21 世纪第一个十年开始,当代儿童文学事业迎来了它迄今为止最为兴盛的写作、出版和阅读接受时期。值得注意的是,21 世纪的第一个十年中,儿童文学勃兴的势头主要体现在创作、出版、接受、传播等各个环节,而并不是儿童文学本体发展的"黄金时代";就其内在艺术拓展而言,儿童文学事业真正实现艺术观念、题材选择等重要方面"大发展",主要在 2010—2020 年。值得关注的是,当下很多成人文学名家集中介入儿童文学写作,带来了更为丰富和开放的文学样本,为儿童文学写作提示了新的叙事边界和审美魅力。

从 21 世纪儿童文学二十年的发展轨迹及其呈现的主要创作倾向来看,儿童文学创作总体上取得空前繁荣与进步,但也存在一些问题和缺憾。比如作家的主体性没有完全释放;儿童文学创作追求经典品质还不够;在儿童文学史的书写方面,缺乏严谨系统的儿童文学理论和全面客观的儿童文学史;当下的儿童文学理论原创力不足与学科建构乏力等问题,期待能引起文学工作者的注意和重视。

总之,21 世纪儿童文学的发展之路充满着变数和张力,经济的发展、时代的因素、外部的力量等对儿童文学内部的冲击是显而易见的。可以肯定的是，它在提高儿童的审美水平，塑造民族的品格，建构国家意识等方面都有着不可忽视的作用。尤其是儿童文学越来越多地自觉参与社会育人和语文教育方面，起到了不可小视的作用。因此考察和梳理 21 世纪儿童文学发展轨迹及其创作特点，审视其问题与不足，以促进其未来的可持续性发展，是非常有意义的。

个案篇

第一章
张天翼儿童文学创作与研究综述

　　张天翼是中国现代文学史上的一位佼佼者,在儿童文学领域也是首屈一指。从专注于成人文学再转到儿童文学创作领域,他总是在孜孜不倦地追求着,留给读者难忘又深刻的回忆。

　　20世纪20年代末,张天翼开启了职业写作生涯,最初发表的是滑稽小说和侦探小说,短篇小说《新诗》是迄今为止查到的最早的作品。1928年至1938年这段时间是他小说创作的高产期,共发表过近百篇小说,出版短篇小说集12本。1950年至1956年主要进行儿童文学创作。"文化大革命"爆发后,他下放到湖北咸宁劳动改造,被迫停止创作。1979年初,任鲁迅研究协会理事,1985年因病去世。

　　20世纪30年代初,张天翼一举成功,被称为儿童文学界的"新人"。不仅因为他在成人文学界创作颇丰,而后转向儿童文学创作,更重要的是作为后起之秀,他将现实主义写作精神再度发扬光大,创作出大量的具有"时代烙印"的儿童人物角色。新中国成立后,作为中央文学讲习所副主任,他一方面致力于推进新中国儿童文学工作的展开,另一方面积极创作新的儿童文学作品。改革开放后,在儿童文学领域他仍然笔耕不辍,不但成功推动了当代儿童文学理论的发展,其儿童文学创作在我国儿童文学史上也具有举足轻重的地位。

第一节　张天翼的儿童文学创作

笔者经查阅《张天翼文集》(10卷)(1985年,张天翼),《张天翼研究资料》(1982年,沈承宽、黄侯兴、吴福辉),《张天翼著作年系》(1982年,沈承宽),《中国现代文学三十年》(1998年,钱理群、温儒敏、吴福辉),《中国现代小说史》(2005年,夏志清)等相关文献,根据张天翼儿童文学作品创作的时间和体裁,对其进行分类,我们可以看出20世纪30年代和20世纪50年代是其创作的黄金时期。具体见表1。

表1　张天翼儿童文学创作一览表

序号	作品名称	体裁	创作时间	典型形象	主题思想
1	《大林和小林》	童话	1932.1.20	大林、小林	1. 反映社会现实 2. 表现不可调和的阶级矛盾,鞭挞统治者的残忍 3. 歌颂劳动人民的反抗精神 4. 激发儿童勇敢反抗的革命精神
2	《秃秃大王》	童话	1933.3.1	秃秃大王、东哥	
3	《金鸭帝国》	童话	1940	金鸭上帝、山兔	
4	《奇怪的地方》	小说	1936.6.1	小民子、少爷	
5	《蜜蜂》	小说	1933	黑牛	
6	《把爸爸组织起来》	小说	1939	王金生	
7	《罗文应的故事》	小说	1952	罗文应、赵家林	1. 反映当时美好、向上的社会风貌 2. 构建"新儿童"形象,表现社会主义新时代新儿童的新思想、新风貌 3. 帮助孩子树立正确的人生观和价值观,倡导劳动光荣,批判不劳而获 4. 反映儿童成长主题
8	《去看电影》	小说	1952	小红、王芬	
9	《他们和我们》	小说	1954	李小琴、杨行敏	
10	《蓉生在家里》	儿童剧	1956	蓉生	
11	《大灰狼》	儿童剧	1956	大灰狼、三妞	
12	《不动脑筋的故事》	童话	1956	赵家林、赵大化	
13	《宝葫芦的秘密》	童话	1956	王葆、宝葫芦	

从文学史的地位上讲,张天翼的儿童文学作品具有划时代的意义。以上列举的儿童文学作品均能够针砭时弊,写出了时代内容;能够引导儿童树

立正确的人生观、价值观,促进他们对人生的哲理思考;他的创作紧跟时代步伐,激发儿童强烈的革命反抗精神和爱国热情;吸取与创新了民间文学的精华,进行了艺术再创造。这些立足时代背景,以写实或讽刺手法的写作,给读者留下了极大的思考和想象空间。因此说,集内容上强烈的现实主义批判、创作上独具技巧的夸张于一体,张天翼提升了以往儿童文学创作的高度。

王泉根评论说:"张天翼的童话创作是继叶圣陶后的又一座高峰。他的现实主义童话唤醒了五四运动以来儿童文学沉睡的状态,使其焕发出新的面貌,并由此成为中国现代文学史上真正意义上的童话,成为中国现代儿童文学的奠基人之一,成为峥嵘岁月中的一支奇葩,成就了他儿童文学的辉煌。"

张天翼发表于 1957 年的《宝葫芦的秘密》,被誉为中国现代童话的奠基之作,先后被译成多种语言在海外出版,深受读者欢迎。文中塑造了在社会主义阳光雨露滋润下成长的少年王葆形象:他从试图不劳而获、一劳永逸转变到热爱劳动,懂得了剥削可耻。"宝葫芦"是好逸恶劳、自私自利的道德载体,而成长在新中国的新少年王葆,具备基本的是非观念,随着情节的发展,王葆与"宝葫芦"两种思想斗争表现得越来越尖锐,他虽险些成为"宝葫芦"的精神奴仆,但是最终王葆"把这个宝葫芦摔到河里",走上彻底抛弃"宝葫芦"的道路。宝葫芦使王葆得到了"特殊的幸福",但也获得了"真荒唐"的烦恼。

《罗文应的故事》是张天翼的儿童短篇小说的代表,被誉为 20 世纪 50 年代儿童文学的典范之作。六年级学生罗文应先是"自己管不住自己",在解放军叔叔和同学们的帮助下,罗文应"管住了"自己,最后加入了少先队。他的思想转变得益于集体的力量和少先队的帮助,在广大少年儿童中间产生了深刻的启发和教育功用。新中国成立之初,"儿童文学作者到学校里去,到儿童中去,写新一代的实际生活,塑造出新一代的典型形象,这已成为儿童文学创作的一个迫切任务"[1]。老作家张天翼就是深入了孩子的生活,

---

① 鲁兵:《教育儿童的文学》,少年儿童出版社 1982 年版,第 9 页。

遇见了许多罗文应似的人物,并将这些人物进行了一一分析,然后按照作家的审美理想进行综合,才有了"罗文应"这一经典形象。由于作家纯熟的表现笔致及对儿童心理、儿童语言的准确把握,因而避免了十七年儿童小说创作中常见的"说教"模式。以上这些反映学校生活中典型的新儿童生活的儿童小说,在一定时期满足了广大小读者的阅读需求,成为他们的精神食粮。作家们以广阔的书写视野,积极向上的主题追求,表现形式的多样化,使这些作品适时地发挥了教育少年儿童的作用。

"儿童文学是教育儿童的文学"(鲁兵),张天翼在解放后以教育儿童、培养革命接班人为己任创作了一篇篇思想性很高的作品,在当时教育少年儿童热爱劳动、热爱农村方面起了显著的作用。"有些小同学(特别是男同学),也想用功学习,但往往看见好玩的就忘了学习,自己也管不住自己。老师为他着急,他自己也很苦恼,很矛盾。"①显然,老作家张天翼想通过罗文应来教育那些贪玩好动,自己管不住自己,缺乏自觉性的孩子。从《宝葫芦的秘密》《罗文应的故事》中我们可知,学校(党、团和少先队组织)对儿童的教育是立杆见影的,王葆终于摔掉了宝葫芦,罗文应最后加入了少先队……由错误到正确,由落后到先进,教育的结果与外在政治因素相一致,与作家创作主观意识没有悖离。王葆、罗文应们自然成为当时对小读者正面教育的榜样,在促进其快快成长,锤炼其共产主义接班人品德上,显示了重要的教育功用。

综观张天翼以上两部代表作,它们无一例外紧紧跟随时代步伐,具有强烈的时代感。作品虽然从不同角度反映新中国儿童的幸福生活,塑造出王葆和罗文应等关心集体、助人为乐、具有高尚品质的儿童形象,但孩子们并非完人,不免有这样那样的缺点:王葆好逸恶劳,罗文应"自己管不住自己"。作品虽突出叙述了他们由落后到先进的转变过程,在他们由落后到先进的转变过程里,也层层设置了矛盾和斗争情节,但是最终落后因素退场,先进、正义的力量获胜。张天翼这类儿童文本的写作是符合社会主义教育原则的,作家书写时对时代具有很强的认同感。作品中的儿童形象鲜明地打上

---

①　张天翼:《张天翼作品选·一切为了使孩子们收益和爱看——代序》,中国少儿出版社1980年版,第7页。

"时代的烙印",但传达出的思想意识高度集中单一,缺乏"言尽而意无穷"的审美意蕴,正因为此,他们的思想境界、生活准则能够明显区别于其他社会制度或同一制度下不同时期的孩子。

第二节　张天翼儿童文学研究综述

经过查阅文献和阅读相关作品后,可以发现张天翼的儿童文学创作集中在 20 世纪 30 年代和 20 世纪 50 年代。按照时间顺序,可以将研究者对张天翼儿童文学的研究分为四个时期:

第一时期:20 世纪五六十年代。研究者探讨的共同点是其儿童文学作品的价值、教育作用等。范泉在著作《新儿童文学的起点》中,把张天翼的《大林和小林》和《秃秃大王》,看作是中国儿童文学的里程碑;朱金顺在《张天翼三十年代的儿童文学创作》文章中认为张天翼用当时鲜活的革命故事来教育儿童,完成了儿童文学的教育作用。

第二时期:1978 年十一届三中全会以后。研究者主要探讨张天翼作品的艺术特色、人物形象塑造、题材内容、语言表达等方面的特征。日本的研究者伊藤敬一在《张天翼的小说和童话》一文中,认可其童话创作方面的造诣,称赞其能够将时代内容和政治要求融进儿童文学创作中。另有学者在《张天翼童话的言语特色》《张天翼童话的语言学分析》《张天翼童话的形貌修辞》等文章中,从作家独具风格的语言艺术入手,阐述其艺术成就。

第三时期:20 世纪 90 年代以后。研究者注重其创作的出发点,将张天翼的儿童文学创作与同期其他儿童文学作家进行比较。杨宏敏、王泉根在《叶圣陶、张天翼童话之比较》论文中,从"微与宏""讽与刺"和"浅与显"三个方面比较两者的童话创作,分析两者的文学风格、性格差异及其在儿童文学领域的成就。

第四时期:21 世纪以来。研究者主要对其从成人文学领域转向儿童文学创作的原因,以及儿童文学作品中语言偏向成人化的倾向进行讨论。在

《儿童观:儿童文学的支点》一文中,冯丽军认为张天翼的儿童文学创作没有摆脱其成人创作的观念,具有明显过时,过于保守的特征,并结合时代和政治背景进行了原因分析。欧阳丽娟在论文《论张天翼的现实主义童话——以长篇童话为例》中认为张天翼走向儿童文学创作与当时他所处的极度黑暗的社会、本人高度的社会责任感有直接的关系。

从上面的研究综合来看,研究者在选取研究篇目时视角较为狭窄,没有放眼至张天翼整个儿童创作系统,只是在几篇较有典型意义的作品上做文章,基本没有涉及到张天翼的寓言、儿童剧本等领域的研究。

学界对于张天翼儿童文学创作的研究一直持续着,并且开拓出了越来越多的道路。研究主题的角度也呈现出多元化的趋势。这里主要选取研究频率较高的人物形象研究、创作特点研究、审美价值研究和时代语境研究等几个方面来分类整理,并做简要论述。

第一,在人物形象研究方面的综述。张天翼认为孩子们是在阳光下成长的新一代,时代赋予他们追逐于做自己喜欢事物的底气,对他们寄予厚望。孙占恒在《同中之异——张天翼儿童文学与成人文学之比较》一文中肯定论述道:"一进入他的儿童文学创作领域,景象便为之一变,几乎每篇作品都把儿童形象写活了,而多数儿童小说的主人公,又正是那些天真活泼、勇敢坚强的小英雄。塑造了黑牛、小民子、王金等积极向上、充满活力的小一辈中国人的形象。"[1]安瑞朝在《浅析张天翼童话的艺术特色》一文中认为:"张天翼放飞想象,塑造秃秃大王又丑又恶的形象,虽然人们对他厌恶到心底,但换个角度看反而有助于小读者加深对这类坏蛋的认知能力,让小读者内心划出善与恶的界限。而秃秃大王,也就成为我国现代童话中一个绝妙的典型形象。"如上论述,张天翼在 20 世纪 50 年代的儿童文学创作中,格外注重人物形象的塑造。这些人物形象不是一成不变的。张天翼"在突出刻画儿童在自身缺点或性格的影响下,处理事情时复杂的内心活动,以及最后

---

① 　孙占恒:《同中之异——张天翼儿童文学与成人文学之比较》,转引自方卫平主编《中国儿童文化》,浙江少年儿童出版社 2013 年版,第 110–118 页。

小主人公都改正缺点、克服障碍,健康茁壮地成长"①。"作家描写了'真的人'"。在张天翼笔下,我们几乎看不到神仙、精怪这类在别的童话中经常充当主角的形象,而全是一些活生生的"真的人"。只不过,他们有的戴着一副动物的面具,有的有一个怪里怪气的名字,更多的则是灵与肉都是普普通通的"凡人"。②

通过以上论述,我们不难看出,张天翼在进行儿童文学作品人物创作时,一方面致力于"新的少年儿童形象的塑造",创作出有鲜明时代意识的主人公形象;另一方面放飞想象力,勾勒出他们或丑恶或善良的人物性格。

第二,在创作特点研究方面的综述。创作环境对作家的创作影响很大,因为作家的创作总是在反映特定的环境。欧阳丽娟在《论张天翼的现实主义童话——以长篇童话为例》中认为:"张天翼的现实主义童话涌动着时代的脉搏,抒写了清晰的历史脉络。他始终以一种独到的现实眼光去洞悉时代与历史,形成了一种集聚时代烙印的思想。"③张天翼写于20世纪三四十年代的三部童话都取材于阶级社会里尖锐、复杂的斗争,又各有不同侧面,主题各自不同,却又都相当深刻、有力。《大林和小林》《秃秃大王》《金鸭帝国》等作品都紧紧抓住了抗日战争时期的基本动态,向我们真实地再现了那个战火纷飞、黑暗腐败、贫苦与灾难不断的年代,借童话之手给灾难里的人们吹响斗争的号角。

张天翼的童话常常通过强烈的夸张手法,来突出人物的性格,借以增强作品的讽刺力量和艺术感染力。俞渝在《试论张天翼早期的童话》一文中论述道:"《大林和小林》中对大林形象的夸张是极为成功的。"文本中有具体描述:他要吃饭,听差们就扶着他的上颚与下巴,上下合动,然后用棍子戳下食道。他胖得笑不动,听差就拉开他的脸皮,左右牵动。他长得实在恶心,以至于鲸鱼把他吞进肚里后,马上反胃,赶紧吐了出来。这里的叙述既有环境

①　魏晓燕:《异彩与深味——论张天翼的儿童文学创作》,西北师范大学硕士论文,2014年。

②　俞渝:《试论张天翼早期的长篇童话》,《浙江师范学院学报》1982年第4期,第1—7页。

③　欧阳丽娟:《论张天翼的现实主义童话——以长篇童话为例》,湖南师范大学硕士论文,2011年。

夸张、形象夸张,又有儿童生活遭遇的夸张。

但是,夸张亦需有"度",或称之为"分寸"。万书元在《第十位缪斯——中国现代讽刺小说论》文章中认为:"如果把握不住这一点,就会或油腔滑调,把讽刺变成纯然无意义的插科打诨,或怒火烧胸,或泣不成声,把讽刺变成诅咒或哀号。"张天翼《秃秃大王》的弊端,在于没有很好控制夸张的力度,通篇注重塑造秃秃大王的丑恶形象、令人发指的行为,使读者在形象和语言方面,表达得太过直接,没有想象的余地,作品的艺术感染力也会大打折扣。

"他的许多儿童文学作品中,蕴含了浓厚的民间传统因素。张天翼在儿童文学创作中很注重对优秀古典民间文化的汲取,作品中有很多的民间语言,穿插童谣,仿撰传说以及民间故事中的幻想故事,宝物故事。"①"张天翼童话能做到叙述语言的简明扼要、层次分明,粗略处,惜墨如金,细致处,精心描述,这都是充分吸取了民间文化的养分,启迪了灵感的,难怪作品深层中隐含着隽永之气。"②孙静等儿童文学研究者在这里一致肯定了张天翼童话创作的艺术魅力。

第三,在审美价值研究方面的综述。张天翼的儿童文学创作总是本着"向孩子展示最真实的一面的原则",他懂得孩子们的生活,也懂得孩子们心理的需要,用稚气的语言塑造着孩子们的人生观和价值观,自带一种天然而独特的审美艺术魅力。

王泉根在《三十年代中国儿童文学现象的历史透析》一文中谈到:"张天翼是一个有着自己美学追求的作家,面对所处时代的严峻现实,他既没有用伤感的情调和沉重的笔触去显示人生的悲哀,也没有用美好的梦幻与理想主义的弹唱来编织童话世界的光环,他是采用孩子们能够理解和乐于接受的形式,在笑声中提出严肃的命题,揭示严峻的现实,进行严正的社会批判,倾注作家对忧患人生与纷繁世相的深切关怀。"③"张天翼明智的看到了长篇

① 魏晓燕:《异彩与深味——论张天翼的儿童文学创作》,西北师范大学硕士论文,2014 年。

② 孙静:《张天翼童话的艺术魅力》,《湖南科技学院学报》2007 年第 1 期,第 20—22 页。

③ 王泉根:《三十年代中国儿童文学现象的历史透析》,《西南师范大学学报(哲学社会科学版)》1997 年第 2 期,第 85 页。

更有助于表现现实生活的丰富多彩,有助于让小读者认识这个世界。所以充分的把自己对社会人生的思考,观照,积压时代的苦闷借助幻想艺术(童话)这个突破口宣泄而出。"杨宏敏、王泉根在《叶圣陶、张天翼童话之比较》一文中中肯地评价张天翼儿童文学的审美特征。

"张天翼作为中国现代儿童文学的拓荒者之一,为我们留下了经久不衰的艺术珍品,它们因为根植于儿童的真实生活而与广大的小读者有着及其紧密的联系,又因为融铸了张天翼自己的个性、才华而更觉独特,从而构成一种无可替代的艺术和生命力。"①"在新中国建立后和平的环境中,出于对未来问题的不确定性与思考,使他时刻用创作的力量去警示、提醒着广大读者群众。他极其坚定自己的创作主张,总是保持一种严谨的创作态度,保持着高度的社会责任感。"②总之,张天翼在叶圣陶打好现实主义童话基础之上,又给中国儿童文学铺上了一层华丽的地毯。20 世纪 50 年代以后,不管是童话、剧本、小说、寓言,创作都紧扣时代的脉搏,让小读者们接受时代的洗礼,给予他们最温和的鼓励,让他们在斗争中获得自身的解放。

第四,在时代语境研究方面的综述。20 世纪 30 年代初,张天翼步入儿童文学领域,对儿童文学情有独钟,创作的跨度之大,作品数量之多,文本内涵之丰富使研究者对张天翼创作时代性的评价层出不穷。在张天翼儿童文学作品的构成中,写实性的内容是撑起文章的骨架,时代精神则是最重要的心脏所在。20 世纪 30 年代,描写激烈的阶级斗争的作品很多,但在儿童文学领域,这样的作品还比较少。张天翼在儿童小说《蜜蜂》中,直接书写的就是一场轰轰烈烈的阶级斗争,用阶级斗争的事实来教育儿童,在当时是难能可贵的。因此对其书写的时代语境研究方面的论文也很多。

王泉根在《三十年代中国儿童文学现象的历史透析》一文中认为:"张天翼创作的《大林和小林》等 3 部长篇童话把现实主义儿童文学创作推向了新

---

① 魏晓燕:《异彩与深味——论张天翼的儿童文学创作》,西北师范大学硕士论文,2014 年。

② 欧阳丽娟:《论张天翼的现实主义童话——以长篇童话为例》,湖南师范大学硕士论文,2011 年。

的高度,成为继叶圣陶《稻草人》之后的第二座童话高峰。"①张天翼的《罗文应的故事》是校园题材,作品多方位、多条理地描写了新中国第一代少先队员的生活环境,具有鲜明的时代烙印。董岳州在《"老天真"笔下的"天真"世界——张天翼儿童文学创作分析》中认为:"张天翼审时度势又忍痛割爱地选择了专门从事儿童文学创作……,写出了像《看电影去》《我们和他们》《宝葫芦的秘密》《大灰狼》等一大批优秀儿童文学作品。事实上他并未放弃自己所擅长的写作方法,只是将题材作了一下改变。"②评论者一直认为:整体看来,作家在20世纪50年代后期,停止了对社会黑暗面的描写,改为描写孩子们的明媚世界。最难能可贵的是,张天翼依然贴近时代,从现实中抓住自己认为有趣的问题,去设计主题和形式,创作丰富多彩的儿童文学作品。

第三节　张天翼儿童文学研究的价值

一、开启讽刺儿童文学的书写

"张天翼儿童文学创作的难能可贵之处,在于他开创了一种独具审美意味和写作风格,并具有深刻现实意义的儿童文学流派——讽刺儿童文学。"③这种儿童文学在内容上具有深刻的现实性和批判性,在形式上表现出强烈的戏剧性和幽默感。正因为此,张天翼的儿童文学创作成为中国儿童文学史上难以突破的高峰。"张天翼将这些沉重的事实隐藏在滑稽的表象背后,通过夸张、扭曲等方式使现实的本来面目成为让人发笑的对象。并且他的文学作品读起来会产生很强烈的画面感,很大程度上是因为他将夸张和幽

---

①　王泉根:《三十年代中国儿童文学现象的历史透析》,《西南师范大学学报(哲学社会科学版)》1997年第2期,第81页。

②　董岳州:《"老天真"笔下的"天真"世界——张天翼儿童文学创作分析》,《白城师范学院学报》2012年第2期,第53-56页。

③　白淞源:《正视讽刺儿童文学的历史合理性——以张天翼的儿童文学创作为例》,东北师范大学硕士论文,2012年。

默用独特的漫画式手法结合了起来,使荒谬变得立体、突出起来。"①张天翼的童话《大林和小林》,在儿童文学作品中熟练地运用讽刺艺术,具体在人物形象塑造、语言描写、故事情节设置上都有所表现。他"把批判的尖刀插进当时黑暗社会丑恶的躯体,用儿童文学批判中国社会的不良风气"②。

近年来,张天翼的儿童文学有一些争议,我们在理性批评的同时,也应当认可其具有价值的一面,他开创的讽刺儿童文学书写,一方面怀着现实主义文学理想,另一方面体现冷峻、调侃的讽刺性叙事风格,有着特殊的感染力和表现力,应该为不断成熟的儿童文学所需要。

二、完善儿童文学研究范式

作为中国儿童文学史上多产作家,张天翼的文学创作涉及童话、小说、剧本、寓言等众多领域,为儿童文学创作提供了更多的可能性。然而,以往的研究者在分析过程中存在明显不足的地方:只引用具有代表性的几篇童话,其他的十几篇儿童小说、寓言、剧本几乎没有涉及。

有研究者认为:"1942 年,张天翼由于工作原因导致身体状况急速恶化。在休养期间,他陆续发表寓言作品,这些作品虽然同样是现实的风格,但在艺术方面无法与之前的作品相提并论。"③也有研究者认为短篇寓言没有研究价值,没有将其归入儿童文学研究之中。

总之,张天翼后来在儿童文学创作生涯中越来越注重孩子们的心灵感受,尊重和理解儿童人格,贴近儿童的生活。我们应该立足中国儿童文学发展史,从大局着眼,对其创作及研究作出全面而客观的评价。

三、深入现实主义写作精神

蒋风在《儿童文学丛谈》中高度认同张天翼的现实主义创作。"张天翼的现实主义童话不仅形成了独特的张氏现实主义童话体,并且扭转了五四

---

① 白淞源:《正视讽刺儿童文学的历史合理性——以张天翼的儿童文学创作为例》,东北师范大学硕士论文,2012 年。

② 李长宏:《张天翼与他的讽刺艺术——以〈大林和小林〉为例》,《当代青年》2015年第 1 期,第 161 页。

③ 吕岩:《论张天翼的儿童文学创作》,哈尔滨师范大学硕士论文,2016 年。

运动以来儿童文学创作局面,在获得了读者喜欢与专家承认的同时,研究者认为最重要的意义在于他的现实主义童话继承了我国现代童话,并将其提高到了一个全新的境界。"①张天翼在儿童文学领域,多年来始终坚持现实主义创作。鲁迅认为:张天翼延续并深入了叶圣陶现实主义的创作方法,将儿童文学开拓出了另一片新天地,笔耕不辍地创作了许多深受小读者喜爱的角色。也有学者认为,"从某种角度说,读叶圣陶的童话似乎更要有生活经验与思辨能力,对于年长一点的孩子,更为适宜"②。

总之,张天翼始终坚持儿童文学创作"一要有益孩子,二要使他们爱看,看的进去"。在他的儿童文学作品中,用现实主义写作手法,强调对生活的再现性和写实性。他尽可能地将那些压迫和剥削的残酷生活都设置在虚拟的世界里,因为"他让孩子们知道现实的真面目,同时,也保护了他们幼小的心灵"。正因为这种清醒的现实主义精神,他的儿童文学才能够容纳更为丰富的社会生活,才能够反映更加广阔而复杂的社会生活。

① 蒋风:《儿童文学丛谈》,湖南人民出版社 1979 年版,第 22 页。
② 杨宏敏、王泉根:《叶圣陶、张天翼童话之比较》,《中国文学研究》2006 年第 3 期,第 65-69 页。

第二章
梅娘小说中的儿童形象书写

第一节　作家梅娘简述

　　梅娘的少女时代是孤寂又悲苦的。梅娘曾回忆说:"我从小就失去了生母,由后娘养大。后娘总是不理我,只要一生气就会骂我,我也从未见过她的笑容。"①梅娘自身的经历就是一部传奇小说。世间所能想到、所能遇到的苦难,梅娘一经历就是半辈子。那几十年中,梅娘经历了不堪回首的苦难与煎熬。

一、生活经历

　　梅娘,吉林省长春市人,1920 年出生。原名孙嘉瑞,曾用名孙家瑞,笔名梅娘、柳青娘、孙敏子等。梅娘的父亲孙志远被称为东北实业巨子,他在与封疆大吏的女儿结婚后便结识了梅娘的生母。梅娘出生后,父亲孙志远就把梅娘母女接到了长春。可好景不长,梅娘的生母在梅娘两岁时就被正室秘密赶出家门,至此生死不明。梅娘被继母收养,但她被给予的不是母爱,而是冷漠与嫉恨。她的笔名"梅娘"就是取自"没娘"的谐音。而唯一把梅娘

---

① 　张泉:《梅娘小说散文集》,北京出版社 1997 年版,第 511 页。

捧在手心里的父亲,却在她 15 岁时因事业受挫而郁郁不得志,最终离世。

梅娘自幼便受文化熏陶,表现出了卓越的文学才华。梅娘 4 岁时,她的父亲就请了三位老师来教她读经写字、学习数学和英文。梅娘用 3 年时间就读完了小学的所有课程。10 岁参加中学插班考试以《话振兴女权之好处》惊艳考官;11 岁考入吉林省立女子中学;16 岁出版了第一部作品——《小姐集》;18 岁前往日本神户女子大学深造。梅娘在日本留学期间与柳龙光结合,于 1942 年定居北京并怀上了大女儿柳青。在抗日战争胜利后的岁月里,梅娘的生活并不如意,七灾八难,漂泊中夹杂着动荡。1948 年,梅娘的丈夫意外遭遇海难。1950 年之后,梅娘就陷入了无休止的被怀疑、被调查、被批判之中。1955 年,梅娘被定为“日本间谍嫌疑”,1957 年被打为“右”派,关进农场服刑。在此期间,梅娘 13 岁的二女儿在救济院中病死。1961 年解除劳教,失去工作的梅娘仅靠到处做一些零工维持家用。“文革”时期,梅娘的儿子患肺炎离世,而大女儿柳青也不堪形势压迫抛弃了梅娘三年,定居加拿大。1978 年,梅娘终得彻底平反,重返中国农业电影制片厂工作。1997 年,梅娘被列入现代文学百家。2013 年 5 月 7 日上午 10 时 35 分,梅娘因病去世,享年 92 岁。

二、小说创作

“我是一只草萤,在民族遭受苦难的艰辛岁月中,用点点微光去灼亮黑暗一角,莽撞又豪情地运用了青春的笔。”①这是梅娘对自己的描述。梅娘曾与张爱玲齐名,在现代文学史上具有举足轻重的地位。“梅娘的文学创作跨越了中华人民共和国成立前和中华人民共和国成立后两个时期。中华人民共和国成立后的三十年,梅娘失去了创作自由,基本上是绝笔的状态,直至 20 世纪 70 年代末才重拾创作”②。

梅娘的第一部作品《小姐集》,是一部作文小说集,现已流失。当时 16 岁的梅娘还是温室里的少女,有着年轻的自由与活力,她敏锐地观察着充满

---

① 刘守华:《梅娘:我只是一只草萤》,《名人传记》2014 年第 6 期,第 10-15 页。
② 张泉:《梅娘:她的史境和她的作品世界》,《首都师范大学学报(社会科学版)》1997 第 2 期,第 48-56 页。

未知的世界,柔软稚嫩的笔触渗透着青春的气息。《第二代》是梅娘的第二本小说集,收录了 13 篇小说。梁山丁为之作序:"从《小姐集》到《第二代》,梅娘的作品脱离了年少的稚嫩,给了我们一种全新的进步意识。《小姐集》中描绘着小儿女之间的爱憎与悲喜,《第二代》却充满了时代的气息。"①《第二代》的发表,标志着梅娘在写作风格上走向成熟。她的笔触开始转向大众,延伸至社会、国家,关心底层人民、关注社会,具有现实主义色彩。

水族系列小说《蚌》《鱼》《蟹》就是梅娘代表作,表现了梅娘强烈的女性抗争意识。之后的创作如未完成的长篇小说《夜合花开》《小妇人》将笔触由婚姻爱情延伸至家庭社会,表达了梅娘对那些不幸者和苦难者的深切同情。

通过查阅《东北现代文学大系》(1919—1949)(1996 年,张毓茂、高翔),《伪满时期文学资料整理与研究》(梅娘作品集)(2017 年,张泉、刘晓丽),《梅娘小说散文集》(1997 年,张泉),《抗战时期梅娘的跨语/跨域书写》(2018 年,何清),《梅娘著译年表》(2000 年,范宋娟),《从底层书写到性别话语——梅娘在东北沦陷区小说创作钩沉》(2008 年,包学菊)等相关资料,现将 1936—1945 年梅娘的小说进行整理,具体见表 2②:

表 2　1936—1945 年梅娘小说一览表

序号	篇名	发表时间	篇幅
1	《小姐集》	1937	短篇小说集
2	《蓓蓓》	1937	短篇小说集
3	《忆》	1937	短篇小说集
4	《归乡》	1938	短篇小说集
5	《追》	1938	短篇小说集
6	《花柳病患者》	1938	短篇小说
7	《时代姑娘》	1938	短篇小说
8	《六月的夜风》	1938	短篇小说

---

① 徐迺翔:《梅娘论》,《中国现代文学研究丛刊》1993 年第 1 期,第 67-80 页。
② 范宇娟:《梅娘著译年表》,《新文学史料》2000 年第 1 期,第 204-208 页。

续表2

序号	篇名	发表时间	篇幅
9	《最后的求诊者》	1938	短篇小说
10	《在雨的冲激中》	1939	短篇小说
11	《傍晚的喜剧》	1939	短篇小说
12	《第二代》	1940	短篇小说集
13	《侨民》	1941	短篇小说
14	《鱼》	1941	中短篇小说集
15	《蟹》	1941	中短篇小说集
16	《侏儒》	1941	短篇小说
17	《黄昏之献》	1942	短篇小说
18	《阳春小曲》	1942	短篇小说
19	《春到人间》	1942	短篇小说
20	《旅》	1942	短篇小说
21	《雨夜》	1942	短篇小说
22	《一个蚌》	1942	中短篇小说集
23	《小广告里的故事》	1943	短篇小说
24	《动手术之前》	1943	短篇小说
25	《行路难》	1944	短篇小说
26	《小妇人》	1944	长篇小说,未完(共七篇)
27	《夜合花开》	1944	长篇小说,未完
28	《黎明的喜剧》	1944	短篇小说

第二节　梅娘小说中儿童形象的分类解读

梅娘诉说着人间事,将日常片段的一幕幕,一帧帧,都鲜活地表现了出来。梅娘选用儿童视角来展现世间百态,她的小说中出现了许多儿童:有生活在底层社会的拾荒儿童、受欺压的童工；也有生活在上层社会的少爷、小姐；还有出生或未出生就被母亲寄予希望的婴孩……梅娘笔下的这些孩子有着不同的阶级和地位，也有着不同的形象特征。他们生活在不同的家庭环境中，以第二代的身份代表着整个社会。

通过大量查阅《东北现代文学大系》（1919—1949）（1996 年，张毓茂、高翔），《伪满时期文学资料整理与研究》（梅娘作品集）（2017 年，张泉、刘晓丽），《梅娘小说散文集》（1997 年，张泉）等资料和阅读文本，现将梅娘小说文本中的儿童形象进行整理，具体见表 3：

表 3　梅娘小说文本中的儿童形象

序号	作品	出版时间	儿童形象	备注
1	《在雨的冲激中》	1939	阿大、阿二、金姬、翠花、英三 黑伞的哥哥、红伞的妹妹、三个少爷	
2	《傍晚的喜剧》	1939	小六子、少掌柜、锁柱子、锁柱子的小打杂	
3	《鱼》	1941	芬的孩子：婴儿小民	
4	《蟹》	1941	全、14 岁打杂的孩子、玲玲、长生 小福子、小兰、祥哥和秀的孩子：小勤	
5	《侏儒》	1941	侏儒、房东的胖少爷	
6	《黄昏之献》	1942	妇人的孩子、园子里的小姐	
7	《阳春小曲》	1942	两个小徒弟	
8	《雨夜》	1942	李玲的孩子	
9	《蚌》	1942	小四、小五	
10	《动手术之前》	1943	年轻女子的胎儿	
11	《小妇人》	1944	凤凰的孩子：小麟	
12	《夜合花开》	1944	×××病院打杂的孩子	

一、底层阶级的儿童形象

特殊的家庭环境以及留学经历给了梅娘现实创作的源泉和细腻敏感的内心去感知生活。在她的笔下，有着较为丰富的生活在底层的儿童群像。

梅娘对那些食不果腹、衣不蔽体的孩子和被资本家处处剥削的童工都给予了同情和怜悯。

　　体现梅娘关注底层儿童的典型小说就是《傍晚的喜剧》。小六子只有十四岁,因为家里的菜地被占用,他的母亲就把他送到洗衣房当学徒。美其名曰学徒,其实就是一个任人使唤、脏活累活全包、受人欺负的童工。小六子在大热天还要一直烧炭,烧不好就少不了内掌柜的一顿狠打。甚至比小六子小四岁的少掌柜都能欺负他。其中有一处细节引人注意:

　　10 岁的又高又胖的少掌柜,揪着小六子的衣领,连推带搡,像老鹰捉小鸡似的轻轻松松地就把 14 岁的小六子推出了厨房。

　　少掌柜和锁柱子经常欺负比自己地位低的人,他们还总是学着大人的丑陋模样,说着大人骂人的脏话,好像他们才是社会的小主人。再看看可怜的小六子,他忍受欺负和谩骂的同时还要担心自己的妈妈是否能吃上米、买上盐、有个好收成……

　　内掌柜追上了一句:小六子,你仔细着点,这回饶过你了,你再不上心干,我就把你休回去,叫你们娘两个喝西北风去。

　　从这段话中,我们可以看出小六子的艰难处境。在本应无忧无虑的年纪,小六子还要担心妈妈的生活,扛起家庭的重担,默默承受着他这个年纪不该承受的苦难。这到底是家庭的悲哀还是社会的悲哀?

　　小说《侏儒》讲的是一个在油漆店当徒弟的少年的故事。他没有具体的名字,"小侏儒"还是作者对他的称呼。一个十六岁的孩子,因为有着瘦小的身材、笨重的头部和痴呆的模样,看上去才十二三岁。侏儒的母亲本是一个好人家的姑娘,却和有家室的房东结合。房东给了那个姑娘爱情却给不了她一个幸福的家庭,这个年轻姑娘的结局是悲惨的:被房东太太打流产致死。一个温柔又美好的姑娘就这样悲凉又凄惨地结束了自己年轻的生命。而侏儒的亲生父亲也因为害怕正室,放弃了对侏儒的疼爱。可怜的侏儒也因一直遭受房东太太的辱骂和责打,导致身体畸形。这不禁令人唏嘘:侏儒和胖少爷有着同样的父亲,侏儒却不能拥有亲生父亲的疼爱和呵护,成了人人可以打骂、欺负的"杂种""傻王八蛋",最后还落得了被疯狗咬死的下场。

我们所有的邻居都是不以他的被责打为意,甚至有人还说"打! 该! 打死也不多"这样助虐的话。

我仿佛看见一颗亮的星坠下来,坠下来变成一块石头,一块被大家恶意践踏得成了一个四不像的东西。

这些言语字里行间都流露出梅娘对那些看客的强烈谴责、对冷漠人性的讽刺与痛心以及对侏儒的深切同情。明明16岁的孩子可以拥有健康的身体和父亲的疼爱与呵护;明明这种家庭已经给侏儒带来了无比的伤痛和苦难;明明现实的生活处境已经十分艰难。可人性还是没有放过他,身边的人没有给予他多一点的怜爱与帮助。冷漠、笑话与助虐成了日常看客的常态,这到底是社会不公还是人性的黑暗?

小说《在雨的冲激中》同样有一群生活在底层的孩子。这篇小说描绘了五个穷孩子在雨中拾荒的画面。阿大、阿二、翠花、金姬、英三,他们是五个年龄差不多的孩子。像他们这个年纪的孩子本该在自己的家中享受父母的疼爱,吃上一口热饭,穿上舒适的衣服,同兄弟姐妹快乐地打闹嬉戏,与同伴一起去学堂读书。可是,在那个沦陷区生活的他们并没有那么幸运,他们生活在底层,过着食不果腹、衣不蔽体的流浪生活。他们甚至没有父母的保护,只能靠拣拾为生。

社会的不公足以让他们生活得辛苦又辛酸,可现实的讥讽与冷漠却又如此险恶,使他们承受着双重重压。

脏骨头! 穷种! 男孩斜起一只眼睛,左边的嘴角跟着鼻子抽上去。满脸不屑的样子。

等我将来长大了,非买一个比他们这辆还大的汽车不可,溅那三个小子一身,连脖颈里都叫他们溅上大泥饼。还有——还有,非得把那群穷种叫汽车从他们身上轧过去。

通过黑伞哥哥和红伞妹妹的对话，我们能够感受到兄妹俩对英三他们的嘲讽。英三他们只是兴奋于好不容易找到的能勉强充饥的食物，而食物的快乐和幸福感本没有干扰到任何人，但是黑伞哥哥和红伞妹妹却无端地对他们表现出强烈的不屑与鄙夷，对同龄人有着赤裸裸的歧视与辱骂。这分明是社会的悲哀。

《黄昏之献》中也有五六个生活在底层的孩子。他们被好心的地主小姐暂时收留在院子里。一群孩子污秽而又营养不足，没有家，暂住的小屋子破败不堪，处境十分艰难。

孩子们也学着母亲的样子，先还有两个迟疑着，终于都跪在后面，喃喃地哭诉起来。

从这一行文字中，我看到了一位母亲的伟大。她为了自己的孩子放下了自尊，那是生活的尊严也是生命的尊严。在面对饥饿这一基本生存需求时，乞求或许是那位母亲唯一能够为孩子做的事情。我好像看到了那些生活在底层社会的孩子们的辛酸生活和艰难处境，也能深切地感受到梅娘写下这些文字背后五味杂陈的心情：有无奈、有心酸、有同情、更有质疑。或许那一排正在乞讨的孩子并不知道自己在做什么，也不知道接下来的生活会是什么样。他们只能学着母亲的样子，连续叫着"好心的姑姑"。可是，为什么无辜的孩子们要面临那样的生存困境？为什么孩子也承担起了生活的重担？

在梅娘小说中出现的童工形象，除了《傍晚的喜剧》中的小六子和锁柱子的小打杂，《侏儒》中的侏儒，《蟹》中提到的打杂的孩子，还有《阳春小曲》中在小理发馆打杂的两个小徒弟。那两个小徒弟负责调弄水管、擦坐凳、擦肥皂盒、给师兄打下手等杂活。虽然他们的生活并不温饱，但是他们却有着小孩子的天真、好奇心和对美的欣赏。他们能被稀有的香水气吸引而不愿走开，也能做好他们的打杂工作。在《夜合花开》中，同样出现了一个童工形象。他是一个在×××病院负责打杂和听门的孩子。本应该是个纯真又质朴的孩子,却看人十分势利。

他在说话间还不停地打量黛琳的衣着,当看见黛琳穿的那双黯淡的布鞋的时候,说话便满是尖酸与刁钻,一幅看不起人的刻薄模样。之后他还提出给小费才会请黛琳进去的要求,说罢打开门却也只为接着挖苦黛琳。这分明让人很不理解,而且这竟然还是一个孩子的做法。

大夫的出诊费比穷人的命尊贵,没有钱买药可以捱,没有出诊费绝对不行。

黛琳愿意今天接待自己的还是昨天那个骄傲的像一只愚笨的孔雀一样的药剂师。

当看到这些文字,在依据那个孩子说的"如果吵到院长他就要挨打",好像也能明白为什么一个孩子能够如此自傲与不屑。他也生活在底层,因为穷就成了会挨院长打的童工。所以,他不得不学着大人的样子来融入那个环境。或许是因为他看惯了病院里的病人被药剂师刁难的样子和没钱的穷人被大夫为难的窘迫情形,反而羡慕起了大夫和药剂师骄傲的模样。久而久之,那样的生活让他也扬起了骄傲的姿态,却失去了孩子的天真与淳朴。

二、富贵阶层的儿童形象

与生活在底层的穷苦孩子相比,梅娘笔下的那些出生在富贵家庭中的孩子大都衣食无忧,享受着高待遇、高质量的生活。但是生活在富贵家庭中的孩子也因为父母地位的不同有着明显不同的形象特征。梅娘将这些生活在较高阶层的孩子进行了分类,与生活在社会底层的孩子形成了鲜明的对比,这也是梅娘书写富贵阶层儿童形象的独特之处。

小说《在雨的冲激中》既刻画了五个生活在底层的孩子,也有两组富贵阶层的儿童形象的出现。

红的小伞旁边一个较大一点的黑伞,四只胶皮的高靴子在积水里的小坑里反照出来：另一对孩子在归家的途上，嬉笑着讲谈着学校里的事情。

哥！瞧——瞧那些。女孩子的小红伞一偏，小嘴鼓突起向对面一拱。脏骨头！穷种！男孩斜起一只眼睛，左边的嘴角跟着鼻子抽上去。满脸不屑的样子。

从这些话中我们可以看出兄妹俩的家境不错，算得上是中产阶级。而且这一个场景中出现的两对孩子与英三他们五个孩子形成了鲜明对比，凸显了较为悬殊的贫富差距。再看从汽车里下来的三个少爷，他们明显是来自高阶层家庭，享受着优渥的待遇。而他们的那种盛气凌人、蛮横无理的姿态也将强烈的阶层意识表现得淋漓尽致。分明是他们的车溅了那兄妹俩一身泥，不但没有道歉，反而对兄妹俩进行一通乱骂，傲慢无理与娇贵的气息更是不言而喻。三类孩子、三种场景形成了鲜明对比，衬托出三种不同阶级的对立矛盾，也反映了阶级差异对儿童造成的影响，从而折射出了强烈的社会矛盾。不知道这是儿童的悲剧，是家庭的悲剧，还是社会的悲剧。

《傍晚的喜剧》中的少掌柜，他作为内掌柜的宝贝儿子更是被娇生惯养。十岁的他不仅随意使唤和打骂十六岁的小六子，还学内掌柜说话，用着粗俗的语言说出"那个死不要脸的""装个屄""熊样"等词。还有那个由小打杂护着的锁柱子更是一幅坏小孩的模样，说着滥俗粗鄙的话还学着一些坏大人的模样去挑逗一个女人，而且还挑唆少掌柜去骂那个女人"骚娘们""骚货"。他们都与善良能干还孝顺的小六子形成了鲜明的对比。

梅娘还描绘了一群生活在同一个富贵大家庭的孩子，他们有着不同的形象特征和待遇。

小说《蟹》中的孙家，是东北沦陷区的一个富贵大家。孙家这个大家庭分为三房，每一房都有各自的小家庭，每个家庭中的孩子也有着各自的形象特征。

二房的玲玲，十七岁，是孙二爷与正室所生的唯一的孩子。她饱读诗书，聪明、有主见、没有大小姐的架子。玲玲从小就没了亲娘，被父亲视为掌上明珠，也深得奶奶的宠爱。而玲玲的继母对玲玲却是十分提防的，连给玲玲的零用钱都要算了又算，生怕玲玲知道了自己的私蓄。

玲玲的弟弟和堂妹是比较骄纵的。长生，十岁，是二房的长子，玲玲同父异母的弟弟。小福子，七岁，是长生的弟弟，十分顽皮。小兰，七岁，是三房的长女，比小福子小。在奶奶讲故事时，长生听到小兰为显示自己的精明而得意地插嘴附和后便对小兰表达了不屑，小兰却直呼堂哥大名还哭着闹着让奶奶给自己说理。小福子也看不惯小兰仗着父母的风光就在哥哥姐姐面前表现出看不起人的样子，所以经常和小兰拌嘴互骂。其实，从这里就可以看出小兰的骄纵和不讨喜。

"你爸好！你妈好，你哥好！你好！你们那一房都好，拉的屎也比别人粗！"

"奶奶！您打他，福子骂人，他们那屋里的人就会骂人！"

从小兰的话中，我们能读出的只有粗俗和无理取闹。小兰身为大家小姐，却没有一点安静乖巧的样子，反而满是骄横与戾气，对自己的兄长尽是不屑与轻蔑。当浪荡的孙三爷和他的刻薄夫人成了孙府的当家人，其他小家庭便受到了排挤和不公待遇，连小小年纪的小兰也深受父母的影响。同样是孙家的孩子，本应该兄妹相亲，却因为父母地位的变化而有着不同的待遇，这会给孩子造成多大的影响？

《蚌》描写的也是一个封建大家庭的故事。小五和四哥是白公馆里的少爷，却因为嫡出、庶出的原因有着不同的待遇。小五和姐姐梅丽是姜室所生，从小便由继母照看。继母十分溺爱自己的小儿子——小四，对小五十分冷漠，小五只能和姐姐相依为命。小五性子单纯。而小四，就是一个纨绔子弟，整天只知道和同学一起捧窑姐。再看看继母对小五和小四的态度：小五平日里乖巧懂事，继母却动不动就把没处撒的怨气撒到小五身上。当小四偷钱被发现，继母不但不批评小四还帮他打掩护，对小四过分宠溺。

"跟娘要钱，娘不给，还说我不如四哥，尽花些没用的钱。""又说根不正到底不行。什么根不根的，四哥好，四哥上窑子也是好。娘不许十六岁的五和朋友好，却许十七岁的四去逛窑子。"

从这些话中,我们可以明显得看出小五和小四有着不同的待遇。明明小五是品行很好的乖孩子,他平日里谨言慎行,却被说成根不正。在这个家庭中,小五和同学交往只能背着家里,连给同学买生日礼物都会被继母说成小五只会谈恋爱,和朋友玩还能被继母说成糟蹋姑娘。而品行不端的小四呢? 他做什么都是好的,就因为小四是嫡室的儿子。小四偷钱,继母包庇。小四捧妓女,继母认为是对的。就连家里的其他人也认为继母说的对,做的也对。继母的无端指责、无底线的纵容就是在摧残孩子纯净的心灵,这种做法着实令人愤怒! 竟不知道是该诅咒万恶的庶嫡之分,还是该诅咒那个万恶的社会。

三、独具特征的婴孩形象

由于梅娘小说中未出生或出生不久的婴孩形象出现的次数较多,而且他们的年龄都比较小,也没有具体的性格特征。更特别的是,这类形象与梅娘笔下的底层、富贵阶层的儿童形象是有穿插的。所以将这类形象按阶层划分有些困难,进而只能通过他们母亲的叙述来窥视这类形象。

《动手术之前》中的主角是一个刚24岁的年轻女人,她腹中的孩子是她重新生活下去的动力和希望。她爱自己体内的小生命,她也痛恨男人和那个社会,所以她寄希望于自己的孩子。她希望下一代能改变男女不平等的现状,改变那个对女人不公的社会,希望社会能对女人多点理解与关爱。

《雨夜》中的主人公是个年轻的妈妈——李玲,她的丈夫在她生产之后便去了海外深造。李玲是个年轻的妈妈,有着无限的活力。她的儿子是个很可爱的孩子,眼睛明亮有神,五官娇小。小说中有这样的描写:

揽着他的儿子,她像怀抱了整个世界,整个世界在她脚下逐渐变小,身侧只有她的儿子。她像一个伟大的艺术家看着她无疵的杰作,对眼前无知的人群发出了轻蔑的微笑,她直感到她的儿子可以凌越过一切人群,作未来人群的救世主,虽然他现在小的还不能直立自己的小身体。

李玲是个伟大的母亲。尽管她也孤独寂寞,向往自由。而当李玲走出家门却险遭男子侵犯时,她无时无刻不在想念和担忧自己的孩子。她想回家的力量愈发强烈,并且最后用这种力量将男人击倒,挣脱魔掌。可见,孩子才是母亲最大的软肋和最强的铠甲。李玲很爱自己的儿子,她把儿子放在了第一位。李玲将儿子看作是她的整个世界。她认为自己的儿子能够拯救人类,造福未来社会。

《鱼》中的女主芬在反抗家庭安排的婚姻并与自己的父亲决裂后,以为自己遇到林省民就有了美好生活,可是她却不知道自己又陷入了男权的深网中。林省民结过婚而且也只是玩弄她的感情,林家人知道芬有了孩子,还想让她回去做小妾来养着林家的继承人,芬拒绝后更是遭到林省民的谩骂。芬知道她能依靠的就只有儿子,她认为能带给她生活希望的人只能是自己的儿子。芬这样描述她的孩子:

小民醒了,傍他躺在床上,看着那红润的寓着希望的脸,我看见我生命中的一点光明。抚摸着那柔软的小头,我的泪滴在他的小脸上,想到了孩子的爸爸,我突然歇斯底里地大声哭了出来。

孩子只等于我的生命,我要教育起我的儿子来,我要教他做个明白人,这社会上多一个明白人,女人就少吃一份苦。

芬将儿子小民看作是她的救世主。她不想让自己的儿子和他的父亲一样,只会把女人当作工具,通过虐待、压迫、束缚女人来显示自己至高的男权地位。她希望自己能够教育好下一代,让长大后的儿子能够同情和爱护女人。

《小妇人》中凤凰的孩子小麟有着红润的小肥脸。凤凰对小麟十分宠爱。她将自己的心和热烈的母爱都灌注在孩子身上,她爱自己的孩子甚至超过爱自己。小麟成了凤凰最好的安慰,而凤凰对小麟也有期望:她不希望小麟和他的父亲一样薄情,她希望自己的孩子能在她的培养下成为一个温和的人,能够在感情上包容对方。

《蟹》中还出现了一个孩子——小勤。他是孙府里的小少爷,是祥哥和秀的儿子。这个小少爷是孙府里辈分最小的孩子,所有人都对他宠爱有加,尤其被秀过分宠溺。小勤从小就非常调皮捣蛋,玩耍弄出的动静能把人吵死。

小勤提了棍子打人,打猫,打狗,砸东西,秀嫂不但不以为忤,还以为这是孩子乖巧能干。秀嫂满怀夸示的口吻:瞧,勤哥儿那棍子使得多轻巧。

从文中的叙述中,我们能看出父母对孩子的影响会有多大。秀是个有些强势的人,也没有体恤别人的心肠。秀在小勤打人、打动物、砸东西的时候不仅不及时制止还夸赞小勤把棍子使得好,并且事后也不会考虑别人的感受。这反而让人觉得可笑。父母对孩子的教育是言传身教、潜移默化的,像这样无谓的宠溺和偏袒只会害了孩子。

通过对这些婴孩形象的分析,我们可以看出梅娘的巧妙安排。这些婴孩作为下一代,都是男孩。这些孩子成人之后都会为人夫,为人父。而现在,他们的身边只有母亲的陪伴与呵护。在男权社会中,女人的地位总是低下的。他们的母亲也并不幸福。所以,这些母亲便将生的希望和未来的希望都寄托在孩子身上:她们希望能够教育好自己的孩子,让他们都能变成明白人;希望自己的儿子都能够对女人好一点,能够尊重、关心、爱护女性;希望自己的儿子可以让未来的男女世界变得合理,让社会变得公平。

第三节　梅娘小说中儿童形象的创作原因分析

将关注点转移到梅娘创作的时期就会发现:进入抗日战争后,在主流意识形态的影响下,救亡暂时压倒了启蒙,描写儿童、关注儿童的作品也少了许多。[1] 而梅娘身居特殊的历史背景与敏感的政治环境下,依旧关注儿童,创作了不少关于儿童形象的作品。可见,梅娘小说中儿童形象的创作原因

---

[1]　蒋风:《中国儿童文学史》,安徽教育出版社1998年版,第189页。

是一个值得探讨的问题。在我看来,其创作原因可以分为主、客观两个方面。

一、主观原因

(一)童年伤痛的记忆

童年的记忆总是深刻的,而童年的伤痛也是需要一生去治愈的。梅娘幼年丧母,从小就缺失亲生母亲的疼爱,过着寄人篱下的生活。梅娘在被打为"右"派期间,最放心不下的也是自己的子女。"柳青娘这个笔名,除了表达自己对女儿深深的爱,同时也体现了自己深深的思母情结。"①

梅娘的童年经历给梅娘后来的创作也带来了深刻的影响。梅娘笔下的孩子大都缺失生母的爱,在继母的冷漠、吝啬下长大。如《蟹》中的玲玲,《蚌》中的梅丽和小五等。而小说《侏儒》中的小侏儒和梅娘的经历最为相似,他也是幼年就失去了亲生母亲的庇护。侏儒身上有着梅娘的影子,当梅娘看到侏儒被房东太太责打时,便对他产生了某种感情:那是同情、可怜、喜欢、关怀。小说中的"我"和丈夫的谈话中还称侏儒为"我的爱人""我的侏儒""我的小傻子",这都表现出梅娘对侏儒的深厚感情,那是一种母爱的温情。梅娘笔下的失去生母的孩子都是悲苦的。而梅娘笔下的婴孩却是幸福的,因为他们从被孕育时就享受着母亲无私的爱和用心的呵护。这些都在表达梅娘对母爱的渴望及对那些失去亲生母亲的孩子的同情与关爱。梅娘用充满母爱的笔触,描绘着一幅幅让人动容的画面,将人性与母爱推进更深的层面,也以她的母性情怀诠释着母爱的无私与伟大。

(二)传统文化的熏陶

梅娘曾说过,在她的一生中,有两个人对她影响很大:一位是她的父亲,另一位是她的中学老师——孙晓野。可以说,这两个人对梅娘的创作影响深远。

梅娘广博的人道主义精神与她所接受的传统文化的熏陶关系密切。梅

---

① 张梅:《母爱缺失对梅娘小说创作的影响》,《安徽警官职业学院学报》2011年第1期,第125-128页。

娘的父亲格外注重对梅娘的教育。"梅娘的父亲曾专门为梅娘延请了三位老师,一位是前清秀才,教梅娘读经写字;一位是沙俄的老太太,教梅娘学习外语;还有一位老教员,教梅娘学习数学。"①这种中西文化融会贯通的教育方式使梅娘受益匪浅。梅娘的父亲还重视梅娘对经典古籍和传统历史文化的学习和领悟。梅娘十几岁时就已经学习、领会了《史记》,对《红楼梦》、《西厢记》、元曲更是情有独钟。而梅娘的中学教师孙晓野更是一代文化大师,他从小便熟读中国优秀传统文化。孙晓野学识渊博,一生都从事教育事业,致力于古文字学研究,是一位饱读诗书、受人敬仰的儒者。孙晓野对梅娘的文学才华十分赏识,并在文学创作方面给了梅娘很大的帮助。梅娘的第一部作品《小姐集》更是由孙晓野整理成册。梅娘在尊崇于老师的学识与涵养的同时更加折服于中华优秀传统文化的风采与魅力。可以说,孙晓野是梅娘的文学引路人。这些都为梅娘日后的文学创作积淀了厚重的文化历史底蕴。

二、客观原因

(一)"五四"时期的儿童观

1918 年,鲁迅在《新青年》上发出"救救孩子"的时代呼喊。② 1919 年的五四运动,开创了中国儿童文学的新纪元。③ 身为第一个提出儿童文学命题的人——周作人,他主张:"只有将儿童当作完全的个人,承认他们具有与成人同样的人格,才能真正理解'儿童的世界'。"④并得到了一大批觉醒的先进知识分子的支持和倡导。五四运动使人的发现得以最终完成,儿童作为一

---

① 张梅:《母爱缺失对梅娘小说创作的影响》,《安徽警官职业学院学报》2011 年第 1 期,第 125-128 页。

② 王泉根:《抗战儿童文学的时代规范与救亡主题》,《西南民族学院学报》1997 年第 4 期,第 65-69 页。

③ 王黎君:《〈新青年〉与中国现代儿童文学的发生》,《中国现代文学研究丛刊》2010 年第 5 期,第 167-176 页。

④ 孙建国:《清末民初:中国现代儿童文学的起源》,《中国现代文学研究丛刊》2010 年第 5 期,第 159-166 页。

个长期受压抑的个体也得到了相应的发现与阐释,儿童得到真正的发现①。

　　进入抗日战争后,关注儿童的作品也少了很多。在此期间,梅娘正勤读鲁迅、萧红等人的作品并深受他们儿童观的影响,开始关心、重视儿童。梅娘见证了沦陷区的生活,目睹了整个社会的灾难,也注意到了儿童的艰难处境,并将自己与广大底层民众、儿童进行了同构。在她刚劲的笔下,大胆泼辣地描写着一群儿童。梅娘希望用笔端的呐喊来正视着属于他们共同的苦难与辛酸,这也让我们看到了许多缩小的成人的形象。那些儿童作为下一代,他们的处境时时刻刻牵动着整个社会,而梅娘也正是通过对儿童的描绘,表达了她的救亡启蒙精神、人道主义情怀以及对于中国未来社会的忧思。

(二)华北沦陷区的儿童处境

　　梅娘的主要创作集中于 20 世纪 30 年代末到 40 年代的东北、华北地区,在日本帝国主义的残暴统治下,沦陷区民众的生活苦不堪言。"尤其是底层人民,他们饱受殖民压迫之苦,过着饥饿、流浪的生活,反观上层社会的生活却是奢侈堕落的"②。

　　梅娘生活在这样的社会环境下,自然感触颇深。她不想沉默,也不甘沉默。梅娘希望运用自己的笔去描摹一幅幅底层绘事图,写尽人间悲苦酸甜。她将社会底层的生活、封建大家庭的处境和底层民众的精神世界直面展现。"当梅娘目睹底层民众承受的灾难时,最触动她的是那些弱势群体——孩子,那是一群浮浪的孩子,是一群无辜的孩子"③。梅娘深处沦陷区,见证了沦陷区的灾难,也深知战争纷乱和穷困腐败使那些处在底层的孩子所面临的生存境况有多么糟糕。然而,梅娘并没有直接描述民众的疾苦,而是将笔触转向这类群体:孩子。梅娘开始关注社会,关心民众,更思考孩子的出路。孩子作为下一代,同样是弱小群体,他们的处境直接与民众的日常生活、大

---

　　① 聂文晶:《五四时期"儿童的发现"与国民性改造思潮》,《西南民族大学学报(人文社会科学版)》2011 年第 11 期,第 228–232 页。

　　② 包学菊:《从底层书写到性别话语——梅娘在东北沦陷区小说创作钩沉》,《社会科学论坛》2008 年第 5 期,第 104–107 页。

　　③ 同上。

家庭的发展联系在一起,反映甚至决定社会的发展境况。所以,梅娘更加关注底层弱者,同时她也在思考当时社会中儿童的艰难处境,对孩子以及孩子的未来充满忧思。

第四节　梅娘"儿童发现"的独特价值

学者韩护在《〈第二代〉论》中说:"《第二代》打破了《小姐集》中无方向性的文学氛围。梅娘用热情而哀悯的情绪,描绘了成人与儿童的苦难生活。"①

梅娘的笔触倾注了同情与悲悯、呼喊与反思。正是这种同情与悲悯促使她关心这些孩子的生活,关心他们因自身无法选择的出身而不得不面临的生存悲剧。从另一个角度来说,梅娘的这种关心对社会来说就是一种质疑和批判。她在质疑社会为什么能带给那些本该无忧无虑的孩子这么沉重的生活负担?在质疑那些孩子是否真的可以成为改变未来的下一代?她也在批判那些让儿童的悲剧反复上演的黑暗力量——人性的冷漠与丑陋。梅娘用儿童的视角,向我们展示了人间百态下的黑暗与狭隘,那些都是真切地发生在底层人民身上的故事。而梅娘也运用她的同理心,将自己与那些底层的人们发生了微妙的联系,与整个社会进行了同构。这些都是梅娘的"儿童发现"在中国现代文学史上的独特意义和贡献。②

---

① 张毓茂:《〈东北现代文学大系〉总序》,《当代作家评论》1997 年第 6 期,第 19–29 页。

② 田赛男:《论梅娘小说的三大主题——情爱、人性与儿童》,山东师范大学硕士论文,2012 年。

第三章

十七年文学时期(1949—1966 年)
革命历史题材儿童小说述论

1949—1966 年的十七年,是新中国儿童文学的第一个繁荣期。伴随着新中国的成立,在崭新统一的社会主义体制下,儿童小说创作经历了多种审美观念的整合,作家的艺术思维与审美视角也呈现出多元化的趋势。在这当中,革命历史题材儿童小说更具有重要的史学价值和文学价值,其创作在经历了一个短暂的高潮期后,到"文革"前无可挽回地呈现出了整体萎缩的态势。

第一节　革命历史题材儿童小说创作脉略

新中国成立之初至 20 世纪 50 年代中期,反映儿童日常现实生活的儿童小说在各项社会运动中发展得蓬勃而有生机,被称为儿童文学的"初步向荣阶段"。以共产主义精神教育新一代,以反映社会主义新面貌和少年儿童学校生活的儿童小说取得了很大成绩。作家内心深处"一方面担心生活上'掉队',另一方面也感觉到写革命斗争故事配合不上这现实任务",①因而这一

①　王愿坚:《在革命前辈精神光辉的照耀下——谈几个短篇小说的写作经过》,转引自肖溪《军事题材小说创作谈》,解放军文艺社 1982 年版,第 121 页。

时期的革命历史题材儿童小说的创作数量相对匮乏。

20 世纪 50 年代后期,为了加强对少年儿童的阶级教育和革命传统教育,儿童文学界及时提出:"全面发展社会主义新人,要求从多方面去教育他们,所以在进行'前途教育'的同时,也有进行'对比教育'的必要。幸福美好的生活,是革命斗争胜利的成果,我们不能喝水忘了掘井人,不应该让孩子们只知道尝到瓜果的甜味儿,却不知道这些是要从辛苦耕耘、灌溉中得来的。"①作家把写作当作"培养社会主义新人"的一种历史使命,通过文学潜移默化地对少年儿童进行共产主义的道德品质教育。如儿童文学读物《红领巾》在 1963 年第三期、第八期上连续开展的"看看过去,比比现在"的征文活动:

编者说:"亲爱的小朋友,看看过去,比比现在,大家应该更加仇恨旧社会,仇恨不劳而获的剥削阶级,更加热爱党,热爱新社会,珍惜今天的幸福生活,好好学习,天天向上。"

"看看过去,比比现在"——革命长辈、时代英雄的斗争故事征文。

征文内容:

1、(揭露)万恶的旧社会;

2、革命长辈的斗争故事;

3、看看过去,比比现在。

正因为此,到 1960 年前后,文学的政治功用思想统领着整个儿童文学领域,儿童小说创作也进入一个"艰难发展阶段"。与前一阶段相比,这一阶段以学校生活为题材的儿童小说数量减少,但描写解放前阶级斗争,叙写革命历史,反映战争中儿童生活的革命历史题材小说创作出现了一个短暂的高潮,如徐光耀的《小兵张嘎》,刘真的《我和小荣》《长长的流水》《在路上》《好大娘》,王愿坚的《小游击队员》,杨朔的《雪花飘飘》,胡奇的《小马枪》,杨大群的《小矿工》,萧平的《三月雪》等作品,从不同角度反映了革命战争时期人

---

① 陈伯吹:《和新少年谈谈旧日子》,《文艺报》1956 年第 13 期,第 4 页。

民的斗争面貌,成为那个时期对广大少年儿童进行革命传统和政治思想教育的生动教科书。嘎子、小荣、小百岁、小牛、樟伢子、小娟等许多小英雄聪明机智、勇敢顽强,具有丰富的内涵和鲜明的个性,他们以鲜明的形象特征和动人的艺术魅力吸引了一代又一代小读者。

除了前面所提及的,还有刘坚的《"强盗"的女儿》,孟左贡的《草原的儿子》,鲁彦周的《找红军》,黎如清的《三号了望哨》,李强、杜印的《在风雨中长大》,王传盛、徐光的《少年铁血队》等不少优秀作品,它们或描写阶级斗争,笔力鲜明生动;或场面炽热,情节紧张引人入胜;或情感抒写真切动人,昂扬着勇敢乐观的战斗精神。

毋庸置疑,这些儿童小说在 20 世纪 60 年代前后出现,在一定程度上繁荣了儿童文学市场,但由于阶级斗争和各种政治运动的影响,"到'文革'前夕,少年儿童已到了几乎无书可读的地步"①,革命历史题材儿童小说呈现出了整体萎缩的趋向,这是一个不争的事实。

第二节　革命历史题材儿童小说的文本特征

在革命历史题材儿童小说中,作家通过小主人公的悲惨遭遇,反映了旧社会受压迫、受剥削的孩子们的共同命运。这类小说被深深烙上了时代的印记,它们是新中国对刚刚终结的战争年代的集体记忆,明显地带有"纪念""缅怀""崇尚""宣扬"等美学特征。综合来论主要具有如下几个特征。

一、题材多是真人真事或以真人真事为蓝本

十七年文学时期的革命历史题材儿童小说多是以各种战争为历史背景,以英雄人物的真人真事为蓝本,由年幼到成熟的顺序叙述英雄人物的成长过程。

---

① 茅盾:《六〇年少年儿童文学漫谈》,转引自孔海珠编《茅盾与儿童文学》,少年儿童出版社 1990 年版,第 496 页。

《董存瑞的故事》是以 1948 年 5 月 25 日解放隆化的战斗中董存瑞"舍身炸碉堡"的真人真事为题材,通过叙写真实人物的思想感情和性格发展变化历程,塑造出血肉丰满的"舍身炸碉堡"的英雄形象。在《小兵张嘎》中,作者徐光耀以自己的亲身经历为蓝本,叙述了冀中白洋淀地区一个十二三岁的孩子参加八路军对敌斗争的故事,真实展示了张嘎由一个倔强不屈的农家孤儿,成长为一名小游击队员的过程。十七年革命历史题材的儿童小说,像这样以真人真事为蓝本的创作还有很多,例如《少年铁血队》是原东北抗日联军少年铁血队指导员王传胜、队员徐光口述的回忆录;《小游击队员》是作为战地通讯员的王愿坚,根据战争所见所闻而写;《红色游击队》首页注明:"东北沦陷期间,有两个少年,参加了共产党领导的'红色游击队',此为真人真事。"

二、重视对阅读者的教育和引导作用

十七年革命历史题材儿童小说大多不是专为儿童创作的,更多的是试图通过一系列革命英雄形象的塑造,对阅读者进行教育和精神指引。这是因为"并不是每一个人都能健康成长,这需要我们的党、革命的老一辈指引他们树立远大的理想,使他们懂得把自己同革命联系在一起,懂得只有人民得到了解放,自己才能翻身解放,过幸福的生活"[①]。为了达到教育和引导阅读对象的目的,这类小说文本往往会设置一位或多位对主人公起引导和教育作用的"革命导师",如《永生的刘胡兰》中的党组织负责人,《小兵张嘎》中的钟亮叔叔、钱区队长,《我和小荣》中的赵叔叔,《长长的流水》中的李云凤大姐……他们都是引导青少年尽早尽快完善道德品质,炼就坚强性格的关键人物。

此外,"革命导师"对主人公的引导性话语在文本中随处可见,如"刘胡兰同志,工作当中,难免要碰到困难。可是有了困难怎么办呢? 就往后退么?""应该想办法克服困难,不能让困难难住"。这类作品正是通过"革命导师"这些谆谆教诲的话语对阅读者进行教育和引导的。

---

① 张佳佩:《是英雄,也是孩子——读刘真的〈长长的流水〉》,转引自锡金、郭大森、崔乙《儿童文学论文选》(1949—1979),中国少年儿童出版社 1981 年版,第 554 页。

值得注意的是,文本中的"革命导师"有时是生动的某一具体人物,如嘎子的钱区队长、大雨的徐大叔、小荣的赵叔叔等;有时则转化为革命书籍中的某一英雄人物,如小说中的小英雄们常常在意志薄弱时,抱起一本《董存瑞的故事》《钢铁是怎样炼成的》之类的革命进步书籍来读,在革命前辈、榜样的教育下自我反思、升华人生的价值。这时,文本主要承载了文学的教育功能,无论是对于成年人还是孩子,它都变成了具有特殊时代意义的"教科书",这显然是由当时新中国现实的政治语境所决定的。

三、结构设计模式化

1949—1966 年,因为"战争文化心理养成了二分法的思维习惯,这种思维习惯又造成了这个时期文学创作的各种雷同化模式"[1],所以,这一时期的革命历史题材儿童小说呈现出了高度模式化的特点。其一,小说的主题多是展现某次战争由艰难发起到胜利告终的过程。其二,在情节设置上,作家在文本里往往为这些小英雄制定了固定模式:身体受难—遇到障碍—精神提升—克服障碍—取得进步(或获得胜利)。[2] 其三,在人物设置上,"它通过一个或几个人物成长经历的叙事,反映出人物的思想和心理从幼稚走向成熟的变化过程"。[3] 具体而言,主要表现在以下几个方面:首先是这些"小英雄"们都来自贫穷的家庭,且都怀着仇深似海的阶级仇恨。邱少云 13 岁就开始了长工的生涯,受尽了地主豪绅的压迫和剥削;黄继光自幼家境极为贫寒,7 岁时他的父亲就因受地主欺压,病恨交加而死。其次,他们个个性格顽强无比,不畏艰难险阻。刘胡兰刚烈顽强不畏铡刀,蔑视反动者;嘎子机灵英勇,不怕艰辛,一次次在战争中险些丧命。最后,这些小英雄们总是克服重重困难,光荣地完成了革命任务,并积极主动地向党组织靠拢,或是最终入了党,或是被党肯定和接受。如"胡兰在火热的斗争中,深深地感觉到:只有共产党才真正是为大家谋幸福的";邱少云被熊熊大火燃烧着时,"他慢慢

---

① 陈思和:《中国当代文学关键词十讲》,复旦大学出版社 2003 年版,第 23 页。

② 申景梅:《论十七年儿童小说中儿童成长模式》,《燕山大学学报》2009 年第 1 期,第 56-59 页。

③ 芮渝萍:《美国成长小说研究》,中国社会科学出版社 2004 年版,第 7 页。

地将爆破筒递给了附近的战友,将冲锋枪、弹夹,还有一份入党申请书递给了附近的战友"。这样的情节在十七年儿童小说文本中很常见。

总之,从众多此类题材的儿童小说文本中,我们读到的基本是类似的情节。这类小英雄形象呈现出不同于以往任何时期的、既鲜明又雷同的时代特征,其浓重的政治色彩给文本中的小英雄们抹上一层复杂斑驳的、难以言说的意蕴。

四、主题方向一致,宣扬集体主义和英雄主义

新中国成立后,文艺工作者首先歌咏的就是在战争中为了祖国独立和人民解放而牺牲的英雄们,那种"一不怕苦、二不怕死"的英雄主义精神成为作家们反复赞颂的主题。在这极其特殊的政治语境下,十七年文学奠定了以爱国主义、集体主义和革命英雄主义为核心的价值观。五星红旗是用革命先烈的鲜血染红的,儿童文学家更是饱蘸着一种前所未有的高亢的英雄主义情结来书写英雄。这一时期儿童小说创作中,最令人瞩目的就是革命英雄"群英谱"的形成。小兵张嘎、小英雄雨来、王二小、女孩子小荣、小娟、于文翠等,文本中的小英雄一个个智勇双全、具有高尚的道德操守,无疑成为当时的政治语境下人们爱国主义、集体主义和革命英雄主义价值观的主要载体。

究其原因,其一,在新中国成立之初,历史积淀的英雄主义与作家作品中的宏大叙事同构,使英雄形象的大批量塑造成为可能。其二,十七年时期,这样一批英雄始终高高在上,不受历次政治运动的影响,他们是为大众审美趣味所接受的,是符合意识形态要求的。其三,文本中洋溢的纯正浓郁的英雄主义情怀,使人物的个体生命变得更加崇高。

综合来看,这一时期的革命历史题材儿童小说,字里行间洋溢着无畏的英雄气概。作品多是将战争与获得解放作为大背景,英雄人物的情感体验和内心活动被淡化,即使予以浓墨重彩的渲染,也被搁置在后台。这种现象仍然是与十七年文学时期高度政治化的文化语境不谋而合的。

五、崇尚高昂悲壮的审美趣味

首先,营构崇高、悲壮的叙事情节成为这类儿童小说审美叙事的主要特

征。众所周知,黄继光、邱少云、刘胡兰等英雄人物,都为祖国献出了自己年轻的生命,且大义凛然,视死如归。文本中那些想象性的描述明显带有崇高悲壮的审美意味,如"胡兰心里明白,最严重最光荣的时刻到了……怕?怕死不当共产党。我咋个死法?"面对生离死别,年仅15岁的刘胡兰没有畏惧,不怀任何私情杂念,具有超人的、崇高的理性精神。从黄继光、邱少云到董存瑞、刘胡兰,都深刻启示着无产阶级的后继者:为了党和国家利益,不惜奉献和牺牲一切。

其次,这种英雄主义情怀还体现在小说的结尾上,革命总是以热烈欢腾的胜利告终:"三九一高地上飘扬着我军胜利的红旗";"那红色的腾腾烈火中,闪现着英雄的巨大形象"。但革命现实中更多的是苦难、流血和牺牲,结局未必都是以胜利告终。孩子们过于坦然、过于单纯地在革命中构建美好的精神"乌托邦",他们的童年缺乏应有的天真烂漫、奇思遐想,在困难面前缺乏应有的迷惘感,取而代之的是超乎常人的坚定与果敢。

第三节　革命历史题材儿童小说创作萎缩的原因

十七年革命历史题材儿童小说创作整体上是与各项政治运动、阶级斗争密切相连的。1960年前后,革命历史题材儿童小说创作相对兴盛,出现了短暂的高潮,但到"文革"前仍无可挽回地呈现整体萎缩的趋势,这主要有以下几个方面的原因:

一、作家队伍整体萎缩

自新中国成立到20世纪50年代中期,一支老作家和新生力量相结合、专业作家和业余创作者相结合的儿童文学创作队伍已经基本形成。张天翼、严文井、贺宜、冰心、陈伯吹、刘真、胡奇、萧平、任大霖、杲向真、邱勋等被誉为"儿童文学创作队伍的生力军"。但1960年后,一大批儿童文学作家遭到批判。他们或沉默,或辍笔,或失去往日创作的热情。

二、"阶级斗争"的创作原则空前强化

"极左"思潮对儿童文学创作造成了很大的影响,那时动辄就强调写"重大题材",对"温情主义""人性论"的批判此起彼伏,如在对《达吉和她的父亲》的批判中,因为达吉和父亲相会哭出声来了,"父女相会哭出来就是人性论",由此被戴上"温情主义"的帽子。儿童小说也不可避免地成了阶级斗争的工具,儿童小说文本中充斥着阶级斗争的话语。老作家贺宜的长篇纪实小说《刘文学》,题材本身已具有鲜明的阶级斗争倾向,经作者有意拔高深化,整部小说从小英雄出生的第一声啼哭到最后为保卫生产队的半背包海椒被地主杀害,每一个细节都纳入了阶级斗争的符号,活生生的四川"少年小英雄"的个性形象也因此严重受损。

三、文学对政治语境的迎合与趋同

十七年时期的文学与政治的关系极为密切又极为偏隘。1957 年以前,尽管当时已出现为"赶任务"而写的公式化倾向,但儿童文学作家的写作姿态还是认真严肃的,儿童文学创作的生态环境也比较宽松。在这一时期,儿童文学的基本精神是健康的、向上的,充满青春、乐观、清新的基调。① "有益""有味""孩子们爱看"代表了这一时期儿童文学的主体观念与审美走向。经过 1958 年的"大跃进"和 1959 年"反右倾","儿童文学在创作实践中,为政治服务这一要求体现得较突出了"。② 1960 年后,文学的政治功用思想统领着整个儿童文学领域,"政治挂了帅,艺术脱了班,故事公式化,人物概念化,文字干巴巴"③成了当时儿童文学的真实写照。儿童文学屡屡被纳入政治眼光的观瞻之中,"歌唱伟大的总路线",配合各项"中心"与"运动"的儿童文学逐渐迷失了方向。

---

① 转引自王泉根:《现代中国儿童文学主潮》,重庆出版社 2006 年版,第 168 页。
② 转引自贺宜:《1958 年儿童文学选》,中国少年儿童出版社 1959 年版,第 8 页。
③ 茅盾:《六〇年少年儿童文学漫谈》,转引自孔海珠编《茅盾与儿童文学》,少年儿童出版社 1990 年版,第 490 页。

四、审美向度的缺席

1960年以后,理论家明确地要求文学创作要为"阶级斗争"服务,一篇作品中若没有一个敌人,就要被扣上"阶级斗争熄灭论"的大帽子。在对立的话语系统中,小说在塑造人物形象时,要么是正面形象(解放军、游击队员)对应反面形象(阶级敌人、落后分子),要么是正面活动(自力更生、"三面红旗大放光彩")对应反面活动(自私自利、阴险毒辣等破坏活动)。提起嘎子,阅读者立刻会憎恨那个"笸斗脑袋,蛤蟆眼,一撮小黑胡"的肥田一郎;说到潘冬子,胡汉三的反面形象跃然纸上。可以说,这种二元对立过度简单化的思维倾向,在20世纪60年代后的儿童小说文本中明显带有浓厚的阶级意识。事实上,"如果小说不建立在个人经验的基础上,那么在共同熟知的政治的、伦理的、宗教的教条之下,一切想象都将变成雷同化的画面。而雷同等于取消了小说存在的全部理由"①。

因此,造成十七年革命历史题材的儿童小说结构模式单一、呆板甚至失真的因素固然是多样的,最主要的一点仍然是作家政治意识过度狂热,不管是自觉还是被迫,他们都不同程度地放弃了自己的个人经验与价值判断。除去一些儿童文学家对政治的狂热和对主观判断的自我舍弃外,时代政治意识形态的禁锢以及过于浓厚的理想主义情怀,也是最重要的原因。正因为此,鲜明的阶级印记和政治话语使十七年的革命历史题材儿童小说明显区别于20世纪30年代的"左翼"儿童文学的创作风范,也不同于新时期和平的文化语境中的校园文学。

---

①　曹文轩:《小说门》,作家出版社2002年版,第56页。

第四章
十七年文学时期(1949—1966 年)现实生活题材儿童小说述论

在共和国文学的发展史上,1949—1966 年的十七年文学时期早已成为一个不容史家回避的历史性存在。儿童文学亦是如此。"1949 年 10 月 1 日,中华人民共和国成立了,培养共产主义新人,帮助我们新的一代形成共产主义的意识、性格和理想,这最幸福最光荣的重任责无旁贷地落在了儿童文学作家的肩上。"①正如苏联作家阿·托尔斯泰所说的,"要注重加强儿童对祖国的热爱,培养和发展我们民族的一切特点,帮助我们的儿童成长为有自豪心的、有文化的强健的人",②这正是我们当时的需要。革命胜利后人民满怀的激情以及对未来充满憧憬,成为新中国成立后儿童文学发展的一个重要历史契机。面对千千万万"生在新中国,长在红旗下"的少年儿童,老一辈儿童文学作家和年轻作者们,都在为培养红色接班人,确立共产主义接班人崭新的人生观而奋力书写。

---

① 《多多地为少年儿童们写作》(专论),《文艺报》1955 年第 18 号,第 16 页,第 4 版。

② 苏联《文学艺术报》,1943 年 2 月 27 日。

第一节　现实生活题材儿童小说创作脉略

　　新中国成立至20世纪60年代初,文艺工作者以丰富的笔触描写刚刚获得解放的新社会,歌颂中国共产党,歌颂新人新事,歌颂新中国。现实生活题材儿童小说创作获得了丰收。它以广阔的题材、丰富的内容反映了现实社会生活的各个侧面,塑造了许多生动可爱的儿童形象,把儿童引向广阔的生活领域,在培养社会主义儿童,使其成为共产主义接班人的事业中,显示了无法替代的重要作用。

　　在这一特定的历史阶段,新中国和平建设中涌现出的英雄儿童、红色接班人的形象塑造成为作家们首要关注的问题。前者如贺宜的《刘文学》,赵琦的《草原英雄小姐妹》,陈广生、崔家骏的《雷锋的故事》,王路遥的《贫农的儿子》等。后者着力描写少先队的生活,展示新中国一代儿童在"队旗下"成长的过程,成为20世纪50年代中前期儿童小说创作最亮丽的一道景观。张天翼的《罗文应的故事》,冰心的《陶奇的暑假日记》,萧平的《海滨的孩子》,任大星的《吕小钢和他的妹妹》,任大霖的《蟋蟀》,马烽的《韩梅梅》,魏金枝的《越早越好》,等等,是这方面的代表。作品中各式各样、活生生的少年儿童形象应运而生:铁骨铮铮的"小英雄"刘文学、龙梅、玉荣、雷锋,管不住自己学习的罗文应,知错能改的陈步高,机智勇敢的陈国根,顽强坚毅的女孩韩梅梅,聪明能干的海滨孩子大虎,机灵爱动的松铬,性急的吕小钢和任性调皮的妹妹吕小朵等,形成了十七年文学时期现实生活题材的儿童"群英谱"。

　　这一题材创作者大多是年轻作家,多是中小学教师,他们有创作热情,熟悉儿童生活,能够客观真实地反应儿童思想性格的形成。注重把儿童的活动和广阔的社会背景紧密联系起来,使他们从比较幼稚逐渐变得比较成熟,在不断认识世界、认识自己的过程中成长。"一个个少先队员都是为红领巾而写的,用以反映我们祖国新一代的生活和理想、爱和憎。"(袁鹰)他们无疑都是很受当时小读者欢迎的。十七年期间这类儿童小说文本中,字里行间倾注着作家对新社会、对党和对青少年一代深厚的爱。其丰赡的社会内容、浓郁的生活气息、昂扬乐观的调子,在作家理性的叙事中,真实地再现了我国 20 世纪五六十年代初少年儿童的丰富多彩的生活,再现了他们在党、团和少先队组织的关怀、培养、教育下健康成长的过程。正因为此,20 世纪 50 年代至 60 年代初,被称为中国儿童文学的第一个"黄金时期"。

第二节　现实生活题材儿童小说中的儿童形象叙事

具体来看,作家根据题材选取的不同,十七年文学时期现实生活题材儿童小说中儿童形象叙事有三个不同的侧重点:

一、新中国的英雄儿童——英雄与传奇的倡导

十七年文学时期是一个狂热追求英雄的年代。在儿童文学创作中,英雄成为主流意识形态的重要载体。新中国的儿童虽然"生在新中国,长在红旗下",但是洋溢着崇高浓郁的英雄情怀。当国家、集体利益受到破坏时,他们奋不顾身,毅然决然地把个体生命抛却到脑后,这一类典型的英雄传奇儿童不断涌现,在作家笔端,他们不但是被反复歌咏的对象,亦是对新中国儿童进行阶级教育的良好素材。

《刘文学》是老作家贺宜以新中国第一个少年英雄刘文学为保护集体财产牺牲生命的故事为题材所创作的。1959 年 11 月 18 日晚,刘文学(1945—1959 年)为了集体的半背包海椒,不顾个人安危,与地主王荣学展开了搏斗,终因年幼力薄,被王荣学活活掐死,牺牲时年仅 14 岁。从情节设置来分析,虽然刘文学生活的背景是和平时代,但他被作家置身于"你死我活"的斗争场景中。面对集体利益财产受到破坏时,他毫不犹豫与地主展开的是"生与死"的搏斗。从审美意味来看,无论是对破坏公共财产、隐藏地主坏分子的斗争,还是与自己内心落后因子做斗争,小主人公毅然一副"大义凛然"、英

勇无畏的面孔。刘文学面对地主王荣学的极力收买和威胁,丝毫没有动摇保护集体利益的决心,最终在其自身道德意志严格内化过程中,牺牲了生命。再让我们从结局安排来看,如果作品中英雄儿童选择了集体利益,就只能选择牺牲和奉献一切。刘文学、龙梅、玉荣无一不是这样的。

在《刘文学》中,贺宜对新中国英雄儿童书写的主旨依旧是高度宣扬集体主义、英雄主义和爱国主义精神,极力推崇个人牺牲精神。同样,在《草原英雄小姐妹》中,蒙古族少女龙梅与玉荣为生产队里放羊时遇到暴风雪的袭击,姐妹俩顽强地和风雪搏斗,龙梅"冻得浑身发抖,两腿象冰棍一般",玉荣"一只脚冻成了坨子",但是她们内心只有一个信念:一定要保护好集体的财产。在小姐妹心里,"集体利益高于一切",不惜一切战胜困难的价值取向与20世纪60年代儿童文学的教育观是一脉相通的。"一心一意为人民服务""不忘阶级苦,牢记血泪仇""党的恩情牢记在心头",文本中这类引领性话语随处可见。在这种精神力量的感召下,国家的利益高于一切,"半背包辣椒""生产队里的羊"完全转化为国家财产,转化为小英雄心中信仰的国家利益。正义与邪恶、集体利益与阶级仇恨看似矛盾对立的叙事,恰恰是刘文学们成长为一个个少年英雄的重要契机。在那个年代,他们就这样被作家有意地用心地树立典型,凸显出人们对于完美英雄的传奇般期待。

毋庸置疑,十七年文学时期此类儿童小说崇尚高昂悲壮的审美趣味,对死亡、伤痛的表达常用一种极端夸张炫耀的笔法。作家所关注的显然不是受难者的苦痛,重要的是赋予它一种"战胜一切"的传奇形象化隐喻。"作家通过隐喻为病痛增加某种文学化的想象,来赋予它某种其他的附加意义。"[①]儿童成长中的死亡、伤痛没有过于复杂的隐喻色彩,它不过是为"小大人"曲折的成长设置的一种障碍,是一种考验,是战胜自我必须付出的代价,是由平庸到传奇成长过程中必须接受的磨难。

细读文本,我们不难得出这样的观点:作者为了迎合当时政治叙事的需要,小说文本在塑造一位英雄时,更着重于英雄的典型的、超乎常人的壮举。作者有意拔高了英雄的业绩,拉宽了小主人公的道德人格,塑造的多是一个

---

① 车红梅:《中国现代文学中的"疾病情节"》,《文艺争鸣》2005年第1期,第15页。

个"高大全"的小英雄形象。可喜的是,以上所提及的几篇,对于这些小英雄们,作者往往不是静止地、孤立地去写他们如何"正确""高大""英勇",而是把他们放在激烈斗争中,放在残酷的生活里,去考验、锻炼他,使之不断成长。在一定程度上,这一点弥补了十七年文学期间这类文本在结构上审美的一些缺失。

二、学校生活中的新儿童——"共产主义新人"理想的构建

1964 年,毛泽东告诫全党:"为了保证我们的党和国家不改变颜色,我们不仅需要正确的路线和政策,而且需要培养和造就千百万无产阶级革命事业的接班人。"[1]客观来看,新中国成立后甚至更早,一些作家们都在有意识地塑造着新中国的新儿童形象。"培养共产主义新人,帮助我们新的一代形成他们共产主义的意识、性格和理想",[2]这一时期的中国儿童文学自觉地担负起时代启蒙和塑造民族性格的任务,教育他们"时刻准备着,做共产主义的接班人,为共产主义事业而奋斗"。在这种高度集中的政治语境中,作家艺术思维集体内敛,作品思想艺术高度集中,在同一种叙事模式下用相同的话语意义制造出一个又一个新中国学校生活中"新儿童"形象。

张天翼发表于 1957 年的《宝葫芦的秘密》,塑造了在社会主义阳光滋润下成长的少年王葆形象:他从试图不劳而获、一劳永逸转变到热爱劳动,懂得了剥削可耻。长在新中国的新少年王葆,具备基本的是非观念;"宝葫芦"是好逸恶劳、自私自利的道德载体。随着情节矛盾的发展,王葆与"宝葫芦"两种思想斗争表现得越来越尖锐,他虽险些成为"宝葫芦"的精神奴仆,但是最终王葆"使劲一摔,就把这个宝葫芦摔到了河里"[3],走上彻底抛弃宝葫芦的道路。宝葫芦使王葆得到了"要什么有什么的这么一种特殊的幸福,但也

---

① 转引自:《关于赫鲁晓夫的共产主义及其在世界历史上的教训》,《人民日报》1964 年 7 月 14 日。

② 《多多地为少年儿童们写作》(专论),《文艺报》1955 年第 18 号,第 15—16 页。

③ 张天翼:《给孩子们》,转引自张天翼《宝葫芦的秘密》,人民文学出版社 1959 年版,第 154 页。

获得了真荒唐的烦恼"。①

《罗文应的故事》是张天翼这一时期儿童短篇小说的代表,被誉为 20 世纪 50 年代儿童文学的典范之作。老作家张天翼显然想通过罗文应来教育那些贪玩好动,自己管不住自己的孩子。六年级学生罗文应先是"自己管不住自己",在解放军叔叔和同学们集体的帮助下,罗文应"管住了"自己,最后加入了少先队。他的思想转变得益于集体的力量和少先队的帮助,在广大少年儿童中间产生了深刻的启发和教育功用。新中国成立之初,"儿童文学作者到学校里去,到儿童中去,写新一代的实际生活,塑造出新一代的典型形象,这已成为儿童文学创作的一个迫切任务"。② 张天翼就是深入了解孩子的生活,遇见了许多罗文应似的人物,并将这些人物进行了一一分析,然后按照作家的审美理想进行综合,才有了"罗文应"这一贴近实际生活的人物。

除此之外,在任大星描写学校少年儿童的作品《吕小钢和他的妹妹》中,描述从妹妹不爱学习,不听哥哥训教,到克服缺点,学习成绩提高,写出了妹妹吕小朵改正错误,克服缺点的成长过程。解放初期,资产阶级轻视劳动和劳动人民的思想现象,在社会上屡见不鲜,影响恶劣,成为中小学毕业生参加农业生产的障碍。老作家马烽在儿童小说《韩梅梅》中塑造的韩梅梅正是具有此种意义的典型人物,这个热爱劳动、坚毅顽强、具有高度社会主义觉悟的少年形象,使当时的广大青少年读者受到有益的启发和鼓舞。以上这些反映学校生活中典型的儿童形象的儿童小说,在一定时期满足了广大小读者的阅读需求,成为他们的精神食粮。作家们以广阔的书写视野、积极向上的主题追求、表现形式的多样化,使这些作品适时地发挥了教育少年儿童的作用。

儿童文学的教育性一直是十七年文学时期儿童文学家和理论家共同关注的问题,一些老作家解放后纷纷以教育儿童、培养共产主义革命接班人为己任。少年儿童被视为社会主义国家的小主人,学校是培养社会主义新人最直接的窗口,文本中,学校(党、团和少先队组织)对儿童的教育是立杆见

---

① 张天翼:《给孩子们》,转引自张天翼《宝葫芦的秘密》,人民文学出版社 1959 年版,第 151 页。

② 鲁兵:《教育儿童的文学》,少年儿童出版社 1982 年版,第 9 页。

影的,王葆终于摔掉了宝葫芦,罗文应最后加入了少先队,吕小朵学习成绩得到提高……由错误到正确,由落后到先进,教育的结果与外在政治因素相一致,与作家创作主观意识没有悖离。王葆、罗文应们自然成为当时对小读者起到正面教育的榜样,在促进其快快成长,锤炼其"共产主义接班人"品德上,显示了重要的教育功用。

综观以上作品,它们无一例外紧紧跟随时代的步子,具有强烈的"共产主义"理想色彩。从不同的角度反映了新中国儿童的幸福生活,塑造了许多关心集体、热爱劳动、助人为乐、爱护公物、拾金不昧等具有"共产主义"高尚品质的儿童形象。王葆好逸恶劳,想不劳而获;罗文应"自己管不住自己";妹妹吕小朵顽皮不爱学习;陈步高有些自私爱贪小便宜,孩子们并非完人,他们向着"共产主义"健康成长的结果必须要依附于集体的力量,党、团(学校)的培育,这一点是无可置疑的。文本虽着重突出叙述了他们由落后到先进的转变过程,而且在他们由落后到先进的转变氛围里,矛盾与斗争也层层设置,但是最终落后因子退场,先进、正义的力量获胜。由此可知,在"共产主义"理想的烛光炳照下,作家对时代均具有很强的认同感,这类儿童小说是绝对符合"共产主义"教育原则的,作品中的儿童形象深深打上"时代的烙印",他们的思想境界、生活准则因此而能够明显区别于其他社会制度或同一制度下不同时期的孩子。

三、乡村生活中的儿童——党和"成人"引领下的 乡村叙事

乡村是儿童活动成长更为广阔的天地。十七年文学时期侧重展现乡村儿童风貌的儿童小说因其独特叙事意蕴而自成体系。需要说明的是,这类乡村儿童形象与十七年儿童文学中新、旧时代的英雄儿童以及学校生活中的新儿童,是有交叉的,不是截然分开的,这个划分是很主观的。十七年儿童小说文本解读的用意不是进行截然分类,而是试图把握一些主题相对统一,具有时代共性的典型作品所传达的历史的回声。

儿童文学作家兼编辑任大星的《双筒猎枪》最初发表于1956年的《人民文学》,不久便被译成外文。它既是对黑暗的旧社会的控诉书,也是对富有

斗争精神的乡村少年儿童所唱的一首赞歌。新作家胡奇在 1959 年儿童小说发展举步维艰时,发表了《五彩路》,他用心书写了四个藏族儿童经过艰苦的斗争,终于实现自己的理想并且在党的关怀下锻炼成坚强的红色少年的过程。① 最擅长于"以小见大,以情动人"的乡村题材儿童小说《蟋蟀》,选择孩子们斗蟋蟀这样极为普通极为细微的题材,来反映农村少年热爱集体、热爱劳动,在党的教育下健康成长的大主题。小驹子、二牛和丫头是邱勋的儿童小说《微山湖上》中三个乡村儿童主角,作品表现的只是他们到微山湖上去放了半个月的牛的故事,但在这平凡的劳动中,展示小驹子和他的伙伴们的优秀品德:勇敢团结,热爱集体,热爱劳动,热爱微山湖的革命传统。而这些,也正是每个新中国优秀少年所共同具有的品质。

细读此类文本发现,这些作品中儿童个性具有多样性:有的文静柔弱,有的坚强泼辣,有的勇敢自负,有的个性俏皮;相反也有的自私落后,有的怯懦胆小,有的不爱劳动。孩子毕竟只是个孩子,他们都不可能是完美无缺的人。在这类文本中,着重叙述的是乡村孩子们从自私到无私、从怯懦到勇敢、从落后到先进的转化过程,这一过程往往都是党的教育、成人帮助的结果,"成人并不是一些无足轻重的'配角',应该把儿童的教育者和鼓舞者的形象写得鲜明、丰满,真正能成为儿童在成长中的榜样,成为儿童汲取精神力量的源泉"。② 小说中,乡村儿童们身上所具有的优秀品质或是在日常生活中表现,或是在紧张、惊险的情境中表现。但是在后一种情况下,乡村少年的勇气与机智,更是离不开党和成年人的培养。《微山湖上》小驹子夜进深湖,找寻母牛,得益于赵大叔的帮助。《五彩路》中如果没有浦巴叔叔、"解放军叔叔"引导帮助,"寻找一条五彩放光的路"对于困境中的小英雄们永远只是一个飘渺的梦幻。同样在段斌、昂旺·斯丹玲著的《林中篝火》中写到小猎人上山打猎,也是在成人的帮助下,才"转危为安",获取胜利的。揭祥麟著的《桂花村的孩子》里,如果没有党的教育、帮助,王家龙这个干练的少年,不但不可能取得成绩,反而可能把小队搞垮。

---

① 胡奇:《五彩路·勇敢者的歌代序》,人民文学出版社 1959 年版,第 1 页。
② 任大霖:《儿童小说的构思和人物形象》,锡金、郭大森、崔乙主编《儿童文学论文选 1949—1979》,中国少年儿童出版社 1981 年版,第 203 页。

因此,如何有力地表现少年儿童在党的教育下思想成长和性格发展的过程,是这类作品创作成败的关键。面对困难,孩子会犹疑会退缩,并不一定表现出特别的英勇。如果一味美化他们,必然会成为概念化、公式化的"小大人"。所以,在其身心逐渐完善成长的轨迹中,既不应夸大党的作用,也不应低估孩子们的水平,要恰如其分地表现他们"天天向上"的精神面貌。如前所述的罗文应、韩梅梅、陈步高、王葆等等人物,由于形象鲜明、表现恰切,已经在广大读者中留下了不可磨灭的印象,成为少年儿童的"好朋友"。同样,赵大云、月华、小驹子、王家龙这一群可爱动人的乡村儿童形象,由于作家忠实于乡村儿童的个体生命意识的展现,没有故意拔高或压制,他们所表现出来的可贵的优秀品质,如热爱劳动、团结互助、勇敢顽强等等,都是真实可信的;他们的行为,也都是符合实际,是孩子们力所能及的。

第三节　现实生活题材儿童小说创作萎缩与反思

不容忽视的是,十七年文学期间现实生活题材的儿童小说,自始至终受那个时代的影响,创作整体上是与各项政治运动、阶级斗争亦步亦趋的。1960 年前,儿童小说创作相对兴盛,出现了短暂的高潮,到 1966 年"文革"开始前,无可挽回地呈现整体萎缩势态。这里主要归结为以下几个方面的原因。

一、文学的政治功用思想影响儿童文学创作

1960 年以后,文学的政治功用思想统领着整个儿童文学领域,"政治挂了帅,艺术脱了班,故事公式化,人物概念化,文字干巴巴"①成了当时儿童文学的真实写照。这时的儿童文学往往过多地为政治所左右,以致在题材选择,手法运用等方面都受到一种无形的束缚。特别是 1961 年以后,作家们在

---

① 茅盾:《六〇年少年儿童文学漫谈》,转引自孔海珠编《茅盾与儿童文学》,少年儿童出版社 1990 年版,第 490 页。

呆板的审美教条的统领下,将文学看成革命事业的一部分,对正确的文艺观念与审美向度的犹疑与拿捏,直接导致了儿童小说创作总体上趋于萎顿。

二、"阶级斗争"的创作原则空前强化

1958—1959年,由于"极左"的阶级斗争思潮对儿童文学创作造成的影响,动辄就强调写"重大题材""阶级题材",对"温情主义""人性论"的批判此起彼伏。例如《达吉和她的父亲》,因"父女相会哭出来就是人性论",由此被戴上"温情主义"的帽子。十七年文学时期现实生活题材的儿童小说也无可避免地成了阶级斗争的工具,从题材择取到"阶级"主人公形象再到"阶级斗争"的话语均具有鲜明的阶级斗争倾向。刘文学、龙梅、玉荣等无一不是经作家有意拔高、深化,每一个细节都试图纳入阶级斗争的符号。这种"阶级斗争"创作原则空前强化,使一个个活生生的"少年小英雄"的个性形象因此严重受损。

三、儿童形象审美向度的缺失

与此相应,在阶级话语系统中,儿童形象塑造势必形成了正面形象—反面形象,正面活动—反面活动,正面话语—反面话语等二元对立的叙述模式。一个个"小大人"浓眉英姿、铁骨铮铮、满怀豪情的模样,面孔具有高度概念化、模式化、雷同化,传达出的思想意识高度集中单一,缺乏"言尽而意无穷"的审美意蕴。[①]

事实上,"如果小说不建立在个人经验的基础上,那么在共同熟知的政治的、伦理的、宗教的教条之下,一切想象都将变成雷同化的画面。而雷同等于取消了小说存在的全部理由"[②]。作为一种阶级斗争意识形态构建的组成部分,到"文革"前,十七年文学时期现实生活题材的儿童小说终究无可挽回地走向萎缩。

---

① 邱勋:《塑造鲜明生动的人物形象》,贺宜主编《儿童文学研究》丛刊,少年儿童出版社1980年第4期。

② 曹文轩:《小说门》,作家出版社2002年版,第56页。

第五章
曹文轩儿童小说的苦难美学

鲁迅先生说过,"十余年后,皆为成人,一国励衰,有系于此"。他指出儿童对于一个国家和民族发展的重要性。中国儿童文学从 19 世纪中后期开始萌芽,经过一百多年的发展,虽几经坎坷,但绵延未绝。"一个时代取代另一个时代,是一批名词驱逐了另一批名词,一些概念覆盖了另一些概念。"① 20 世纪 80 年代,曹文轩站在"承担塑造未来民族性格"的高度,创作了一系列在"苦难"中不断超越,最终获得自身救赎的儿童形象。正如曹文轩所强调的"一味的快乐,会使一个人滑向轻浮与漂浮,失去应有的庄严与深刻,傻乎乎的乐,不知人生苦难的咧开大嘴来笑,是不可能获得人生质量的"。儿童成长过程中的"生命不能承受之重"的苦难,能使少年儿童顿悟生命之痛,能够激发少年儿童潜在的生命意志,也使少年儿童稚嫩的心灵得到净化,具有很高的美学价值。但是曹文轩在叙述儿童的苦难时,并没有波澜壮阔史诗般的场面描写,而是像江南水乡的河水一样,缓缓流淌,偶泛微澜。这些苦难,使人失望但并不绝望,使人伤怀但并不悲痛,使人气愤但饱含同情。曹文轩用纯净优美的文字述说着少年成长过程中的苦闷、失落、孤独、忧郁、甚至伤心、仇恨、矛盾、冲突。儿童也是人,虽然其心智尚未成熟,但是他们跟成年人一样也有着自己的喜怒哀乐,或许这些情感比成年人的感情更加丰富,更加微妙。

① 罗沁:《21 世纪儿童文学关键词研究》,中南大学硕士论文,2013 年。

第一节　曹文轩儿童小说创作述略

曹文轩是我国著名儿童文学作家,曹文轩的文学创作一般被认为分为两个阶段,从时间上来看当是以 1991 年长篇小说《山羊不吃天堂草》的发表为界。这之前曹文轩的作品多为短篇,主要有小说集《忧郁的田园》《暮色笼罩下的祠堂》等,之后的创作则以《草房子》系列、《红瓦》、《根鸟》、《青铜葵花》等长篇小说为主。但两个阶段的创作始终贯穿着这样的主题,即苦难与少年成长。通过这些小说我们认识了以细米、桑桑为代表的因为父亲的关系而唯唯诺诺的小主人公们,我们也认识了以秃鹤、青铜为代表的因为自身缺陷被人嘲笑的小小少年,我们还见证了纸月、蔷薇这些因为身世原因而被人看轻的少女们的成长史……

曹文轩从 20 世纪 80 年代登入文坛,他的作品屡获国内外大奖,不仅得到了读者的喜爱,也得到了评论界的认可。曹文轩以一种新的儿童观、文学观、创作观,在现实主义与现代主义之间插上了第三块路标,为中国儿童文学与世界接轨找到了新的途径。曹文轩以儿童为本位,通过对儿童艰辛成长历程的叙述,让儿童学会勇敢面对人生中的挫折,体验人性的真善美。"苦难成长""唯美""古典主义""儿童本位""悲悯情怀"等成为研究曹文轩儿童小说的关键词。儿童成长不应一味的只有快乐,应该让儿童在体味人生的庄严深刻的同时,获得高质量的人生。曹文轩儿童小说的创作自觉承担着塑造民族未来性格的重任,作品中的小主人公多是生活在物质匮乏的时代,经历了孤独、无助、忧郁、误解、迷茫、缺少关爱等种种生活的苦难。儿童在苦难中成长着,这些苦难的生活像一笔财富给他们带来精神上的洗礼,让他们对人生有更加深刻的领悟。

第二节　苦难概念的界定

苦难是人生不可避免又不可或缺的元素。这个主题常常被多种文学艺术形式诠释,有人在苦难中消亡,有人在苦难中奋斗,有人在苦难中苟活。曹文轩多次强调,"人存在着,其本质必然是悲剧性的;人面对自然,面对社会,面对自己,都不可避免地陷入困境——甚至是不可克服的困境"①。"文学的基本使命之一就是在这样一些较高的社会学层面上来表现人的永无止境的痛苦以及在痛苦中获得的至高无上的悲剧性快感。"②

苦难是作用于人的主观意志的、是直击心灵的,苦难是人由于现实的苦难处境而使精神上遭受巨大的痛苦和折磨。古典文学中有多种文献记载苦难。晋末宋初诗人颜延之有《秋胡》诗曰:"有怀谁能已,聊用申苦难。"《水浒传》第五十三回:"把我撇在此间,教我受此苦难。"清代唐甄《潜书·劝学》中写道:"道者,其中无苦难之事,有便安之利。"在《现代汉语词典》中苦难有两种解释:一种是指痛苦和灾难,是一种客观存在。第二种解释为遭受痛苦和灾难,是主体对于客体的一种感受。张宏在《新时期小说中的苦难叙事》一书中谈到张承志作品中的苦难叙事时,对苦难和贫困做了细致地区分:

苦难不等于贫困,对苦难的张扬肯定不等于对贫困的认同。苦难是主体对现实生存的感受,是对人生命运的深层次思考,它经常和矛盾与反抗联系起来,是一种积极的、形而上的探寻意识。而贫困仅是现实状况的一种描述,它经常和精神麻木与愚昧联系起来,代表着物质与精神的双重空缺,是属于低层次的、形而下的。③

---

① 曹文轩:《20世纪末中国文学现象研究》,北京大学出版社2000年版,第119页。
② 同上。
③ 张宏:《新时期小说中的苦难叙事》,中国传媒大学出版社2009年版,第92页。

追根溯源,苦难的根源来源于人们不可抗拒的"非自我力量",它们可能是大自然,可能源自人类自身,也可能是冥冥之中的命运,正是由于这种力量的不可抗拒性,人类才在这种力量面前屈服,才会有"痛苦"。但是,在儿童文学中,"苦难"的根源到底是什么? 如果做终极追问的话,那么少年儿童苦难的根源是爱的匮乏。少年儿童懵懂无知,心智低下,应得到更多的爱的呵护。这种爱是父母、亲人的爱护、是朋友的尊重,也是社会的关爱。① 曹文轩的儿童文学创作,自始至终在坚持着让孩子们"理解生命之痛,培养健全人格"的这种写作理念。

第三节　曹文轩儿童小说苦难的内涵

少年儿童的成长,是儿童文学不变的主题。曹文轩的儿童小说用唯美诗化的语言述说儿童艰辛的成长历程,给享乐主义盛行的当下构筑了一片安静、严肃、庄严的天空。在曹文轩的儿童小说中,少年儿童的苦难成长有着深刻的内涵。少年儿童在苦难中,忍耐、坚持、反抗,以致达到最终自身的救赎。

其一是苦难中的欢乐。曹文轩笔下儿童成长中的苦难叙述,并非是使人绝望的苦难。少年儿童虽然经历着沉痛的苦难,但是我们仍然能够看到童年生活的纯真美好,总能在生活的艰辛中找到欢乐,这源于作者对少年儿童成长的关爱和真正的乐观主义精神。这种苦难中的欢乐更加的弥足珍贵,使人们在苦难面前团结、无畏,甚至勇于牺牲,更加展示了人性之美。② 曹文轩的代表作《青铜葵花》就是这样一部作品。小说讲述的是青铜和葵花一家人复杂辛苦的生活,生活虽然艰辛痛苦,但是细细品读,总能体会到生活苦痛后隐藏的快乐与甜蜜。这种快乐与甜蜜背后,苦难始终如影随形,小小主人公承载着苦与乐的粘着剂便是永恒的爱。在《青铜葵花》第四章《芦

---

① 刘士林:《苦难美学》,湖北人民出版社 2004 年版,第 3 页。
② 王泉根:《现代中国儿童文学主潮》,重庆出版社 2004 年版,第 125 页。

花鞋》中作家写道：

> 青铜不好意思地蹲了下去，但还是在不停地笑，笑得头发上的积雪哗啦哗啦地掉进了脖子里。
>
> 看着他的人小声说："这个孩子中了笑魔了。"
>
> 终于不笑了。他就蹲在那里，任雪不住地落在他身上。蹲了很久，他也没有站起来。见到他的人有点儿不放心，小声地叫着："哑巴。"见没有动静，提高了嗓门："哑巴！"
>
> 青铜好像睡着了，听到叫声，一惊，抬起头来。这时，头上高高一堆积雪滑落到地上。

　　青铜一家人为了让葵花过上更好的生活，夜以继日赶做了一百双草鞋。寒风刺骨，天寒地冻，青铜背了一百双草鞋去油麻地集市上卖，他想得更多的是能挣到钱，能够让葵花过上好生活，于是就什么也不怕了。这个淳朴的乡村少年站在雪地里忘记了寒冷的痛苦，沉浸在自己想象的欢乐之中，像中了魔似的。有了对葵花妹妹的爱，在苦难中青铜也能感受到欢乐，此时的文本叙述淡化了兄妹俩生活中苦难，彰显了苦难之中青铜和葵花的兄妹情深。

　　其二是苦难中的悲悯。曹文轩儿童小说中苦难的特点是哀而不伤，充分体现出作者的悲悯情怀。这些苦难对儿童的成长有巨大的帮助，是儿童成长的"灾难的礼物"，更是儿童成长的驱动力。[1] 在《草房子》中，每个小主人公都遭受了形式各异的苦难，比如嘲讽、孤独、迷茫、忧郁与无助。例如秃鹤：

> 那天下大雨，秃鹤没打雨伞就上学来了。天虽下雨，但天色并不暗，因此，在银色的雨幕里，秃鹤的头，就分外的亮。同打一把红油纸伞的纸月与香椿，就闪在了道旁，让秃鹤走过去。秃鹤感觉到了，这两个女孩的眼睛在那把红油纸伞下正注视着他的头，他从她们身边走了过去。当他转过身来

---

　　① 沈清欢：《苦难与温情——评曹文轩的成长小说》，《作家》2013 年第 10 期，第 1-2 页。

看她们时，他所见到的情景是两个女孩正用手捂住嘴，遮掩着笑。秃鹤低着头往学校走去，但他没有走进教室，而是走到了河边那片竹林里。

　　因为陆鹤是个"十足的小秃子"，被油麻地的孩子称呼为"秃鹤"。随着陆鹤年纪的增长，他也意识到了自己的秃头是别人眼中的笑料，这让他在同学中很尴尬。出于儿童强烈的自尊心，他处处想极力掩饰他的秃头——他讨厌别人摸他的秃头；他对丁四的嘲笑做出强有力的反击；对同学们的态度却显得无可奈何。当陆鹤戴着父亲给他新买的鸭舌帽，带着"几分俊气与光彩"走进校园，他显出了十足的自信。但是一次次被桑桑捉弄后，秃鹤从此"破罐子破摔"——在寒冷的冬天顶着个光脑袋；在汇操比赛中竟敢摘掉自己的帽子。汇操事件使陆鹤招致了全校师生的埋怨，他更加的孤独了。直到最后陆鹤在全乡文艺汇演中出色的表现，为油麻地小学赢得了荣誉后，陆鹤真正赢得了同学们尊敬。

　　陆鹤被嘲笑是因为他的秃头，被尊敬还是因为他的秃头。从被嘲笑到被尊敬，陆鹤经过了复杂而深刻的心路历程。这种历程对于一个十多岁的孩子而言是终生难忘的，这也是其人生成长之路。从陆鹤的心路历程中我们可以看出，曹文轩在述说小主人公在遭受这些苦难的过程中，更强调精神苦难对主人公的影响。这些精神的苦难给他们幼小的心灵带来强烈而深刻的震荡，让他们在苦难中历练，学会如何正确地面对人生中的苦难，给予他们大彻大悟的启迪。

　　其三是苦难中的救赎。瘦弱的少年通过四天四夜在荒野上的奋斗终于把海牛牵回了家；以哭丧为生的银桥奶奶的坟上回响起一个小女孩幽远而纯净的哭声；为了一时的崇高冲动受尽屈辱与悔恨的小号手在死亡中得到了永久的解脱与安宁；孤苦无依的秀秀在充满灵性的柳树妈妈的庇护中走向了遥远的哈佛大学；万念俱灰的小姑娘在蔷薇谷中重新获得了生存下去的勇气；无力辩白的何九在忍辱负重中以卖田螺的方式终于捍卫了自己的尊严……在苦难中获得救赎，是曹文轩儿童小说主题的一个特点。这种主题选择倾向源自于作者的儿童文学观，他试图塑造精明强悍的当代中国儿童，也源自于作者对理想、正义和善良等道义原则的追求。

第四节　曹文轩儿童小说中的苦难情绪形成原因

儿童文学永远离不开儿童成长这一主题,苦难与人类社会的发展如影随形。那些不可预测的自然灾害吞噬了我们的家园,疾病、贫困又折磨着我们的身体,但往往最令我们难以承受的就是精神上的苦难,但即便如此,我们也必须去面对这些苦难。芮渝萍对成长小说这样阐释:成长主人公的年龄一般都是18岁以下的青少年、小说的内容具有亲历性,小说的叙述模式基本为"天真—迷茫—考验—顿悟",成长的结果总是主人公在经历了生活磨难之后,获得了对社会、对人生、对自我的重新认识。① 在曹文轩的儿童小说中,苦难更是永恒的主题,小说中主人公的成长总是伴随着各种各样的苦难,正是经过了这些苦难的洗礼,这些小主人公从懵懂无知走向了成熟,学会了成长。结合儿童文学的成长模式以及作家自身特点,笔者将曹文轩儿童小说中儿童成长模式归结为以下几点:

一、身临其境:难以忘怀的童年记忆

在曹文轩的儿童小说中,我们经常会被作者带入到一个叫做油麻地的南方小乡村,那里有大片的芦苇,矮矮的山坡,绿莹莹的草甸以及绚丽而又祥和的夕阳,这一切的一切都有着他故乡的影子。作者出生在江苏盐城的一个小山村里,父亲是当地的一个小学校长,他在那里生活了二十年之久,在那里他经历了太多太多的故事,这也为他以后的文学创作积累了丰富的生活经验。他曾经说过:"二十岁之前的我,是个地地道道的农村孩子。回忆往日,我总能看见一个永恒的形象:一个瘦小而结实的男孩,穿着脏兮兮的破衣,表情木纳而又充满野性地站在田野上。"这就是作者自己的写照,正是因为他的此种经历,所以在曹文轩的作品中他塑造了无数个"自己"。

---

① 芮渝萍:《美国成长小说研究》,中国社会科学出版社2004年版,第4页。

《草房子》中纯真、调皮的小男孩桑桑;《细米》中那个爱脸红、又富有艺术天赋的农村男孩细米;《青铜葵花》中那个善良、纯洁又孩子气的哑巴少年青铜皆有作者"自己"的影子。这些主人公大都是生长在农村的少年,他们面临的苦难同时也是作者在成长过程中经历过的苦难。例如细米那种无法言说,无人理解的孤独;桑桑在得上怪病后身体备受折磨的痛苦;哑巴少年青铜所承受的贫穷的生活带给他的压力……这些主人公的成长经历都是在这片乡野之地完成的,他们在这乡野之中经历了重重磨难和痛苦,在逆境中学会了承受与坚强。与其说书中叙述的是这些主人公的成长过程,不如说是曹文轩自己的成长历程。因此可以说,正是曹文轩本人的童年经历,才使他能够用笔为油麻地的小主人公描绘一段段不可复制的成长历程。

二、化蛹为蝶:沉痛的苦难情结

苦难是曹文轩儿童小说中一个永恒的主题。作者曾经说过儿童文学不能回避生命之重,所以在他的笔下塑造了无数个历经苦难的小主人公,他总是倾向于淋漓尽致地去叙述着他们的不幸与苦难。

《海牛》中那个与瞎眼奶奶相依为命的少年海牛;《青铜葵花》中自幼丧母后又失去父亲的城市女孩葵花,终日与一头水牛作伴的哑巴少年青铜;《草房子》中那个家道中落的杜小康;《山羊不吃天堂草》中那个因为尿床的恶疾,每天自尊心都备受折磨的农村少年明子……正如申景梅在《论十七年儿童小说中儿童成长模式》一文中曾经谈到:叙述苦难为主题的儿童小说中人物成长模式单纯又单一,可概括为:身体受难—遇到障碍—精神提升—克服障碍—取得进步(获得胜利)。[①]

这些小主人公无一例外地在他们成长的过程中经历着各种各样的苦难。《狗牙雨》中的杜元潮家乡发了洪水,母亲在洪水中去世,父子俩相依为命在富人家里帮工,最后又被辞退;《阿雏》中的阿雏在一场洪水中失去了亲人,从此成为了孤儿,他既要承受着没有人理解的孤独感,又要把自己伪装成一个以欺负他人为乐的混世魔王;《纸月》中纸月因从小没有了父母总是

---

① 　申景梅:《论十七年儿童小说中的儿童成长模式》,《燕山大学学报(哲学社会科学版)》2009 年第 1 期,第 56–59 页。

遭到其他孩子的欺负,因为总是被桑桑保护,她和桑桑又成为同学们取笑的对象,最终她伤心地离开了油麻地小学;《细马》中那个被过继来的小男孩细马,因为口音的问题被人嘲笑,在他以为生活向好的时候,一场水灾毁掉了一切;另有《蔷薇谷》中那个母亲偷情,父亲自杀的女孩;以及《海螺》中那个背负着偷船罪名的何九……

曹文轩笔下的每一个小主人公都经历了这样或那样的苦难,因为这些苦难的洗礼,他们最终成为了一个个完整的人。苦难并不仅仅是他们身体上承受的痛苦,更多的是心灵上承受的孤独、自卑与伤心。这种苦难可能是因为贫穷所带来的自卑感,也可能是少年成长过程中必须经历的孤独感,还可能是亲人离开,不能接受死亡的痛苦……苦难使这些小主人公在各自的生活中逐渐从懵懂走向了成熟。曹文轩总是热衷于讲述这些在苦难中成长的少年,他向我们展示的好像是一部部少年苦难史,为什么他如此乐此不疲地向读者们去展示这些苦难呢? 他自己曾经说过:

苦难给了我幻想的翅膀,我用苦难去弥补我的缺憾和空白,用幻想去编织明天的花环,用幻想去安慰自己,壮大自己,发达自己。苦难给了我透彻的人生经历,并给我的性格注入了坚韧……①

曹文轩在《青铜葵花》"美丽的痛苦"中写道:"苦难几乎是永恒的。每一个时代,有每一个时代的苦难。苦难绝非是从今天才开始的。今天的孩子用不着为自己的苦难大惊小怪,更不要以为只是从你们这里开始才有苦难与痛苦的。人类的历史就是一部苦难的历史,而且这个历史还将继续延伸下去。"苦难在人的成长过程中,尤其对处在世界观、人生观、价值观迅速发展的少年儿童有着重要的意义。苦难是人生难得的财富,主人公在苦难中精神世界得到升华,这也是苦难对于人的成长的意义所在。真正的乐观主义,是在体验苦难之后的真正的、有质量的快乐。少年儿童在初涉苦难时,可能感觉无法承受,感觉自己是被世界抛弃的最悲哀的人,然而他们会

---

① 曹文轩:《名家少年之曹文轩》,二十一世纪出版集团 2016 年版,第 16 页。

在苦难的承受中领略到一种源自内心深处的快感。每个人都是独一无二的,经历了苦难磨砺的人更拥有了内心的强大。少年儿童在苦难中历练个性,在苦难中塑造品格,在苦难中发展人格。

三、成年人:少年成长路上的引渡者

儿童文学与成人文学最大的不同在于描写苦难时,身处困境的成年人会将自身的救赎寄托于理想、宗教等信仰之中,例如在《平凡的世界》中,对于每天都在忍受着饥饿,忍受着贫穷的少平来说,《红岩》《钢铁是怎么样炼成的》这些先进的书籍就是他人生路上的一盏明灯,引领着他毫无畏惧地向前走去。但儿童在成长路上的引领者往往是一个或几个人,是心理成熟的有人生经验的成年人。曹文轩的儿童小说中写出一个个小小少年的成长足迹,阅读文本的同时,我们也见证着他们一个个从懵懂走向了成熟。文本中,在儿童们身处困境迷茫退缩时,总会出现一个引路者,引导他们前进,带给他们勇气和力量,最终使他们健康成长。这些引路者主要是成年人,当然也可能是某个物,某一段经历,他们往往不是书中的主角,却与主角有着千丝万缕的联系,对于推动人物故事情节的发展,烘托主要人物形象起到了不可小视的作用。①

《细米》中的梅纹姐姐就是细米成长路上的引路人。细米在第一次见到梅纹时,就被梅纹身上那种陌生而又亲切的举止深深吸引着,细米不爱学习,总是喜欢一个人拿着小刀到处乱刻,身为校长的父亲拿他真是一点办法都没有,但梅纹能够以她温柔而强大的力量影响着细米,梅纹是年长的,她相对于细米来说是一个榜样,指引着细米向一个美好的方向积极靠拢,最终细米正是在梅纹的引领下,变得干净、礼貌、整洁,变得坚强勇敢,勇于承担。

《山羊不吃天堂草》中的明子从宁肯饿死也不愿吃天堂草的山羊身上学会了正直,实现了他精神上的跨越,最终完善了自己的人格。当他拿着封门窗的定金时,他的心里有过一段激烈的争斗,最终他还是做出了趋向于高尚的选择。

---

① 曹文轩:《美丽的痛苦》(代后记),选自曹文轩《青铜葵花》,江苏少年儿童出版社2005年版,第245页。

《药寮》中桑桑得了一场怪病,被郎中宣告命不久矣。桑乔四处带着他寻医问药的过程中,这个十二岁的少年仿佛突然长大了。他甚至学会了从容地面对死亡,他拖着病痛的身体背着妹妹上一次城墙,去完成曾经对妹妹的承诺。

城墙顶上那么大的风,却吹不干桑桑的汗。他把脑袋伏在城墙的空隙里,一边让自己休息,一边望着远方:太阳正在遥远的天边一点一点地落下去……

桑桑此前是一个"官二代",他调皮、任性、懦弱、胆小,这样一次直面死亡的经历,使他学会了承担与珍惜。桑桑在这时完全成了一个大人,他勇敢地正视自己终将离去,他想在最后的日子里努力为亲人做一些事情。小说的结尾突然反转,原来桑桑只是得了普通的鼠疮。但就是这一段经历,让桑桑发生了很大的变化,在文章的最后写道:

桑桑看着天空飘起的那一片淡蓝色的硝烟,放声大哭起来。桑桑虽然没有死,但桑桑觉得他已经死过一回了。

另外还有《根鸟》中的板金叔叔。当根鸟在旅途中迷茫犹豫之时,是他点醒了根鸟,坚定了根鸟一定要走到菊坡的信心。《青铜葵花》中的青铜一家,在葵花无人领养时,向葵花伸出了双手,给葵花一个幸福的家。青铜一家人用朴实善良温暖着葵花的心,同时因为葵花的到来,青铜也在发生着变化。《阿雏》中的阿雏因为沉船事件失去了父母,村民们对他怀有深深的愧疚之意。他故意做一些讨人厌的事情去报复村民,这个时候的阿雏是孤独的。他怀着恶意故意将大狗困在了芦苇滩上,最终这些经历唤起了他内心的良知,他拼尽力气救了大狗后离开了人世。阿雏虽然离开,但他成长为一个成熟独立的人,最终大狗深受阿雏的影响。他说:"阿雏哥走了,阿雏哥是光着身子走的。"我们相信在大狗的心中阿雏永远活着,而大狗也会以一种更加成熟、善良的姿态继续生活下去。

当我们对曹文轩笔下的儿童小说小主人公的成长史进行考察之后发现：他们都是孤独的，这种孤独如影随形，父母和长辈的不理解更是将他们推向了孤独的深渊，虽然成长是儿童自己的事情，儿童也必须自己去正视成长过程中的苦难，但是这些一个个筑起心墙的小主人公怎么能够凭借自身的力量去成长？文本中这些引渡者的设置，是主人公成长的必要条件。这样的角色存在的意义，就在于他们时时刻刻能够引领这些少年去经历苦难，获得成长。

第五节　曹文轩儿童小说中苦难的美学价值

曹文轩的儿童小说创作还坚持"永远的古典"的理念，用唯美的文字述说苦难。"曹文轩在他用'感性的、直觉的、审美的'方式构筑的悲剧世界中，让我们看到了悲剧后面的温情与美丽，看到了作品蕴含的悲悯之美……。'悲悯'就是用智慧宽广的胸怀来怜恤同情苦海中的世人。"①在曹文轩的儿童文学作品中，他并非一味地否定儿童文学应该给少年儿童带来快乐，他之所以强调儿童成长中的苦难元素，目的在于呈现孩子们经受苦难洗礼后的乐观主义精神，让儿童在苦难中顿悟生命之痛，去净化他们幼小的心灵，激发他们顽强的生命意志。

一、生命之痛的顿悟

人生不过百，有的昙花一现，有的长命百岁，死亡将是人生最后的结果。尽管如此，人们还是顽强地同生命中的苦难做着反抗。正如曹文轩在《青铜葵花》的扉页上写道："谨以此书，献给曾遭受苦难的人们以及他们的子孙。"如前所述，青铜是个哑巴，他生活中经历了超出常人的种种苦难。在葵花返城之后，用尽平生力气喊出的一句"葵——花！"才显得更加痛彻心扉。在葵

---

① 沈清欢：《苦难与温情——评曹文轩的成长小说》，《作家》2013 年第 10 期，第 1-2 页。

花走后,书中是这样叙述青铜的:

> 他没有哭,也没有闹,他只是整天地发呆,并且喜欢一个人钻到一个什么角落里。
>
> 无论是刮风还是下雨,青铜都一整天坐在草垛顶上,有时,甚至是在夜晚,人们也能看到他坐在草垛顶上。

葵花走后青铜是孤独的,比他在遇到葵花之前还要孤独,在遇到葵花之前他虽然也是一个人,但是现在的他已经与葵花建立了深厚的感情,葵花是他的亲人,是他最亲爱的妹妹,他总是尽自己最大的努力去爱护这个妹妹。现在她离开了,可是他说不出话来。青铜在遭受了葵花离别后对生命之痛产生的顿悟,是青铜那句对"葵花"的呼喊,它将葵花永远留在了大麦地里,永远留在了他的心中。

二、稚嫩心灵的净化

曹文轩的儿童小说是以儿童为本位的。无论以什么方式呈现儿童的苦难,他的核心是"促使儿童健康地成长。所有的苦难感受,都是以人的视阈,以人的主体意识为出发点的,因此它最终势必是人的精神层面的反映。"①少年儿童的成长更重要的是心灵的成长,儿童从呱呱坠地来到这个陌生的世界,在人之初时便开始感知这个世界的一切,他们情感单纯、简单、真挚,但是人的成长并非一帆风顺,他们必须经历苦难才能得到真正意义上的成长,在《山羊不吃天堂草》中写道:

> 在这似乎漫长无尽的煎熬中,明子的灵魂也在静悄悄地增长着韧性。心底深处的羞耻感,却在激发着种种可贵的因素:自尊、忍耐、暗暗抗争、不低头颅、不受他人欺骗、怜悯一切受苦的人……痛苦反而使他对人生和生命有这种年龄上的孩子所没有的体验和成熟。若干年以后,当他成为一个堂

---

① 王黎君:《中国现代文学中的儿童视角》,《文学评论》2005 年第 6 期,第 98-106页。

堂正正、地地道道的男人时,他会感谢身体的痛苦和童年时所受过还将不断受到的生存和生活的苦难的。

明子从一个年少无知的农村少年进入城里打工,他经历了太多的苦难。正是这些苦难才使他真正成长起来,这种成长并不仅仅是身体上的成长,更多的是心灵上的成熟。儿童在成长过程中会遇到各种人生困扰,会做出各种的抉择。苦难的经历对儿童的成长是必要的,他们在苦难中学会思考,学会理解,学会感恩,在苦难中稚嫩的心灵得到净化,精神得到升华。当他们回首往事时会倍加珍惜苦难岁月给他们带来的精神启迪。

三、健全人格的发展

少年儿童的人格正处于形成期,他们是非观念模糊,但对未来充满了好奇。因此对少年儿童的正确引导和教育有助于他们良好品格的形成。曹文轩坚守"塑造未来民族性格为天职"的儿童文学观,儿童只有经历苦难的洗礼,才能塑造良好的人生品质。①《草房子》中杜小康的形象,是曹文轩成功塑造的经典少年。杜小康本是作者着力刻画的"正面形象"之一,在学习上他与桑桑不相上下,同时又关心集体,勇于担当,是老师眼中的"好少年",同学眼中的"好班长"。但杜小康毕竟是孩子,在"红门风波"后,家境殷实的杜家因为偶然沉船事故走向衰败,杜小康便跟着父亲开启了一段"孤独之旅",此时他开启了真正意义上的成长。《草房子》第八章《红门》(二)中写道:

这时,杜小康倒希望他的父亲杜雍和仍然瘫痪,然后,他撑一只木船离开油麻地,去给他治病。但杜雍和已能立起,并且已能扶着墙走路了。照理说,他还需治疗,但杜家实在已经山穷水尽,他不能再继续借钱治病了,杜小康还从未领略过如此深切的孤独。

苦难在折磨着曾经家境殷实的杜小康,同时也在教育着他,在经历了这

---

① 王晓翌:《试论儿童文学作品中的形象塑造》,《陕西师范大学学报(哲学社会科学版)》2006 年第 3 期,第 168-169 页。

些苦难之后,他比油麻地的其他孩子都更加了解世事艰辛,他放下了少年们所谓的自尊心,他在校门口摆起了小摊,他再也没有了曾经的那种虚荣心,他真正懂得了生活的意义。如果说苦难就是一种锤炼,那么梦想是一种支撑。纵观曹文轩的儿童小说,值得注意的是,小主人公的成长基本在伴随着苦难的同时,他们心中还有梦想。无梦的孩子是可悲的,杜小康和细米们一直在追随着自己的梦,同时也实现了自己的成长。他们在战胜苦难成长的过程,也是一个个寻梦的过程。

人类的发展就是一部充满苦难的历史。自然灾害让人们猝不及防,生活挫折让人们看清人生现实。人生没有十全十美,苦难总是与美好相伴相生。对于曹文轩笔下的儿童,在苦难中成长是其不变的主题。桑桑从没想过自己的生活会与"绝症"有关,曾经的顽童一次次地回忆着自己所经历的生活,不是后悔,而是成长,因为他最终明白,在生命即将结束之时,他已经历过人生。对阿雏而言,孤独难耐的苦难更有深度。面对身体残疾、生死关头、遭遇不公、天灾人祸等等苦难,曹文轩笔下的孩子们没有丢弃内心的善良,甚至会选择舍生取义,他们人格的成长才是经受苦难最大的意义之所在。

第六章
秦文君成长小说论

秦文君始终都是一位优秀的儿童文学作家，她写出了许多极具代表性的儿童作品，获得众多奖项。她的作品形式多样，包含短、中、长篇小说和散文随笔，主要以儿童小说创作为主。她总是能够捕捉到儿童生活中的成长变化，并通过作品得以感性地表达，作品颇受青少年读者的喜爱，被誉为"新时期少年儿童心灵之作"。

第一节　成长小说的概念界定

成长，是个体生命中的十分重要的一部分，也是文学作品着重去描写表现的主题之一。在中国当代文学中，这个概念一直到20世纪90年代才得以确立。随着儿童文学领域的不断拓展，成长更是成为了儿童文学创作的重要主题。成长小说作为儿童文学重要的部分，也在不断地进行着更新。

无论是从整个人类的发展史还是个体发展变化来看，成长都是一个不可或缺的主题。20世纪80年代，以秦文君、曹文轩为代表的成长系列小说陆续发表。这些小说与传统的儿童小说不一样，它们详细描写了儿童整个成长过程。但之前这种写作往往被称为"成人写作"，2002年以来，学界陆续有《曹文轩成长小说中的人文关怀》①《曹文轩成长小说论》②等论文发表，"成长小说"这一概念逐渐在中国儿童文学研究领域成熟起来。但"成长文学"的概念、内涵及其审美风貌至今是儿童文学界讨论的热门话题。

莫迪凯·马科斯在其论文《什么是成长小说》中作出如下定义：成长小说展示的是年轻主人公经历了某种切肤之痛的事件之后，或改变原有的世界观，或改变了自己的性格，或两者兼有；这种改变使他摆脱了童年的天真，并最终把他引向一个真实而又复杂的成人世界。在成长小说中，仪式本身可有可无，但必须有证据显示这种变化对于主人公会产生永久的影响。③ 由以上定义可以看出：主人公在事件中改变了自己的性格或是价值观；正是因为有了这一变化才使他成熟长大。在成长小说中，仪式典礼是可以选择的，但要对主人公有永久的影响。儿童在成长过程中，通过各种各样的挫折和困难，最终会找到正确的道路，最终能够实现他们人生的价值。

第二节　秦文君儿童小说创作述略

秦文君从 20 世纪 80 年代开始写作至今，已经走过 40 多年的创作历程。期间经历了 20 世纪 80 年代、20 世纪 90 年代和 21 世纪以来三个创作阶段。她的成长小说逐渐成熟并展示出了别样的格调。按照其创作的内容和时间，笔者将其描述为三个阶段：20 世纪 80 年代敏锐而沉重的青春刻画，20 世纪 90 年代风趣与幽默的少年书写，21 世纪以来对儿童精神世界的深入关注。

20 世纪 80 年代，青少年文学创作呈现出一股思潮。这一时期的作家多成长于"文化大革命"这一特殊的历史时期，有着独特的历史体验，他们大都

---

① 陈莉：《曹文轩成长小说中的人文关怀》，《盐城师范学院学报（人文社会科学版）》2005 年第 3 期，第 69-72 页。

② 韩永胜：《曹文轩少年成长小说研究》，《文艺争鸣》2008 年第 5 期，第 165-167 页。

③ 转引自张小宁：《美国成长小说溯源》，《山花》2013 年第 4 期，第 163-164 页。

是带着些许伤痛去关注着儿童成长,书写着他们的离合悲欢。① 他们带着人文主义进行创作,用心去呵护儿童的成长,书写着他们在成长中生理和心理的变化。这个期间秦文君创作获得了丰收。作品主要有《少女罗薇》《橙色》《四弟的绿庄园》《抽屉上的新锁》《告别裔凡》等短篇小说,还有《别了,远方的小屯》《十岁的合子》《黑头发妹妹》《闪亮的萤火虫》《变变变》和《十六岁少女》等中长篇小说。

《少女罗薇》小说写出了孩子与父母之间的代沟。罗薇是个有些任性的可爱少女。曾经因为妈妈忙于收拾新家忘了她的生日,就认为是"妈妈不在乎自己了"。后来通过表姐的劝说,她试着去原谅和换位思考,理解了妈妈。罗薇是秦文君笔下成长儿童的代表,他们因为想要获得重视而表现得有些自私和任性。《十六岁少女》是以作家的亲身经历为素材,描述的是一批青年在黑龙江林场"上山下乡"的真切场面。在"文化大革命"这个特殊的背景下,秦文君关注着这些正值青春的少年们情感的跌宕崎岖。秦文君在这一期间的作品中充满了对人性的关怀,敏锐洞察了儿童的心理世界,用朴实深厚的笔调表现出了对少年心理和成长的关注。②

20世纪90年代的儿童文学也在发展变化着。作家们也开始在时代的激流中不断摸索和创新,他们愈加关注儿童的现实生活和特性,儿童在日常生活中的内心轨迹得到了进一步书写。这一时期秦文君着重记录了儿童学校中的生活,创作出最具影响力的"贾里贾梅"一系列校园小说,她一改从前只写农村少年的狭隘眼光,更多的关注着在大城市中成长的十三四岁的少年。

一个远方男孩的来信偶然带给了秦文君写作《男生贾里》的灵感与契机,之后又相继出版了《女生贾梅》《小丫林晓梅》《小鬼鲁智胜》等。在信息高度发达的时代,孩子们的想法和行为都有了明显的变化,小说中的孩子们喜爱明星,爱玩电脑,了解股票,还有的上各种课外辅导班。他们还没有褪去孩子的稚气,生活十分美好,却又时刻渴望成为能够独当一面的大人。秦

---

① 彭斯远:《秦文君儿童小说的主题意识》,《重庆教育学院学报》1997年第4期,第26-30页。

② 同上。

文君用幽默风趣的言语展示出了在他们看来充满乐趣的生活。"贾里贾梅"系列小说的成功,不单单在于塑造了一群活跃的少年儿童形象,更在于秦文君关注儿童心灵,细致入微地揭示了孩子们的心理世界,潜移默化地传递着乐观向上的价值。

21 世纪儿童文学进入多元发展时代。在这个高速发展的时代,感动孩子并不是一件容易的事。好的儿童文学不应只是浅显地让孩子哈哈一笑,更应去引领儿童的精神世界。进入 21 世纪后,秦文君的作品也更加深刻地表现人性的复杂和各种离合悲欢,刻画了孩子在成长过程中所要经历的沉重。[①]

正因为秦文君也是一位母亲,所以她对孩子有着更多的贴近与关心。在 2000 年出版的《一个女孩的心灵史》中,她写出了一个孩子从幼儿园到小学这个成长过程中可能会发生的那些羁绊与阵痛,这本书表现出了作家对低幼儿童心灵变化的深切关注。《云裳》是一部展现女孩子心灵成长史的中篇小说,作品中由一个 12 岁的孩子云裳来感悟和评判生活中的"婚外恋""犯罪事件"和"地震灾害"等事件,作家将生活的苦难和灰暗进行改造后逐一摆在少年儿童面前。

威廉·福克纳说"人性是惟一不会过时的主题"。秦文君这一时期的儿童文学依然表现出对于人性的格外关注。她在小说中着重剖析孩子心灵成长之痛的同时,更多地书写了围绕在孩子身边的温情之爱。

第三节　秦文君成长小说创作主题

成长是儿童生命中不能承受之重。但温情之爱的存在可以让儿童的成长更加茁壮,更加健康。这些爱可以是亲情、友情甚至是朦胧的爱情。经历体验了这些感情,孩子们才会渐渐成熟长大。秦文君通过描写儿童成长过

---

① 秦琴:《秦文君"成长小说"的审美文化研究》,华南理工大学硕士论文,2010 年。

程中的温情,号召儿童对爱的渴望与追求的同时,也写出了生活中所无法避免的苦难与伤痛,也写出了儿童在迷茫中找到方向,继而克服困难,勇往直前的成长历程。

一、儿童内心世界的成长与裂变

我们在从出生的那一刻起,便注定踏上了这段或明或暗的成长之路。成长,不单单是指外貌上的成长,更重要的是指精神上的成长历程,关注的是成长过程中各个方面发生的变化。青春期是少年儿童精神层面最易发生改变的一个时期,所以青春期的成长就成了少年文学作家最关注的主题。秦文君结合了新时代的环境特征,通过小说形式表现出了这一年龄阶段少年儿童的成长变化,同时也展现出了极其深刻的成长内涵。

其一,化蛹为蝶:生理性裂变。人从出生之时到长大成人,一般会有两个成长顶峰。第一个是婴儿期,第二个便是青春期。青春期的少男少女身体发展迅速,他们对这一变化有着十分敏锐的察觉,常常会在恐惧与惊讶中默默地承受着这一切。他们变得格外敏感,迫切想要了解自己身体的变化,也会非常在意他人对自己的看法。秦文君以女性独特的青春期体验,表达了对青春期少女真挚的关心。

在少女的成长中,镜子仿佛成为了一个非凡的物象代表。在秦文君众多的成长小说中都出现了鉴镜行为,少女通过照镜子,可以用他人的视角去审视和判断自己。小说《橙色》中,主人公米娴是一个非常不自信的女孩儿。林达令在转学之前,送给她一张画着漂亮少女的卡片,并在旁边写着"你和她一样美"。巨大的喜悦突然降临在这个正值青春期的女孩身上,她飞奔到家中把所有的衣服都找了出来,认真挑选着每一件,最后选定了一件艳丽的卡曲衫。她开心地在马路上来来回回地走着,想要林达令和大街上所有人都能看到她,看到她的美丽。

《黑头发妹妹》中的"我"在遇到不开心事情的时候总会站在大镜子面前观察自己,她看着镜子中光亮的额头和乌黑的头发,对镜中的自己产生了不满的情绪。这种情绪主要是由于女孩对身体变化产生的不安引起的。"我是个聪明的女孩,但有点丑,不仅邻居建军姆妈说过'妹妹长得这样难看,凹面凸额骨,眼睛又小',外婆也跟着说道'她母女两个一个模子出来的,前前后后寻不出这样的难看人'"。当时的"我"真是绝望极了,我真想能有个人来帮我变美丽一些。十三岁正是一个女孩子最在意自己外貌的年龄,她们最大的痛苦莫过于大家异口同声地说她丑。"我家阿姨老早喜欢讲你不好看,后来我发火了,她才改过口来。我觉得别的女孩都不如你,长得好没用,重要的是聪明大方,有头脑。"最后"我"也终于懂得了:人们虽然会喜爱漂亮的女孩,但也会喜欢有想法的女孩。在那个夏季,经历了许多事情过后,"我"也学会了包容,学会了在镜像中正确地看待自己。

每个少女都曾因为自己的不足自卑过。处于青春期的孩子更在意他人的眼光,他们不仅需要别人的肯定,也需要自己对自身的正确体察与欣赏,青春期的他们常常迷惘甚至会有些害怕。秦文君带着自己女性独特的体验,描写着少女身体细微的变化。她写出了少女成长中最隐秘的感情,让每个女孩都认识到自己的独特,在意自己的身体外貌是很正常的,同时更应正确地进行自我审视。

其二,第二次降生:"内心世界"成长。少年儿童在生长中不仅有外表的变化,内心世界也在不断成长。这一成长也可以称为是个性的发展和形成。在这个阶段的孩子能够清楚地感触本身的心境和情感,逐渐形成自己的个性,开始关心内在世界。在秦文君的成长小说中,孩子个性的成长通常是与环境有着密切联系,即少年通常是经历了与生活的"斗争"才走向成熟。

《红田野》中的那个少年从一望无际的红田野回到城市后便感觉所有的东西都很渺小,因此胸怀变得宽阔,心理上也成熟起来。《四弟的绿庄园》中那个窘迫的孩子,在"离家出走"之后,又因为被都市中的亲情牵绊而丧失了自我,最终他从家乡的黄土地中找到了真正的自己。外在的生长环境在儿童个性塑造方面影响很大,作品在这个主题方面做了大胆的尝试。

父母总是将自己的孩子视为自己的私有财产,对孩子严加管束和保护。孩子在成长中总是不想被约束,急于想证明自己。这本是一对无法调和的矛盾。在儿童小说《小丫林晓梅》中,林晓梅有一个很强势的母亲,她命令着家中的一切,每天逼迫林晓梅喝自己不喜欢的健脑牛奶。这让林晓梅十分渴望能够像贾梅那样,拥有通情达理的父母。但殊不知令别人羡慕的贾里和贾梅,其父母并不是十全十美的。文本中作者并没有激化这种矛盾,而是用温和的笔触使贾里慢慢理解父亲,理解父亲对男孩的特殊教育方式。

生活中总有不顺心之处,给少年的成长带来诸多困扰。我们读秦文君的小说始终可以感受到她笃定的成长意识:少年的成长往往是心理上的成长,而这种成长是孤独的。他们只有自己渡过心理上的难关,走出封闭与苦恼,困惑与不安,走过成长的苦涩与沉重,走向成熟才是健康成长的标志。秦文君的小说始终关注动态的生活环境,书写着少年们自己努力排除成长道路上的艰难险阻,成功地和生活和解,从而成就自己独特的个性与自我。

二、情感的受挫与升华

不管是成人还是儿童,都有着对情感表达的需求,亲情、友情和爱情充斥着他们的生活。秦文君的写作指向了现实生活中的少年儿童,从给予其生命的父母,到幼时童年的朋友,再到青少年时期懵懂的恋人,他们一直在以一种或有或无的方式陪伴着少年儿童的生长,对儿童完好人格的塑造和健康情商的造就也起着十分重要的作用。[①]

其一,父母亲情的呵护。父母之爱子,则为之计深远。幼时父母的爱对孩子的成长起着极大的决定作用。在秦文君的笔下,我们不仅看到了那些生活在完整和谐家庭中享受着亲切温馨的爱的孩子,也有那些缺失父母的爱,独自承受痛苦而令人心疼的孩子。

与亲人之间亲切温馨的爱的典型代表作就是《男生贾里》《女生贾梅》系列小说,这是一个十分温馨的四口之家:妈妈是一位优秀的剧团演员,爸爸是个可敬的儿童作家,双胞胎兄妹贾里贾梅虽然有时候会争风吃醋,但他们并不互相妒忌,他们都获得了足够的家庭之爱,有着浓浓的亲情。小说中,特别是爸爸,会为了创作上更贴近儿童的心理,主动和贾里化名的"龙传正"进行讨教,在平时生活中给了孩子足够的宽松和尊重。正是有了这样的家庭氛围,让贾里和贾梅逐渐学会了包容和理解他人。在《会跳舞的向日葵》中,主人公小香草就是在爸爸妈妈的爱护下才渐渐融入了学校生活、找到了

---

① 张梦煦:《新时期女作家创作的儿童文学少女题材小说研究》,辽宁师范大学硕士论文,2010 年。

内心的欢乐。爸爸送的"嘟嘴糖"、妈妈帮立夏做的蛋网,父母一起陪她处理逃学事件……父母都不会因为香草和弟弟犯错误而采取强硬的措施去批评教育他们,而是用爱去感化、理解他们,使他们懂得这件事的好坏,学会如何处理问题。

　　秦文君正是意识到了亲情的重要性,所以她也主动关注了一些家庭破裂,没有得到完整爱的孩子们的成长。她用细腻的笔触写出了这些孩子在缺失亲情时的孤独和无助。《十五岁之夏》中的肖蓓对爸爸穷追不舍,只为知道自己身世的真相,她知道了姆妈并不是她的亲生母亲,也知道了妈妈被爸爸抛弃。现实生活中,姆妈突然发生了车祸,使她的生活陷入了巨大的痛苦之中。《天棠街3号》中的郎郎也是这样,他被外婆管控不能与父母见面,想念父母的郎郎只能靠费劲心力保存下来的戒指去怀念父亲。还有《十六岁少女》中的"黑女孩"吴国斌;《一个女孩的心灵史》中的王星辰和庄文等。秦文君一直关注着这些特殊孩子的心灵,用女性叙事方法来记录孩子们的悲喜,在作品中直面现实,大胆质疑婚姻家庭的破裂引起的愈发严重的社会问题。

　　其二,亲密无间的伙伴友情。少年儿童许多的想法总是在与玩伴的交流中表达出来,孩子们之间的友情是纯洁美好的,他们嬉戏打闹,发生争执,他们共同陪伴,一起长大。

　　《十六岁少女》中的"我"生了一次怪病之后和倪娜成为了好朋友,"我"渴望倪娜的温暖和陪伴。倪娜结婚后,"我"非常郁闷,害怕倪娜会因此忘了"我",还好倪娜并没有远去,依然一直陪着"我"。但是后来倪娜因难产而死,"我"对此始终无法释怀。《俞林·留汉》中的俞林和留汉是一对好朋友。俞林品学兼优,留汉性格随性不羁但也想有所作为,他们性格虽迥然不同却建立起了坚实的友谊,互相帮助互相鼓励。《男生贾里》中的鲁智胜、贾里;《女生贾梅》中的林晓梅、贾梅等,这样一对对共同成长的伙伴,一起在欢笑与泪水中成长,这种友情在少年成长路上显得弥足珍贵。

　　其三,朦胧的异性爱情。青春期少男少女们,对异性具有略带朦胧的情感是正常的。这种感情不是见不得人的,反而是单纯美好的。秦文君在这个问题上并没有表达得过于直白和炽热,也没有故意将这份美好的感情扼杀。在《想见米男》中,小裳和米男经常通过写信来表达自己的感受,米男在一次邀请小裳来海边过暑假被拒绝后感到伤心失望,但他坚持写信,决定保密地维持着两人的往来。《十五岁之夏》中的白淑华与林欢、郦秀梅与倪力之间都有些对彼此之间互相欣赏的朦胧感情,这种异性之间的喜欢比米男和小裳的感情更加直接,更接近于青春期的早恋。朱自清在《儿童文学论》中认为:应该对这种感情进行引导,不应该单纯地否定。秦文君深受其影响,在小说创作中也体现了这一观点。

在秦文君的笔下,少男少女之间的感情就像是一场美好的梦境,他们没有因此犯下错误,相反总是在引导和帮助下理性解决,共同成长。

第四节　秦文君成长小说的整体评价

自1981年开始发表第一部中篇小说《闪亮的萤火虫》以来,四十多年来秦文君的儿童文学创作日益成熟。作品被誉为"新时期少年儿童的心灵之作"。究其原因有以下几个因素:

一、始终遵循的"以人为本"价值观

秦文君正因为有了对人的正确评价和审视,所以其成长小说中的人物形象才更加丰富和多元。她一反传统成长小说过于模式化的风格,主要刻画崭新的、立体的现代儿童形象,深入探索少男少女的心理秘密,文本中突出了以人为本的色彩,高扬着个体的生命价值。

秦文君的文学创作开始于20世纪80年代,经济和社会迅猛发展,文学思潮也呈现出多元化的特征。在秦文君的成长小说中,我们可以看到一个个鲜活立体的主人公形象。聪明好强的中学生贾里,有着当时那个阶段男孩子应有的一些好奇和调皮。贾里和鲁智胜都想成为英雄,都认为自己的功夫天下无双。但在抢匪面前,双腿因为害怕而不停抖动。这种真实的话语肯定不会出现在十七年文学时期的儿童文学作品中。英勇的小英雄形象嘎子和潘冬子,他们的勇敢赋予了共产主义理想色彩。遇到了敌人,毫无惧怕,冒着生命危险,冲在前面与敌人搏斗,作者之所以把他们写得十分完美,是特殊的时代语境需要。以上两者同样是年龄相仿的少年,在遇到危险时处理的方法和态度截然不同。前者的第一反应是害怕恐惧,后者是无所畏惧。在现实中的少年儿童遇到了这种情况,会做出什么样的反应呢? 和贾里相比,潘冬子和嘎子的反应超出正常的心理范畴。潘冬子和嘎子是经过作者优化的,秦文君作品中的儿童才显得更加真实,性格更加丰富。作者摒弃了传统作品中的这种人物书写,使作品更加贴近当代儿童,也更符合人的本性,体现了"以人为本"的价值观。

二、放大的娱乐精神

秦文君的成长小说和传统的成长小说相比,最大的区别就在于着力展现了娱乐精神。无论是作者的语言选择,还是作品中所表现出的人物个性都体现了这种娱乐精神。20 世纪 90 年代后期,市场经济高速发达,人们有了更多自由和娱乐的时间和空间,日趋多元化的文学应运而生。充斥着娱乐精神的文学作品在这种大众消费的需求中逐渐占据了一定的地位。

这里有积极的一面,娱乐功能使大家更重视文艺中"乐"的一面。20 世纪 50 年代的儿童文学作品因为过于强调"教"而表现得太过严肃,表现少年成长的小说偏重于说教,使当下的读者丧失了阅读的兴趣。秦文君的小说把身边的普通孩子作为写作对象,以描写平凡的青少年入手,写出了他们平日的生活与体验,成长与欢乐。秦文君的写作有着女性独特的亲和力,她也一直在适应这种大众文化,主动与大众文化接轨。

从消极方面来看,也有极少的文学作品为了取悦读者而忘记了文学作品本身的内涵和深度,一味追求娱乐。文学表现出一种嬉皮士的状态,致使其表现生活过于肤浅甚至无太大意义。王月川认为,消费文化不仅直接影响人们的生活方式,而且使整个现代文化转向享乐主义。秦文君的成长小说也无法避免这一普遍问题。她将成长的喜悦作为其作品的主调,为了实现这一目标,她的作品势必会放大娱乐精神,这样就使作品缺少深度和广度。[①] 她在《成长论》中,只选择性地写出了一部分社会的险恶,对社会现实的描写是肤浅的。成长教育的重要作用是引导青少年的成长,对于不了解社会的青少年来说,还原现实生活显得尤为重要。然而,秦文君的成长小说有时为了营造一种愉悦的成长氛围,刻意过滤相对真实的社会现实,在某种情况下,给读者呈现一个虚假的成人世界。

综上所述,秦文君以其女性特有的细腻、温和的笔触写作,在20世纪80年代敏锐而沉重的青春刻画、20世纪90年代风趣与幽默的少年书写、新世纪以来对儿童的深切关注中,都充满了对儿童成长的深切观照。她深切注视着儿童的心灵,总是能够捕捉到孩子生理和心理的变化,坚持"以人为本"的创作观,追求儿童本位,为了"感动今天的孩子"而进行创作。她认为"人需要一种精神,一种对磨难、不幸的坚韧的执拗"。她对成长的认识是非常深刻的,知道唯有爱才能陪伴孩子、感化孩子,才能让每个孩子都能健康地成长。真正的儿童文学不仅属于孩子也属于家长。作品中偶然有受消费主义的影响,娱乐的文化功能有被放大之嫌,但随着社会的发展,我们坚信老作家秦文君的儿童文学创作会越来越丰富,对其审美必定会越来越完善。

---

① 汤素兰:《中国儿童文学的变化发展趋势》,《创作与评论》2013年第22期,第14—18页。

第七章
陈丹燕儿童幻想小说研究——以《我的妈妈是精灵》为例

20 世纪中后期,中国儿童文学开始了本土化的儿童幻想小说的写作。1998 年初,陈丹燕发表的《我的妈妈是精灵》,是现代儿童幻想小说写作方面的创新,具有一定的开创意义。这里以陈丹燕的《我的妈妈是精灵》为切入点,对陈丹燕的儿童创作进行梳理,对这一文本进行分析解读,归纳其儿童幻想小说的独特和创新之处。

笔者现从儿童幻想小说的概念界定开始,对陈丹燕儿童幻想小说进行概述、对其文本进行多元解读,最后对其儿童幻想小说的创作影响进行总结,逐步分析,层层递进。试着用一种新的视角和方式对陈丹燕儿童幻想小说进行研究,将重点放在对文本的多元解读与分析上,并且创造性地提出自己新的观点,以期能够丰富当下儿童幻想小说研究的内容,对目前中国的儿童幻想小说研究有一点帮助。

第一节　儿童幻想小说的概念界定

儿童幻想小说最早出现在 19 世纪六七十年代的西方,之后以其独有的吸引力和广大的读者群成为世界儿童文学的主流趋势之一。在西方的儿童幻想小说发展越来越繁荣时,中国的儿童幻想小说写作也受到越来越多作家的关注。从儿童幻想小说的名称来分析,它由儿童和幻想小说两部分构成。所以可以说儿童幻想小说既是幻想小说也是儿童文学,因为它有幻想小说的幻想性,也有儿童文学的儿童性。

一、儿童幻想小说的幻想性

对于儿童幻想小说的概念,学者对它的定义各有不同。加拿大学者利丽安·史密斯在《儿童文学论》中认为:"'Fantay'是一种源自心灵的力量,它不是肤浅的,也不是我们用感官可以具体表达出来的,它产生于人们独特的想象之中。"日本的《文学教育基术用谓词典》对Fantay的解释是:"把在真实的世界中一定不会发生的事情,描写得像发生了一样。Fantay与童话有很大的差别,幻想小说具有两个世界,而童话只有一个世界。"

在中国幻想小说这个概念是源于英文中的"Fantasy"。1983年,陈丹燕和周小波先后都发表过文章对Fanstay进行了研究介绍,这也是中国较早对儿童幻想小说进行研究的文章。1992年朱自强发表的《小说童话:一种新的文学题材》一文中,第一次将Fantasy和童话区别为两种不同的文学题材,对其进行研究,并且把Fantasy译为"小说童话"。[①]

总结中外学者对儿童幻想小说不同的定义后,朱自强在《儿童文学概论》中,认为幻想小说应该具有以下几个因素:①幻想小说表现的是超自然的,即幻想的世界;②幻想小说采取的是"小说式的展开"方式,将幻想"描写得如同发生了一样";③幻想小说与童话不同,其幻想世界具有"二次元性",有着复杂的组织结构。[②]

从朱自强的总结中,我们可以明确地知道,幻想小说来源于人们的想象,通过幻想建构一个虚幻的世界,并且用真实的描写把想象世界中发生的事情刻画得好像在现实世界发生过。而且这个世界具有"二次元性",有不同于现实世界独有的构成方式。

---

① 朱自强:《儿童文学概论》,高等教育出版社2009年版,第224页。
② 同上,第225页。

二、儿童幻想小说的儿童性

儿童文学包含了儿童幻想小说,而且"儿童"两个字指明了儿童幻想小说的主要读者是儿童,这样的规定让"儿童"占据重要地位。同时,儿童文学的构成有儿童读者群和成人读者群两个方面。从这两个角度看,儿童幻想小说的儿童性可以简单地总结为三点:其一是儿童幻想小说是写儿童的。其二是儿童幻想小说是为儿童创作的。其三是儿童幻想小说是为儿童所接受的。[①]

首先,儿童幻想小说的"儿童"已经清晰明确地点明了儿童幻想小说的主人公是儿童。它所讲述的都是儿童自己的所看所感,所思所悟,以儿童为故事发展的中心,涉及儿童的生活、心理及成长等方方面面。儿童在幻想叙事中具有重要的地位,幻想故事的展开都以儿童为主要的脉络,儿童身上发生的事情都是幻想叙事中必要的情节。其次,儿童幻想小说是专门为儿童写作的。儿童是儿童幻想小说的主要读者,所以作家在进行写作时,儿童这个读者就已经存在于作家的脑海之中了。这不仅是儿童幻想小说的独特性,也是整个儿童文学共同拥有的特性。最后,儿童幻想小说是为儿童所接受的。作为孩子,即使对外界的事物在认知能力和审美能力上有不完善的地方,但是儿童已经有了自己的审美标准。儿童利用自己的认知水平和审美判断,对外界的信息和事件进行分析和选择性的接受。如果事件符合儿童的审美,则会被儿童接受,不符合就会被儿童排除在选择之外。作家在了解儿童,认识儿童后,以儿童为中心创作的作品,是最为接近儿童的生活和审美的,也是最容易被儿童喜爱和接受的。所以儿童幻想小说,不仅具有幻想小说的幻想性同时也兼具儿童文学的儿童性,也只有这样的儿童幻想小说才能受到广大小读者的喜爱。

---

① 聂爱萍:《儿童幻想小说叙事研究》,东北师范大学硕士论文,2017 年。

第二节 陈丹燕儿童幻想小说创作概述

陈丹燕出生于 1958 年 12 月 18 日,祖籍是广西平乐。她生于北京,成长在上海。1978 年,考入华东师范大学中文系,1982 年以优异的成绩毕业,取得文学学士学位。她的毕业论文选题较早地关注西方儿童幻想文学的研究,并最终获得全国儿童文学优秀论文奖。同年进入《儿童时代》杂志社担任小说编辑,随后开启了以少女题材为主题的儿童文学创作,早期主要作品有《少女们》《女中学生三部曲》《我的妈妈是精灵》等。

一、陈丹燕近年来儿童幻想小说创作

陈丹燕生活在上海,长期的上海生活对她的文学创作产生了很大的影响,她的书中常常透露出上海女人的精巧韵味。陈丹燕又有着北方人豪爽坚毅的性格,视野宽广,待人宽厚。她热衷于研究一个城市的道路、房屋建筑、世俗人情等,并通过城市的表象去追寻城市里人们的精神本质。她喜欢旅行,旅行的经历让她对欧洲各国和上海的文化有了自己感性的认识,也为其文学创作提供了素材。例如《上海的金枝玉叶》《上海的风花雪月》《上海色拉》《纽约假日》《木已成舟》等以欧洲和上海为题材的作品,深受都市读者的喜爱。

笔者经查阅《陈丹燕儿童文学获奖作品》(全五册)(2013 年,陈丹燕),《中国国外获奖作家作品集》(陈丹燕卷)(2001 年,陈丹燕),《名家少年说之陈丹燕》(2016 年,陈丹燕)等相关文献,依据陈丹燕儿童文学作品创作的时间和体裁,对其进行分类,具体如表 4 所示。

表 4　近年来陈丹燕儿童小说创作一览表

序号	名称	出版社	出版时间	备注
1	《晾着女孩裙子的阳台》	上海书店出版社	1998 年	

续表4

序号	名称	出版社	出版时间	备注
2	《广场空荡荡》	少年儿童出版社	2006 年	
3	《上锁的抽屉》	太白文艺出版社	1997 年	
4	《青春的谜底》	明天出版社	1998 年	
5	《青春的翅膀能飞多远》	明天出版社	1998 年	
6	《女中学生之死》	中国少年儿童出版社	2009 年	
7	《一个女孩》	明天出版社	1998 年	
8	《女中学生传奇》	安徽少儿出版社	1995 年	
9	《我的妈妈是精灵》	春风文艺出版社	1998 年	
10	《狗仔》	江苏少年儿童出版社	2004 年	
11	《起舞》	作家出版社	2006 年	
12	《走呀》	中国福利会出版社	2011 年	

　　陈丹燕的儿童文学写作开始于 20 世纪 80 年代中期,她创作了《中国少女》《上锁的抽屉》《女中学生之死》《晾着女孩裙子的阳台》等一系列优秀的文学作品。1992 年在德国创作的《一个女孩》成为其代表作。1997 年出版的《我的妈妈是精灵》,使陈丹燕在儿童文学创作中获得极好的评价。《上锁的抽屉》描绘了一个少女的私生活:她在感觉到自己在生理上的成熟后,开始感到羞涩和不安;她想要保守住自己的秘密,于是在抽屉上配了一把锁,来抵抗什么事情都要管的父母。《女中学生之死》主要讲述了一所重点中学的女学生宁歌因为不堪忍受家庭、学校和社会多方面的压力跳楼而亡的故事。《一个女孩》以儿童的视角讲述在"文革"这个特殊时期,一个女孩子经历过的酸甜苦辣。在《我的妈妈是精灵》中,叙述了一个小学女生陈淼淼,在面对家庭里突如其来的父母离异的变故后,获得成长的故事。陈丹燕的儿童小说创作在更多地关注儿童身体成长的过程中,也在探索儿童精神、心灵的成长。

二、陈丹燕儿童幻想小说创作思想

　　《我的妈妈是精灵》这本书的创作来源于陈丹燕给女儿陈太阳讲的故

事。每一个孩子小时候总喜欢调皮捣蛋,陈太阳也不例外。陈丹燕为了让女儿少犯错,想出用装神弄鬼的办法吓唬女儿。所以陈丹燕就虚构出鬼妈妈,也就是书中精灵妈妈的人物原型。其中一些素材也来自现实生活,比如去偷看考试卷子,或去巴黎春天百货公司变一只电子宠物小鸡回来等等,都是源于女儿对鬼妈妈的需求,陈丹燕把这些都写入到小说之中。同时陈丹燕也把自己在现实生活中的疑问和想法在书中表达了出来。比如文中提到的关于离婚的问题,源于陈丹燕看到了不少关于离婚家庭的孩子出现问题的文章,她对于离婚问题有自己的看法:为了孩子父母勉强在一起是不对的。父母离婚是两个人的事情,父母之间的矛盾是孩子如何努力都不能化解的,只能加重孩子的压力。陈丹燕也提出一个新的母亲形象,她认为妈妈不应该是一个榜样,而应该成为能够让孩子心里的爱和信任有地方存放的一种情感寄托。陈丹燕从现实的世界中找到素材,并把它放到幻想小说中,使现实和幻想达到了高度融合。

第三节　《我的妈妈是精灵》文本多元解读

文学作品的主题凝聚了作家主要的思想和情感,是文学作品内容的集中体现,也是文学作品内容构成的核心和主旨。因为作家本人对现实问题的重视,坚定独特的创作追求和对儿童身心的高度关注,陈丹燕的儿童幻想小说开拓出广阔的创作空间,从而呈现丰富多元的主题意蕴。

一、幻想人物的丰富性

幻想人物是儿童幻想小说写作中的重要因素,因为这些亦真亦幻、性格各不相同的幻想人物,是表现幻想性的一把利器。幻想人物一般是幽灵、精灵和怪物三类。陈丹燕儿童幻想小说中选择的幻想人物就是精灵。"精灵"是儿童幻想小说中很常见的幻想形象,也是比较受人喜欢的一种,它们通常代表善良、美好和神奇。① 但陈丹燕所创作的精灵形象与以往单一片面的形象不同,其是具有人性和精灵特性的双重形象,因此精灵的形象和内涵也更加丰富。

精灵妈妈,一个在照片里总是很模糊也没有影子的精灵形象,但却给读者留下深刻的印象。《我的妈妈是精灵》作品不是只用精灵一词来界定其幻想性,而是将幻想人物形象予以丰富展现。精灵妈妈告诉陈淼淼:精灵们没有具体的形态,像烟一样风一吹就会飘起来,在天空中飞来飞去。它们没有人的喜怒哀乐,心是透明清澈的,像最纯净的水晶一样。在精灵的世界没有语言,也不会交流。精灵世界的风是最动听悦耳的音乐,但对于精灵们而言,它们并不会在意,因为它们没有喜欢、高兴这些情感。所以精灵们为了寻找一种感情而来到人类的世界,想具有人类的情感。从精灵妈妈的话中我们可以得知存在的另一个世界——精灵的世界,了解精灵妈妈不是人而是一个精灵。精灵妈妈从精灵的世界而来,她的身上具有明显的精灵的特征,她可以飞翔,能变出一朵朵蓝色的小花,念着咒语可以到任何地方。精灵妈妈没有形态和感情,但是我和爸爸的感情是最黏的胶水,最终让精灵妈妈留在了人间。她像普通的家庭主妇一样,照料家人的一日三餐,在家为报社画一些插画,她十分的善良并同情弱者,精灵妈妈身上具有人类的美好品质。妈妈是精灵,是作为另一个世界里的存在,必须喝青蛙血来保持人形,但是这种生存方式不能被爸爸和我接受。所以精灵妈妈最终只能带着无限悲哀和无奈回到自己的家乡。我们从精灵妈妈的身上可以触摸到精灵的世界和精灵的特征,同时我们也能体会到精灵妈妈对女儿、丈夫深深的爱,最终被迫离开人间的感伤,这些书写使得文本中的幻想人物与幻想世界变得更加真实可感。

二、幻想与儿童成长

成长是儿童文学永恒的主题,儿童幻想小说更加直接地表现儿童文学

---

① 陈洪菊:《中国当代儿童幻想小说"幻想人物"研究》,南京师范大学硕士论文,2012年。

成长的主题,可以说所有的幻想小说也都是成长小说。[1] 在儿童幻想小说的写作中经常通过童年时期主人公性格变化来展现成长这一主题。幻想是用一种与儿童思维最相近的方式让儿童在反观自我的过程中成长。[2] 对于《我的妈妈是精灵》文本来说,中小学生陈淼淼则是童年的经历与幻想相结合,通过性格的变化和自我反思来表现其成长。

陈淼淼开始时是一个天真可爱甚至有点自私的孩子,但是在她不小心让妈妈喝了黄酒,然后目睹妈妈变身精灵过程之后开始慢慢地改变。书中描写她看见妈妈变得像一块绸子一样,又轻又飘,从爸爸的胳膊上垂下来,看到妈妈的双腿,即使没有风也飘了起来并且慢慢地变成了蓝色,最后妈妈整个人都变成了一团蓝色的影子。这些幻想描写生动形象地描绘出妈妈变身精灵的过程,同时也写出了陈淼淼在面对妈妈不是人时心理的巨大冲击和面对幻想世界时产生的强烈的惊讶。此后的文本叙述中,更逼真地写出陈淼淼得知妈妈不是人后一系列的心理和行为变化。看到妈妈的脚变成了蓝色,陈淼淼吓呆住了,"她吓得大声地尖叫";在爸爸把变成精灵的妈妈抱进卧室后,陈淼淼不敢一个人待在客厅,要紧紧贴着爸爸的背才有安全感;在知道了妈妈是蓝色的精灵后,陈淼淼问爸爸自己是不是精灵;在得到肯定地回答后,她又怀疑爸爸是一个精灵,让爸爸喝黄酒来证明;并且自己也喝了酒,然后撩开衣服观察自己有没有变蓝。这些都生动形象地描写出一个孩子面对巨大的冲击时难以置信和怀疑的心理。

当知道精灵的由来后,陈淼淼很快接受了妈妈是精灵的事实,[3]同时她也对精灵妈妈的能力感到好奇和兴奋。因为妈妈神奇的能力可以满足自己的需求。比如妈妈的手往前一抓,伸开后就有"我"一直想要的电子小鸡;在家里就能知道学校和外面发生的事情;能带着"我"到处飞。但是在陈淼淼认为一家人能这样幸福下去时,爸爸提出和妈妈离婚。因为妈妈是精灵,爸爸不能和精灵产生爱情,这样的生活让他觉得很疲惫。陈淼淼用许多方式进行反抗,如故意装病,装坏和夜不归宿等。最终当她用离家出走逼迫父母

---

① 朱自强、何为青:《中国幻想小说论》,少年儿童出版社 2006 年版,第 102 页。
② 葛晓磊:《中国当代儿童成长小说嬗变研究》,中国海洋大学硕士论文,2014 年。
③ 许美琳:《新时期以来儿童幻想小说的幻境研究》,兰州大学硕士论文,2015 年。

不离婚后,陈淼淼发现"爸爸变得很不快乐"。当她看到爸爸变得"又老又苦",她的胜利感很快荡然无存。此时的她渐渐知道关心、懂得和体谅大人的痛苦,也做好了和妈妈分别的打算。最后,当陈淼淼发现妈妈喝青蛙的血维持身体的秘密时,她非常抗拒和不能接受,觉得妈妈很可怕。但当妈妈真的要离开她时,她又十分的不舍。她明白只能用爸爸的爱才能留住妈妈,可爸爸已经不爱妈妈了,所以这是她始终解不开的结。最后陈淼淼只能接受爸妈的离婚,并送别了妈妈。这个时候陈淼淼的成长、父母离婚以及与母亲的分别有着紧密联系,在面对一件件突发事件时,陈淼淼才慢慢学会反思并且从中获得成长。《我的妈妈是精灵》叙述了让人感动的亲情故事,也细腻描绘了一个小孩子在面临家庭突变时真实复杂的心理成长过程。

三、追寻缺失的母爱

爱是人类生存和发展的精神动力,是人类情感生活中最为重要的一部分,儿童在成长的过程中尤其需要爱的陪伴。[①] 在小孩子的成长过程中,父母的爱对其成长有极大的影响,尤其是妈妈的爱。《我的妈妈是精灵》中的陈淼淼是一个小学四年级的学生,正是需要爱和陪伴的阶段。但陈淼淼的妈妈是一个精灵,精灵们没有感情,从来不会生气,不会吵架,不会爱。陈淼淼在知道妈妈是精灵后,她一直是不安的,她既害怕妈妈不是人又担心妈妈会离开,她一直处在担心失去母亲的恐惧和对母爱的渴求中。在爸爸提出和妈妈离婚时,陈淼淼已经意识到她要和妈妈分离了。在生活中每一个人都需要母亲之爱。有的人虽然有妈妈在身边陪伴但却缺少母爱,有些人即使妈妈离开了却得到了母爱。虽然陈淼淼不得不和精灵妈妈分离,但是她却从妈妈那里得到了永恒的母爱。

小说中的李雨辰也是一个缺乏母爱却一直在追爱的孩子。李雨辰是一个生活在父母离婚阴影下的孩子,爸爸回到家就是睡觉,父女之间的交流很少。同时在学校她被看作"倒霉孩子""比别人矮了一头",即使李雨辰的学习成绩很好,她也没因此而感到骄傲。她很沉默寡言,独自承担着没有人愿

---

① 刘绪源:《儿童文学的三大母题》,华东师范大学出版社2009年版,第22页。

意和她交朋友的痛苦。李雨辰在自己的心里筑起一道高高的围墙把自己和别人隔离开,她倔强地维护着自己的自尊心。在感觉到陈淼淼是用同情的心理和自己交朋友时,她不对陈淼淼抱以真心;在精灵妈妈想帮她背书包的时候,她开始是拒绝的,但后来李雨辰发生了变化,她用请陈淼淼和精灵妈妈吃东西的方式来回报她。自尊倔强的李雨辰内心里却非常羡慕陈淼淼有妈妈的关爱,她极度渴望母爱。"李雨辰的大眼睛里有时闪着一种连我都能看明白的光,那是因为她从我的妈妈身上想到了她的妈妈。她有时复习完功课会突然轻声问:'你妈妈喝水会咕咚咕咚的响吗?我妈一喝水响的像头牛一样。'"[1]这是李雨辰对妈妈的回忆和怀念,也是对母爱的追寻。

《我的妈妈是精灵》中表达了追寻缺失的母爱这一主题,作家用女性独有的手法描绘出少女的情怀。她描写出两个平凡少女追求母爱之旅,陈淼淼和李雨辰只是现实生活中渴望母爱的孩子的一个缩影。在现实生活中有很多的孩子都希望有一个温暖的家庭,也希望得到妈妈的关爱,作者用朴素的笔墨为我们描绘出那些渴望家庭温暖和母爱而不能得到的孩子们的心理。在寻找爱和得到爱的过程中,孩子们已经慢慢地成长,她们不再是依赖母亲的孩子,已经变成了学会爱和给予爱的人。

四、对现代婚姻问题的批评与反思

在当下多元创作理念之下,儿童小说开始以一种更加积极的态度介入现实生活,现实生活中许多复杂的社会问题开始纳入儿童小说家的视野中。[2] 陈丹燕一系列的儿童文学创作,一直对现实中的敏感问题表现出高度关注。也多方面涉及了一些社会敏感、热点问题,比如离婚、母爱缺失等问题。

离婚不仅是大人之间的问题,同时也严重影响着孩子的成长。在《我的妈妈是精灵》小说中就表现出离婚对孩子的伤害,离婚给孩子的身心发展造成的巨大影响。李雨辰就是父母离婚的受害者。李雨辰原来应该是一个活泼可爱的孩子,在父母离异家庭破裂中受到影响,她变得自卑、沉默而敏感。

---

[1] 陈丹燕:《我的妈妈是精灵》,春风文艺出版社1998年版,第1页。

[2] 徐洁:《幻想与现实熔铸的独特艺术品格——评陈丹燕〈我的妈妈是精灵〉》,《阴山学刊》2002年第3期,第15-18页。

尽管学习成绩很好,但她从来没有觉得骄傲。她不爱说话,把很多事情藏在心中。比如她和陈淼淼做朋友,但她从来不问陈淼淼不想说的事情,也不主动要求到陈淼淼的家去。她羡慕陈淼淼的家庭,是因为陈淼淼有父母的关心和爱护。李雨辰想要得到母爱,她喜欢陈淼淼的妈妈,她觉得妈妈就应该是这样。李雨辰在小说中的行为都表现得很成熟,这不是一个孩子的性格。她天真地认为父母的离婚是自己没有努力,"自己是世界上最笨的孩子",是父母的离婚让李雨辰不得不提前成长,是父母的离婚改变了她,使她过早地成长并成熟起来。

诚然,陈淼淼对爸爸妈妈要离婚的问题,也是非常反对的。书中描写道:陈淼淼说自己感到的悲伤,"是比湖还要大的悲伤,比海还要大的悲伤,比整个天空还要大的悲伤"。[①] 她甚至觉得,她永远也不能从那种伤心中走出来。我们可以从描述中感受到孩子面对父母要离婚时的恐惧和无助。陈淼淼为了阻止爸爸妈妈离婚,在李雨辰的帮助下做了许多出格的事情。在这个过程中,她们发现爸爸和妈妈都没有做错什么事情,他们即使不离婚勉强在一起生活,也没有人会感到真正的快乐。

离婚在孩子们的眼中却是十分重大的问题。我们不能阻止夫妻离婚,但我们应该看到离婚问题对孩子们身心发展的影响,通过文本,作家也在进行反思:如何让离婚对孩子的影响减到最轻? 如何为孩子树立健康的家庭观念? 如何使孩子在母爱缺失时身心健康地成长等等一系列的问题。

第四节　陈丹燕儿童幻想小说创作影响

刘绪源评论陈丹燕的《我的妈妈是精灵》说:"这是迄今为止中国最好的儿童幻想小说。"朱自强教授发表评论文章《相信精灵相信爱——评论陈丹燕〈我的妈妈是精灵〉》,高度评价它是"一部使我这颗被世俗重压的心灵还

---

① 陈丹燕:《我的妈妈是精灵》,春风文艺出版社 1998 年版,第 23 页。

能深深感动的作品,一部不容儿童文学评论界,理论界忽视的作品"。① 陈丹燕《我的妈妈是精灵》,之所以得到如此高的评价,是因为和以前的幻想小说相比《我的妈妈是精灵》在想象和题材上有了创新之处。

首先是形式的创新。《我的妈妈是精灵》一书让幻想人物成为主人公亲近的人——妈妈。在没有暴露精灵身份前,妈妈就是一个平凡的家庭主妇,但是在知道精灵的身份后可以发现她与其他人的不同,她不注重女儿的成绩,不太关注世俗的目光,会魔法能到处飞。陈丹燕让精灵妈妈和现实中的人发展感情,在一次意外的事情之中打破平静,然后引发离别之情,妈妈这一幻想人物具有精灵与凡人的双重形象。

其次是题材的创新。小说的内容不是惊天动地的英雄故事,只是一个普通家庭的情感困惑,陈淼淼一个普通的孩子面对亲情友情的成长和体悟,陈丹燕从平凡的人写奇特的事,使整个故事变得现实和幻想高度相融。②

最后是关注现实问题。《我的妈妈是精灵》不单单是小说,它还涉及许多现实中人们关注的问题,比如离异、单亲、教育、爱情等,这都是当代儿童生活、学习中最普遍的问题。成长在单亲家庭,缺少父母的关爱,学业压力大,作业繁重,等等。陈丹燕把小说创作落实到现实的生活之中,关心儿童成长的心理、教育和离婚问题等。从这些来看,她不但丰富了我国的儿童幻想小说的创作理论,同时也为儿童幻想小说的写作者打开了一扇新的窗口,为儿童幻想小说写作素材拓展新的领域。

综上所述,陈丹燕《我的妈妈是精灵》是一本评价极高的儿童幻想小说,作者注重幻想小说的细节描述。一是在书中插入许多现实的照片和文字的解读,让读者增加真实感。二是她做到了在幻想中捉到现实,让现实和幻想有着完美的对接,使幻想和现实,平凡与奇特互相融合。三是《我的妈妈是精灵》在幻想人物的塑造上更具丰富的内涵,让幻想人物更加触动读者的心灵,同时也高度注重表现儿童的生活,关注现实的焦点问题。

---

① 冀闽:《新时代以来中国儿童幻想小说发展进程研究》,兰州大学硕士论文,2015年。

② 金婧:《1997:幻想之花初开——论"大幻想文学"丛书(中国卷)的诞生与式微》,中国海洋大学硕士论文,2011年。

笔者希望通过研究,能客观、全面地分析陈丹燕儿童幻想小说的创新之处,为当代儿童幻想小说的创作提供帮助,使当代儿童幻想小说的作家站在前人的肩膀上,勇于创新和吸收其他作家的优秀因素,早日创作出世界水平的儿童幻想小说。

第八章
杨红樱"校园小说"与新媒介结合研究

随着互联网平台的兴起,微信公众号、微博等新媒体已成为文学创作者的活跃载体。这些平台的门槛很低,创作者也都来自不同的专业领域,不再局限于作家和学者。

众所周知,当下许多新媒体具有周期短、更新速度快、信息强的基本特征。儿童文学受新媒体的影响,创作者和作品的数量急剧增加。面对这种压力,创作者希望脱颖而出,他们必须立足于读者的阅读需求进行创作,这是一个良性循环的周期性的过程。由此,儿童文学作家努力在探索实践中取得成功,儿童文学的题材、内容均得到了全面、深入的拓展和创新。

第一节　新媒体时代杨红樱的儿童文学创作理念

在新媒体时代,儿童文学家杨红樱从未放弃过以儿童为中心的想法,她所谓的"儿童标准",简言之,就是一切都是为了服务于儿童的利益。杨红樱深知儿童文学具有独特的审美特征——表现出最简单生活和最简单表达的兴趣,她承担着儿童书籍作者的责任和能力,她生活在一个孩子的世界,并坚定地依附着。①

---

① 乔世华:《新世纪中国儿童文学视野中的杨红樱》,辽宁师范大学出版社 2013 年版,第32−35 页。

追根溯源,杨红樱的创意写作与她的成长和专业经验有着千丝万缕的联系。"杨红樱曾经说过:'马天笑这个人物的生活原型应该是我的爸爸,他有童心,有生活情趣,喜欢玩,可以玩得花样翻新。我小时候是一个并不出色的孩子,他对我没有太高的期望值,我是在一种宽松自由的教育环境下长大的,所以我的童年快乐、自由,可以做自己想做的事情。'可见,杨红樱的父母非常自由地教育孩子。父母教育方式也为杨红樱个性化教育理念的进一步发展奠定了基础。"①另外,除了生活经验以外,杨红樱作为一名教师,和儿童书籍职业出版商,也一直秉承着"儿童标准"的概念。儿童文学作家这些经验积累,成为杨红樱能够摆脱成年人的"技巧",并创作深受儿童喜爱的作品,着眼于儿童的内心世界,在作品中创造出"淳朴"和"自然"的儿童人物的重要原因。

杨红樱的儿童文学创作始终坚持"儿童标准"概念,主要反映在她的"学校小说"创作中。她创造了许多经典人物。例如《淘气包马小跳》中的马天笑。马天笑是马小跳的父亲,事业有成,但同时他酷爱同儿子一起看动画片,甚至互换身份,帮助儿子写作业。可见,马天笑相较于父亲的角色,更是一位童心未泯的老顽童。马天笑这个人物形象的刻画,一反从前传统儿童文学作品中的严父形象,更符合当今时代的潮流。杨红樱借助这种方式,表达了自己对理想家长的期待,呼吁家长们应当与孩子平等相处,创造更为和谐的家庭氛围。

第二节　在争议中探索:杨红樱"校园小说"创作

在主流媒体中,有保守派学者认为"现实世界中的所有公共话语都显得越来越娱乐。我们的政治,宗教,新闻,体育,教育和商业是准备成为娱乐的

---

① 乔世华:《新世纪中国儿童文学视野中的杨红樱》,辽宁师范大学出版社2013年版,第32-35页。

附属品。"①这导致了一系列的泛娱乐化的现象,这些现象严重影响了接受者审美情趣和精神价值。文学与传媒有着千丝万缕的联系,它们相辅相成,共同进步。在传统媒体时代,文学主要以书面形式存在。新媒体时代,单纯的传统文学载体不能满足读者的新需求。众所周知,一方面新媒体丰富了文学形式并在一定程度上对文学也发挥了积极的作用,儿童文学也不例外,当下它迎来了前所未有的发展前景。另一方面,各个年龄阶段的群体,包括孩子都获得了表达自我的权利。

杨红樱主动与新媒体时代接轨,积极进行转型。她的作品无论从题材、风格和形式都一直尝试突破,她聪明、慷慨地接受了新的流行趋势,并充分利用其优势扩大了自己写作的影响力。她的儿童文学创作最初从单一化逐渐走向系列化,开创多种营销模式。例如通过微博、喜马拉雅 FM 等平台开展读书会、签售会等,杨红樱创建身后的营销团队,她作为公众人物出现在大众视野,博得"粉丝"的关注,她的成功与其说是其个人才情的结果,不如说是其团队共同努力的结果。

但同时,她也面临着社会各界的质疑和否定。儿童文学评论家刘绪源在回顾和反思"杨红樱现象"时,曾经这样评论过她:"业界专家认为她的作品没有原创性和文学性,商业性太强。"②刘绪源甚至定义杨红樱的文学作品为"商业童书"。"他归纳出商业性的畅销作品的几个特点:不能太有艺术上的追求、不能太有个性、不能太深、不能太新、要合于大众口味,要趋于'平均值'。他以此标准来否定杨红樱的作品。"③面对社会各界的非议,杨红樱稳住阵脚,不忘初心,给出一记漂亮的反击。她不止一次通过采访表达了她的创造性态度,表达了她对孩子的热爱。她认为,她创作的重要来源是 7 年的教师生涯,通过编辑儿童图书使她把握创意方向。杨红樱不认为她的作品是"商业的",她坦率地表达了自己对创作的热情:"无论舆论和市场是何走向,都将专注于自己的世界。"④同时,杨红樱并没有全然依赖大众传媒,她深

---

① 尼尔·波兹曼:《娱乐至死》,章艳译,中信出版社 2015 年版,第 112-113 页。

② 刘绪源:《儿童文学思辨录》,海豚出版社 2012 年版,第 55-56 页。

③ 同上,第 31-33 页。

④ 徐楠、张晓东:《杨红樱:出版社为啥给我天价支票》,《北京商报》2010 年 6 月 7 日,第 C16 版。

知,文学的生存与否最终取决于作品质量的优劣。因此,她正在做的是找到创作与传媒之间的融合点。重点是将高质量的作品和高效快捷的媒介传播相结合。

第三节　调整与转型:杨红樱"校园小说"与新媒介结合

第一,杨红樱儿童小说创作剧本化倾向。在当今媒体环境下,影视剧已然成为广大观众的爱好,可谓是受众群体最广的一类媒介。儿童文学创作者如果想进军影视行业,就要清醒地认识到文字与图像之间的联系:一方面,文学作品为影视行业提供了优质丰富的资源,另一方面,影视媒体也为文学作品拓展了知名度。在影视文化中,小说、戏剧等视觉文学倍受青睐。纵观杨红樱的儿童文学作品,其儿童小说体裁占主流,这正符合影视改编首要选择。《女生日记》是杨红樱第一部影视改编作品,作为畅销书籍,作品本身拥有大批量的粉丝,其收视效果超出预期,实现了其口碑和利润的双赢。有了这一个"开门红",杨红樱再接再厉,将其《男生日记》《淘气包马小跳》等诸多作品也纷纷改编成影视作品,真正在儿童影视行业崭露头角。

杨红樱在当下的儿童影视行业大获全胜,可以说与其小说剧本化创作特点是分不开的。笔者通过细读杨红樱的"校园小说"发现:首先,她热衷实词的运用,句子中几乎没有繁复或华丽的形容词,对动作或指令的叙述流畅,便于理解能力尚在培养阶段的儿童阅读。例如在《淘气包马小跳》的"轰隆隆老师"一节中,她描写轰隆隆老师摆放玻璃杯,从口袋里掏出塑料管、放置鸡蛋等一系列动作,可谓是行云流水。这个片段的描画,杨红樱的书写并没有进行繁琐的赘述,但给诸多儿童读者留下深刻印象,皆是由于其善用动词,以质朴和简单的动词为读者潜意识中营造了画面感。其次,她的作品除指令性强以外,故事情节也引人入胜。她的"校园小说"系列每一个小故事剧情跌宕起伏,都有自然的起承转合。例如在"丁克舅舅"一节中,马小跳及其朋友对"新新人类"产生好奇,都想见识见识所谓的"新新人类"如何"新",马小跳和他的朋友们经过反复讨论、制定策略等谋划后,找到了"新新人类"的代表人物——丁克舅舅,并与他共进了午餐。最终,马小跳和他的几个朋友得出了关于"新新人类"的结论。这样的叙事结构不仅符合影视剧的要求,同时也能高度吸引观众。在对其进行电影或电视剧的改编时,基本上不需要重大增、删、改的变动。这种小说剧本化创作特点成为她在儿童影视剧作改编行业获取成功的主要原因。

第二,杨红樱儿童小说创作变厚重到轻浅。虽然杨红樱顺应时代的潮流收获了一批儿童读者的关注,但与此同时,她的作品仍存在着一些问题。在杨红樱的儿童文学创作中,明显缺乏对逆境和困难意识等的宣传。纵观此前的儿童文学创作,叶圣陶和张天翼作为两位家喻户晓的大童话家,他们的儿童文学作品关注社会弱势群体,为苦难大众呼声,蕴含一定深刻的道理,揭示出生活的本质。为儿童文学插上了"苦难文学"的标志。当代儿童在阅读他们的作品时,更多的是体味生活的不易和艰苦。在杨红樱的儿童小说中,这种困苦的现实生活反映得较少。随着大众媒体时代读者阅读需求的变化,"苦难文学"显得过于沉重,已经难以满足当今校园儿童的阅读心理,并在一定程度上与当今的社会生活脱节。相反,《淘气包马小跳》这类轻松幽默而滑稽的故事,直接迎合了儿童的口味,这种变厚重到轻浅的写作,也是杨红樱"校园小说"一直持续热销的原因之一。

但值得关注的是,首先,她的"校园小说"系列作品,如《淘气包马小跳》具有明显的"城市贵族化"倾向。这些作品未能瞄准目前占有极大比例的农村、乡镇的贫困儿童,描述基本上定位在城市青少年的时尚生活。其次,谭旭东在批评新诗时提出过一个概念——"难写"。何为"难写",即"坚持艺术的标准,就是在创作语言下,有一定的文化,一定的精神,甚至是一种真实。精神是传达人类基本人性和道德的力量。同时,难度也意味着作家,作品和生活保持一定的审美距离"。① 曹文轩在一篇文章中强调这个问题,"他认为儿童文学应该有一定程度的理解困难。读者只读过一次,其内容可能

———————

① 海飞、谭旭东:《关于儿童文学的多维思考》,《新京报》(书评周刊:文学)2014年2月8日。

不易获得,但应经过反复阅读后逐步获得。这是一些优秀作品应具备的品质"①。以这种尺度来衡量杨红樱的"校园小说",她显然不符合标准,因此来看杨红樱的儿童写作在这方面存在很大的提升空间。

第四节　"杨红樱现象"的启示

在经济高速发展的时代,文学也常常被当作消费的对象。值得思考的是,在这种商业氛围如此浓厚的环境中如何培育出健康的儿童文学胚芽?如何能够将其开发、运用于多种产业,从而创造出更大的产业价值?

其一,"杨红樱现象"的商业价值。不少学者将杨红樱的创作评价为"商业写作"。她开创了前所未有的写作模式,并缔造了一个儿童"商业文学"的帝国。杨红樱所开创的商业模式主要体现在两方面:首先,由于"商业写作"能够为儿童文学创作者带来收益,由此激发了多元化的创作走向市场,避免了思想垄断的局面出现。当下的"商业文学"写作者大多为网络作家,大量的学生和上班族利用业余时间在互联网上的主要文学论坛和社区写作。且不论他们的创作源泉是否是兴趣与爱好使然,仅仅是出于商业动机,这些网络写作多元化、集中化呈现,促进儿童文学产业日趋繁荣。其次,杨红樱的儿童文学创作与一些网络作家典型的"商业写作"并不相同。从商业消费链条来看,杨红樱的儿童文学作品之所以持续畅销,也与出版社的包装和运营有着密不可分的联系。虽说当前电子产品兴盛,但在一定程度上,纸质书籍依赖出版商的成功运作,仍然能够实现更广泛的销售。"杨红樱现象"也为中国儿童图书出版商的出版、发行和运营提供了范式。这也正是儿童文学作家杨红樱所造就的商业性。

哈利·波特系列的成功与主人公哈利波特这一角色在影视剧里的成功塑造是分不开的,它不但为观众带来了强大、直观的视觉效果,同时也促进

---

① 苏文清、刘晶:《曹文轩对中国成长小说的探索及其意义》,《中南大学学报(社会科学版)》2012 年第 2 期,第 176−119 页。

了英国出版产业的迅猛发展。① 可以看出,如果文学作品具有良好的市场反应,文本将其扩展到其他平台,如电影和电视,成为热门 IP,同时也扩大文学作品的受众面。这样不仅可以提高作品的影响力,而且可以提高影视产业的增值。反过来,收视率高的影视剧也可能会被作家改编成文学作品,以书面作品的形式进入市场。以儿童文学家杨红樱为例,她的"校园小说"系列畅销多年,因此也引起电影、电视等相关行业的关注。她很多儿童文学作品都被改编为影视剧。《女生日记》已经由中国电影集团改编为同名电影。《漂亮老师和坏小子》也已经进入实质拍摄阶段。《淘气包马小跳》被改编为系列人偶剧及动画片。这些作品不再仅仅以纸质书籍这种单一的形式同孩子们相处。杨红樱儿童文学这种纸质文本和影视文本之间相互渗透和良性循环,非常符合我们目前的商业社会特点。

其二,杨红樱儿童文学的全球化走向。随着大数据时代突飞猛进的发展,文学全球化的表现也越发显著。杨红樱的作品也不例外,在《淘气包马小跳》《笑猫日记》等少儿图书的持续热销下,国外出版社和专业人士也将目光集中于杨红樱这位儿童文学作家身上。2006 年,《淘气包马小跳》系列小说在法国出版;2007 年,全球最大的英文书籍出版集团购买了《淘气包马小跳》系列中的八本多语言版权;2008 年,《淘气包马小跳》中的四本在英美市场上市,据悉反响热烈。由此可见,杨红樱的儿童文学国际影响力正在不断扩大。儿童文学家杨红樱能够走向世界,一方面在于她对于"儿童标准"写作风格和创作理念的坚守,能够塑造出"马小跳""笑猫"等深入人心的形象;另一方面是借助新媒介强大的力量,是其儿童文学文本和新媒介的成功结合,才得以让她成功走向世界舞台。

其三,"杨红樱现象"的启示。杨红樱的成功非常值得当代儿童文学作家思考,当代儿童文学作家要先学习后创新,制定出有个人特色的创作和营销策略。通过研究"杨红樱现象",我们可以得出结论:首先,新媒体高度发达的时代,儿童文学作家首先思考如何能够写出情感深刻、思想丰富,打动小读者心灵的作品?儿童文学创作仍必须立足于儿童、服务于儿童,只有坚

---

① 指英国作家 J. K. 罗琳于 1997～2007 年所著的魔幻文学系列小说,共 7 部。

持"儿童本位"的创作理念,才能够为儿童文学创作提供源源不断且优秀的精神食粮。其次,在全球化的进程中,不同的文化潮流碰撞异常激烈。面对复杂的多元文化潮流,儿童文学作家更应该探索具有自身个性特色的写作。如果仅仅为了顺应潮流,简单、直白地效仿,失去自我,则可能离成功越来越远。最后,在信息革命的浪潮下,单一的文学表现形式已不受用,必须结合、利用大众传媒的优势,进行多种渠道的尝试。当下的儿童文学视频短片、儿童文学类综艺节目以及儿童戏剧等多种表现形式,相较于传统纸质书籍都更能够吸引读者观众。除了在表现形式上进行创新,作家也可以在微博、微信公众号等平台进行尝试,积极打造具有个性化写作特色的品牌效应,收获粉丝群体。

总而言之,在新媒体时代,儿童文学家杨红樱的"校园小说"能够成功转型并脱颖而出,应该说是必然。通过对这个现象的梳理分析,我们能够较为全面地了解中国当代儿童文学与新媒介发展的关系,进而为中国原创儿童文学的发展找到更多的出路。

后记

《中国儿童文学发展面面观》书稿整理结束，并没有想象中的如释重负。十几年来，在中国儿童文学专题研究路上也经历了很多，想来颇有几分感慨。

和儿童文学相遇，要从我十几年前在河南大学攻读硕士学位说起。那时已经30多岁的我，有幸重新回到课堂聆听师长们的谆谆教诲。从高校教师到学生这种身份的转换，从狭小的家庭走进博大的知识殿堂，我方才发现，内心深处对于知识的强烈渴求远不是一句"来充充电吧"可以诠释的。于是乎几年来从宿舍到图书馆是我每天固定的两点一线。一天，在图书馆里查阅文献的过程中，我偶然发现了很多被尘封已久的儿童文学读物，尤其是《文艺报》(1949年—1966年)，《少年文艺》(1953年—1966年)，《儿童文学研究》(1959年—1963年部分期刊)，《儿童时代》(1958年—1966年部分期刊)，《红领巾》(1963年—1966年部分期刊)，《中学生》(1949年—1966年部分期刊)等期刊，年代集中，保存完整，这些激起了我极大的兴趣。由于我当时已定下其他论文选题，于是在我查阅论文资料的过程中，也顺便阅读了一些这方面的期刊资料，并且在毕业时，整理出了一部分相关文字，尤其是"十七年"儿童文学部分资料的整理已经非常丰富和完善了。后来在多年来的教学与科研工作中，又相继发表了相关论文30余篇，所以这本著作能正常付梓，也是多年来的积累所致。

这部著作由十几年前最初构想到现在定稿，整个过程中，女儿的成长带给我很多童趣和灵感，她不但给我乏味的写作生活平添了许多快乐，最重要的是,她一路成长起来,我也一路陪伴她阅读了大量的儿童文学作品。现如今她已经是大二的学生,在个案篇一部分,有关儿童文学作家及作品的选择,女儿王再冰给了我很多可行的意见。在最后修改这段时间,我有大半年时间整日呆在图书馆资料室里,炎热的暑假里一刻也不放松,对资料进行反复阅读、整理、归纳。其间,我的学生李成、邹云云、文成多、李瑞瑶等各自按照分工,多次帮助我调整格式,校对书稿。尤其是李瑞瑶同学在我的指导下,顺利完成了她的毕业论文《梅娘小说中的儿童形象书写》,获得了校级优秀论文。经她同意,我将其编撰到个案篇中,正好弥补了我对抗战时期儿童文学研究的不足。在此一并感谢他们,祝他们毕业顺利,前程似锦。

如今回想起漫长的写作经历,我心里是充满希望的,这部著作是我在学业上不断进取,在人格上不断完善的结果。同时心里也不禁惶恐,因为在浩如烟海的知识海洋里,自己常常感觉像一个懵懂无知、茫然无措的孩子。所幸的是,有各位师友、学生的帮助和家人的支持,我终于如愿以偿地完成了这部著作。

由于学识浅薄、眼界狭隘,书中难免会有偏颇不足之处。历史感不强、理论高度不足是它明显的瑕疵。书中偏颇之处,诚望各位同行批评指正。这部著作不但是对我学术生涯的一次考核,也是我教师生涯的一个新起点。我愿以此为契机,更好地提高自身专业素养,培养出更多优秀的学生。

2022 年 6 月